Vivir y morir en Dallas

Charlaine Harris (Misisipi, Estados Unidos, 1951), licenciada en Filología Inglesa, se especializó como novelista en historias de fantasía y misterio. Con la serie de novelas *Real Murders*, nominada a los premios Agatha en 1990, se ganó el reconocimiento del público. Pero su gran éxito le llegó con *Muerto hasta el anochecer* (2001), primera novela de la saga vampírica *Sookie Stackhouse*, ambientada en el sur de Estados Unidos. La traducción de las ocho novelas de la saga a otros idiomas y su adaptación a la serie de televisión *TrueBlood* (*Sangre fresca*) han convertido las obras de Charlaine Harris en best-sellers internacionales.

www.charlaineharris.com
www.hbo.com/trueblood
www.sangrefresca.es

LAS NOVELAS DE SOOKIE STACKHOUSE:

1. MUERTO HASTA EL ANOCHECER (Punto de Lectura)
2. VIVIR Y MORIR EN DALLAS (Punto de Lectura)
3. EL CLUB DE LOS MUERTOS (Punto de Lectura)
4. MUERTO PARA EL MUNDO (Suma)

PRÓXIMAMENTE:

5. MÁS MUERTO QUE NUNCA (Suma)
6. DEFINITIVAMENTE MUERTO (Suma)
7. TODOS JUNTOS Y MUERTOS (Suma)
8. DE MUERTO EN PEOR (Suma)

Vivir y morir en Dallas

CHARLAINE HARRIS

Traducción de Omar El-Kashef Calabor

punto de lectura

Título original: *Living Dead in Dallas*
© 2002, Charlaine Harris
Traducción: Omar El-Kashef Calabor
© De esta edición:
2009, Santillana Ediciones Generales, S.L.
Torrelaguna, 60. 28043 Madrid (España)
Teléfono 91 744 90 60
www.puntodelectura.com

ISBN: 978-84-663-2291-1   329 p.
Depósito legal: B-42.546-2009
Impreso en España – Printed in Spain

Fotografía de portada: © Xavier Torres-Bacchetta

Primera edición: abril 2009
Segunda edición: julio 2009
Tercera edición: noviembre 2009

Impreso por Litografía Rosés, S.A.

Este libro está dedicado a todos los que me han dicho que han disfrutado con Muerto hasta el anochecer. *Gracias por vuestros ánimos.*

Mi agradecimiento a Patsy Asher, de *Remember the Alibi* en San Antonio, Texas y a Chloe Green, de Dallas. Y a los serviciales ciberamigos que he hecho en *DorothyL*, que respondieron a todas mis preguntas con rapidez y entusiasmo. Tengo el mejor trabajo del mundo.

1

Andy Bellefleur estaba tan borracho como hecho unos zorros. Eso no era normal en Andy, creedme, conozco a todos los borrachos de Bon Temps. Trabajar en el bar Merlotte's durante tanto tiempo me ha permitido conocerlos a todos. Pero Andy Bellefleur, lugareño y detective del pequeño Departamento de Policía de Bon Temps, nunca había paseado una borrachera por el Merlotte's. Sentí una enorme curiosidad por aquella excepción.

Andy y yo no somos amigos, y ni por asomo se lo iba a preguntar directamente. Pero tenía otros medios al alcance, y decidí emplearlos. Si bien trato de limitar el uso de mi defecto, don o comoquiera que lo llamen, para averiguar cosas que me afecten a mí o a los míos, a veces gana la pura curiosidad.

Bajé mi guardia mental y leí la mente de Andy. Lo lamenté.

Aquella mañana, Andy tuvo que arrestar a un hombre por secuestro. Había raptado a su vecina de diez años, se la había llevado al bosque y allí la había violado. La niña estaba en el hospital y el hombre en la cárcel, pero el daño que había hecho era irreparable. Me sentí muy triste. Era un crimen que tocaba muy de cerca mi propio pasado. Andy me cayó un poco mejor por aquella pequeña depresión.

—Andy Bellefleur, dame las llaves —le dije.

Alzó su amplio rostro hacia mí, apenas mostrando comprensión. Tras una larga pausa, necesaria para que mis palabras se abrieran paso por su cerebro embotado, Andy rebuscó en el bolsillo de su uniforme y me entregó su pesado llavero. Le serví otro bourbon con cola.

—Invito yo —dije, y me dirigí al teléfono del fondo de la barra para llamar a Portia, la hermana de Andy. Los hermanos Bellefleur vivían en una maltrecha casa de dos pisos de antes de la guerra, muy elegante en su día, en la calle más bonita de Bon Temps. En Magnolia Creek Road todas las casas se asomaban al trecho de parque por el que discurría el río, cruzado acá y allá por puentes peatonales decorativos, mientras una carretera seguía el curso a ambos lados. En Magnolia Creek Road había otras casas antiguas, pero todas se encontraban mejor conservadas que el hogar de los Bellefleur, Belle Rive. La casa suponía un esfuerzo excesivo para Portia, que era abogada, y Andy, que era policía, pues hacía mucho que el dinero necesario para mantener tal mansión y sus terrenos aledaños había desaparecido. Pero su abuela, Caroline, se había negado tozudamente a venderla.

—Portia, soy Sookie Stackhouse —dije, teniendo que elevar el tono de voz sobre el ruido de fondo del bar.

—Me llamas desde el trabajo.

—Sí. Andy está aquí, y está como una cuba. Le he cogido las llaves. ¿Puedes pasar a recogerlo?

—¿Que Andy está borracho? Sí que es raro. Claro, estaré allí en diez minutos —prometió, antes de colgar.

—Eres muy buena, Sookie —dijo Andy, inesperadamente.

Se había tomado la copa que le había servido. Quité de en medio el vaso y recé por que no pidiera otra.

—Gracias, Andy —dije—. Tú también eres buena gente.

—¿Dónde está... tu novio?

—Justo aquí —dijo una fría voz, y Bill Compton apareció justo detrás de Andy. Le sonreí sobre la cabeza encorvada de éste. Bill medía alrededor de 1,80, y tenía los ojos a juego con el pelo castaño oscuro. Tenía los hombros anchos y los brazos musculosos de un hombre que lleva años realizando trabajos físicos. Bill había trabajado en el campo con su padre y, más tarde, por su cuenta, antes de ir a la guerra. La Guerra Civil, para ser precisos.

—¡Hola, V.B.! —gritó Micah, el marido de Charlsie Tooten. Bill devolvió el saludo con un gesto despreocupado, y mi hermano Jason dijo, con un tono de lo más educado:

—Buenas noches, Vampiro Bill.

Jason, que en su día no había dado precisamente la bienvenida a Bill a nuestra pequeña familia, había cambiado de cabo a rabo. Yo casi contenía el aliento mentalmente, ante la expectativa de que su nueva actitud fuese permanente.

—Bill, no eres mal tipo para ser un chupasangre —dijo Andy con tono juicioso mientras giraba sobre el taburete del bar para encararse a Bill. Actualicé mi opinión sobre la borrachera de Andy, pues nunca se había mostrado entusiasmado con la plena aceptación de los vampiros en la sociedad estadounidense.

—Gracias, Andy —le contestó Bill con sequedad—. Tú tampoco para ser un Bellefleur.

Se inclinó sobre la barra para darme un beso. Sus labios estaban tan fríos como su voz. Era algo a lo que había que acostumbrarse. Como cuando posaba la cabeza sobre su pecho, incapaz de escuchar el latido de su corazón.

—Buenas noches, cariño —susurró.

Deslicé un vaso de sangre sintética japonesa, grupo B negativo, sobre la barra y se lamió los labios después de bebérsela de un trago. Su tez pareció adquirir tono casi de inmediato.

—¿Cómo te ha ido la reunión, cielo? —le pregunté. Bill había pasado la mayor parte de la noche en Shreveport.

—Te lo contaré más tarde.

Esperaba que su jornada de trabajo hubiese sido menos escalofriante que la de Andy.

—Vale. Te agradecería que ayudaras a Portia a llevar a Andy hasta su coche. Ahí llega —dije, señalando la puerta.

Por una vez, Portia no vestía la falda, blusa, chaqueta, medias y los zapatos de tacón bajo que conformaban su uniforme. Lucía unos vaqueros y una camiseta de Sophie Newcomb. Tenía un porte tan robusto como el de su hermano, pero su pelo era castaño, largo y fosco. El que lo llevara perfectamente peinado era la señal de que aún no se había rendido. Avanzó de forma decidida entre la gente que abarrotaba el bar.

—Pues sí que está bebido —comentó, evaluando a su hermano. Portia trataba de ignorar a Bill, quien le hacía sentir muy incómoda—. No es que pase muy a menudo, pero cuando se propone coger una, la coge de las buenas.

—Portia, Bill puede llevarlo hasta el coche —le ofrecí. Andy era más alto que Portia, y de complexión fuerte, cosa que suponía un claro problema para su hermana.

—Creo que puedo encargarme de él —me dijo con firmeza, incapaz aún de mirar a Bill, que me dedicó un arqueo de cejas.

Así que permití que lo rodeara con el brazo e intentara arrancarlo del taburete. Andy permaneció quieto. Portia paseó la mirada en busca de Sam Merlotte, el propietario del bar que, a pesar de parecer pequeño y enclenque, en realidad era muy fuerte.

—Sam está trabajando en una fiesta de aniversario en un club de campo —dije—. Deja que Bill te ayude.

—Está bien —aceptó la abogada secamente, los ojos clavados en el suelo—. Muchas gracias.

Bill consiguió levantar a Andy y lo llevó hacia la puerta en cuestión de segundos a pesar de que las piernas de Andy eran menos estables que la gelatina. Micah Tooten se apresuró a abrir la puerta, de modo que Bill no tuvo problema en llevarle hasta el aparcamiento.

—Gracias, Sookie —dijo Portia—. ¿Ha pagado lo que debía?

Asentí.

—Vale —concluyó, palmeando la barra para indicar que se marchaba. Tuvo que escuchar una retahíla de consejos bienintencionados mientras seguía los pasos de Bill fuera del Merlotte's.

Así fue cómo el viejo Buick del detective Andy Bellefleur permaneció en el aparcamiento del Merlotte's durante toda la noche, hasta el día siguiente. Más tarde, Andy juraría que el coche estaba vacío cuando entró en el bar. También testificaría que había estado tan preocupado por su propia agitación interna que se había olvidado de cerrar el coche con llave.

En algún momento entre las ocho, hora a la que Andy llegó al Merlotte's, y la mañana siguiente, cuando llegué yo para ayudar a abrir el bar, su coche había ganado un nuevo pasajero.

Y éste causaría un gran bochorno al policía.

Porque estaba muerto.

Yo no tendría que haber estado allí. Hice el turno de la noche anterior, y ese día debería haber hecho lo mismo. Pero Bill me pidió que cambiara el turno con una de mis compañeras porque necesitaba que le acompañara a Shreveport, y a Sam no le pareció mal. Le pregunté a mi amiga Arlene si quería hacer mi turno. Ese día libraba, pero siempre estaba dispuesta a llevarse las mejores propinas que nos daban por las noches, así que aceptó pasarse a las cinco de la tarde.

Andy tendría que haber recogido su coche esa mañana, pero la profunda resaca le había impedido engatusar a Portia para que le llevara al Merlotte's, que estaba alejado de la comisaría de policía. Ella le dijo que pasaría a buscarlo por el trabajo a mediodía y que comerían en el bar. Entonces podría recoger el vehículo.

Así que el Buick, con su silencioso pasajero, aguardó al descubrimiento más tiempo del debido.

Había dormido unas seis horas la noche anterior, por lo que me sentía bastante bien. Salir con un vampiro puede ser un reto para tu equilibrio si eres una persona de usos diurnos, como yo. Ayudé a cerrar el bar y me dirigí a casa con Bill a eso de la una. Nos dimos un baño caliente juntos y luego hicimos otras cosas, pero me metí en la cama poco después de las dos y me levanté casi a las nueve. Para entonces hacía bastante que Bill se había ocultado de la luz.

Bebí mucha agua y un zumo de naranja, junto con un complejo vitamínico y un suplemento de hierro para desayunar, lo cual conformaba mi régimen desde que Bill había entrado en mi vida, trayendo consigo (junto con el amor, la aventura y las emociones) la constante amenaza de la anemia. El tiempo refrescaba, gracias a Dios, y me senté en el porche de Bill embutida en una rebeca y las medias negras que nos poníamos para trabajar en el Merlotte's cuando hacía demasiado frío para llevar los shorts. Mi polo tenía las palabras MERLOTTE'S BAR bordadas en el pecho.

Mientras hojeaba el periódico de la mañana, una parte de mi cerebro asimilaba el hecho de que la hierba ya no estaba creciendo tan deprisa. Algunas hojas parecían incluso estar empezando a mudar. Tal vez en el estadio de fútbol del instituto la noche del viernes hiciera una temperatura tolerable.

El verano siempre se resiste a marcharse en Luisiana, incluso en la zona norte del Estado. El otoño siempre llega con timidez, como si fuese a desaparecer en cualquier momento para volver a dejar paso al agobiante calor de julio. Pero yo estaba alerta, y podía ver rastros del otoño aquella mañana. El otoño y el invierno significaban noches más largas, más tiempo que pasar con Bill y más horas de sueño.

Así que fui al trabajo con alegría. Cuando vi el solitario Buick aparcado delante del bar, me acordé de la sorprendente borrachera de Andy de la noche anterior. Confieso que sonreí, pensando en cómo debía de sentirse esa mañana. Justo cuando iba a dar marcha atrás y aparcar junto a los coches de los demás empleados, me di cuenta de que la puerta de atrás del coche de Andy estaba ligeramente abierta. Eso supondría que la luz interior habría permanecido encendida y que su batería se habría agotado. También supondría que él se enfadaría, que tendría que entrar en el bar para llamar a la grúa y pedir a alguien que le llevara… En fin, aparqué y me deslicé fuera del coche, dejándolo en marcha. Aquello resultó ser un error revestido de optimismo.

Empujé la puerta, pero apenas cedió un centímetro. Empujé con el cuerpo, convencida de que se cerraría y de que podría seguir con lo mío. De nuevo, la puerta no quiso cerrarse. Impaciente, la abrí de par en par y descubrí qué la atascaba. Una oleada de olor nauseabundo invadió el aparcamiento. Se me hizo un nudo en la garganta ante un hedor que no me era en absoluto desconocido. Contemplé el asiento trasero del coche, cubriéndome la boca con la mano, aunque eso apenas ayudó a disimular el olor.

—Oh, Dios —susurré—. Mierda.

Alguien había dejado en el asiento trasero a Lafayette, uno de los cocineros del Merlotte's. Estaba desnudo. Era el fino pie marrón de Lafayette, con las uñas teñidas de un profundo carmesí, lo que impedía que la puerta se cerrara del todo, y era su cadáver lo que despedía ese hedor.

Retrocedí a toda prisa, me metí como pude en mi coche y conduje hasta la parte trasera del bar, haciendo sonar el claxon. Sam salió corriendo por la puerta de empleados con un delantal atado a la cintura. Apagué el motor de mi coche y salí tan deprisa que apenas me di cuenta de que lo hacía, sólo para abrazarme a él como una posesa.

—¿Qué pasa? —oí decir a Sam en mi oído. Me eché atrás y lo miré sin necesidad de alzar mucho la vista, porque

Sam es más bien bajo. Su pelo rojizo con tonos dorados brillaba bajo el sol de la mañana. Sus ojos son muy azules, y estaban muy abiertos, llenos de preocupación.

—Es Lafayette —dije, y empecé a llorar. Era ridículo y estúpido, y no ayudaba en absoluto, pero no pude evitarlo—. Está muerto, en el coche de Andy Bellefleur.

Sentí cómo los brazos de Sam se estrechaban con fuerza a mi alrededor y me conducían de vuelta al coche.

—Sookie, lamento que lo hayas visto —dijo—. Llamaremos a la policía. Pobre Lafayette.

Como ser el cocinero del Merlotte's no requiere precisamente tener unas cualidades culinarias extraordinarias, pues Sam apenas ofrece algunos sándwiches y patatas fritas, suele haber bastante rotación. Pero Lafayette había durado más que la mayoría para mi sorpresa. Lafayette era gay, ostentosamente gay, de los de maquillaje y uñas largas. La gente en el norte de Luisiana es menos tolerante que la de Nueva Orleans, y me temo que Lafayette, de raza negra, lo debió de pasar mal por partida doble. A pesar de sus dificultades, o puede que precisamente debido a ellas, era un tipo alegre, travieso, inteligente y realmente buen cocinero. Les echaba a las hamburguesas una salsa especial de su invención, y la gente solía pedir mucho aquellas *Hamburguesas Lafayette*.

—¿Tenía familiares por aquí? —le pregunté a Sam. Nos apartamos nerviosamente y nos dirigimos hacia el edificio, al despacho de Sam.

—Tenía un primo —contestó Sam, mientras sus dedos marcaban el teléfono de emergencias—. Por favor, necesitamos que alguien venga al Merlotte's, en Hummingbird Road —le dijo a la telefonista—. Hay un muerto en un coche. Sí, en el aparcamiento, en la parte de delante. Oh, y puede que quieran informar a Andy Bellefleur. Es su coche.

Desde donde estaba, podía escuchar la vocecilla del otro lado de la línea.

Danielle Gray y Holly Cleary, las dos camareras del turno de mañana, aparecieron por la puerta trasera envueltas en risas. Ambas estaban divorciadas, en el ecuador de la veintena, eran amigas de toda la vida y parecían felices con su trabajo mientras estuvieran juntas. Holly tenía un hijo de cinco años que iba al jardín de infancia, y Danielle tenía una niña de siete y otro crío demasiado joven para ir a la escuela y que se quedaba con su abuela mientras la madre trabajaba. Nunca hice migas con ninguna de las dos, a pesar de tener más o menos la misma edad que yo, por su autosuficiencia.

—¿Qué pasa? —preguntó Danielle al verme la cara. La suya, estrecha y pecosa, adquirió enseguida una sombra de preocupación.

—¿Qué hace el coche de Andy delante? —preguntó Holly. Recordé entonces que había salido con Andy Bellefleur durante bastante tiempo. Holly tenía el pelo corto y rubio, que le caía alrededor de la cara como pétalos de margarita marchitos, y la piel más preciosa que había visto jamás—. ¿Ha pasado la noche dentro?

—Él no —dije.

—¿Entonces quién?

—Lafayette.

—¿Andy ha dejado que un sarasa negro duerma en su coche? —dijo Holly, que era la que no tenía pelos en la lengua.

—¿Qué le ha pasado? —preguntó Danielle, que era la más lista de las dos.

—No lo sabemos —dijo Sam—. La policía está de camino.

—¿Estás diciendo… —dijo Danielle, lenta y cuidadosamente—, que está muerto?

—Sí —contesté—. Eso es exactamente lo que queremos decir.

—Pues tenemos que abrir dentro de una hora —comentó Holly, apoyando las manos en las caderas—. ¿Qué hacemos? Y si la policía nos deja abrir, ¿quién va a cocinar? La gente querrá comer.

—Será mejor que nos preparemos, por si acaso —dijo Sam—, aunque no creo que abramos hasta esta tarde.

Y se dirigió a su despacho para llamar a cocineros de reemplazo.

Resultaba extraño pasar por la rutina de la apertura, como si Lafayette fuese a aparecer en cualquier momento con una historia sobre alguna fiesta en la que hubiese estado, igual que había hecho apenas unos días antes. Las sirenas aullaron por la carretera comarcal que pasaba delante del Merlotte's. Los coches irrumpieron en el aparcamiento de gravilla de Sam. Cuando habíamos colocado las sillas, preparado las mesas y dispuesto nuevos cubiertos enrollados en servilletas para cambiarlos por los usados, entró la policía.

El Merlotte's se encuentra fuera de los límites de la ciudad, así que el sheriff del distrito, Bud Dearborn, estaba al mando. Bud Dearborn, que había sido buen amigo de mi padre, ahora tenía el pelo gris. Su cara era mórbida, como si fuese un pekinés humano, y sus ojos de un marrón opaco. En cuanto entró por la puerta principal del bar, me di cuenta de que calzaba unas pesadas botas y su gorra de los Saints. Debía de estar trabajando en su granja cuando recibió la llamada. Le acompañaba Alcee Beck, el único detective afroamericano del distrito. Alcee eran tan negro que su camisa blanca parecía brillar en contraste. Llevaba la corbata anudada con precisión, el traje inmaculado y los zapatos lustrosos y brillantes.

Bud y Alcee se encargaban del distrito… Al menos de los elementos más importantes que lo mantenían en funcionamiento. Mike Spencer, director de la funeraria y forense del distrito, tenía mucha mano en los asuntos locales también, y era buen amigo de Bud. Estaba dispuesta a apostar a que Mike ya estaba en el aparcamiento, lamentando verbalmente la muerte del pobre Lafayette.

—¿Quién encontró el cuerpo? —inquirió Bud Dearborn.

—Yo —Bud y Alcee se dirigieron hacia mí.

—¿Podemos usar tu despacho, Sam? —solicitó Bud. Sin esperar a la respuesta de Sam, me hizo una indicación con la cabeza para que entrara.

—Claro, adelante —dijo mi jefe escuetamente—. ¿Estás bien, Sookie?

—Estoy bien, Sam —no estaba segura de que eso fuese verdad, pero Sam no podía hacer nada al respecto sin meterse en problemas, y sin garantía alguna de que fuera a servir de ayuda. Si bien Bud me indicó que me sentara, negué con la cabeza mientras él y Alcee se acomodaron en las sillas del despacho. Evidentemente, Bud cogió la gran silla de Sam, y Alcee se conformó con la otra, la que sólo conservaba ya algo de acolchado.

—Háblanos sobre la última vez que viste a Lafayette con vida —sugirió Bud.

Me lo pensé.

—Anoche no trabajó —dije—. Le tocaba a Anthony, Anthony Bolivar.

—¿Quién es ése? —la ancha frente de Alcee se arrugó—. No me suena el nombre.

—Es amigo de Bill. Estaba de paso y necesitaba un trabajo. Tenía experiencia —de hecho, había trabajado en un comedor durante la Gran Depresión.

—¿Me estás diciendo que el cocinero del Merlotte's es un vampiro?

—¿Y qué? —pregunté. Sentí cómo la boca se me ponía rígida y las cejas se contraían. Enseguida supe que se me torcía el gesto. Intentaba con todas mis fuerzas no leer sus mentes, tratando de mantenerme completamente al margen de aquello, pero no resultaba fácil. Bud Dearborn era normal, pero Alcee proyectaba sus pensamientos como un faro lanza sus destellos. En ese preciso momento irradiaba asco y miedo.

En los meses anteriores a conocer a Bill y descubrir que valoraba mi tara —mi don, como él lo veía—, hacía todo lo que podía para fingir, de cara a mí misma y a todos los demás, que no podía leer la mente de nadie. Pero desde que Bill me liberara de la pequeña prisión que me había construido yo misma, había practicado y experimentado, siempre con el apoyo de Bill. Para él traduje en palabras lo que había estado sintiendo durante años. Había personas que mandaban mensajes claros, rotundos, como Alcee, pero el pensamiento de la mayoría de la gente me llegaba de forma intermitente, como ocurría con Bud Dearborn.

Por lo que yo sabía, dependía mucho de la fuerza de sus emociones, lo lúcidos que fueran y el tiempo que hiciera. Algunas personas eran terriblemente lóbregas, y era casi imposible adivinar lo que estaban pensando. Quizá podía entrever algo de su humor, pero eso era todo.

Sabía que si tocaba a la gente mientras leía su mente, la imagen se hacía más clara, como cuando instalas la tele por cable después de estar acostumbrado a la antena tradicional. También había aprendido que si «enviaba» imágenes tranquilas a la persona, podía fluir por su mente como el agua.

No había nada que me apeteciera menos que fluir por la mente de Alcee Beck. Pero, de forma absolutamente involuntaria, estaba recibiendo una completa imagen de la profunda reacción supersticiosa de Alcee al saber que había un vampiro trabajando en el Merlotte's, así como su aborrecimiento al saber que yo era la mujer de la que había oído hablar y que salía con un vampiro; y también su profunda convicción de que el gay declarado que era Lafayette había sido toda una desgracia para la comunidad negra. Alcee supuso que alguien se la quería jugar a Andy Bellefleur al colocarle el cadáver de un gay negro en el coche. Alcee se preguntaba si Lafayette tenía sida, si el virus podía haberse transmitido de alguna manera a los asientos del coche y haber sobrevivido allí. Si el coche fuese suyo, lo vendería.

Si hubiese tocado a Alcee, habría averiguado hasta su número de teléfono y la talla de sujetador de su mujer.

Pero Dearborn me miraba con aire divertido.

—¿Decía algo? —pregunté.

—Sí. Me preguntaba si habías visto a Lafayette aquí durante la noche. ¿Se pasó para tomarse algo?

—No lo vi —ahora que lo pienso, nunca he visto a Lafayette tomarse nada. Por primera vez, me di cuenta de que, si bien a la hora de comer había gente de todo tipo, a la hora de cenar casi todos éramos blancos.

—¿Dónde pasaba el tiempo libre?

—No tengo ni idea —todas las historias que contaba Lafayette venían con los nombres cambiados para proteger a los inocentes. Bueno, a los culpables, en realidad.

—¿Cuándo fue la última vez que lo viste?

—En el coche, muerto.

Bud meneó la cabeza, exasperado.

—Digo vivo, Sookie.

—Hmmm. Creo que… hace tres días. Aún estaba aquí cuando empecé el turno, y nos saludamos. Oh, me habló de una fiesta en la que había estado —traté de recordar las palabras exactas—. Dijo que había estado en una casa donde se hacía todo tipo de marranadas sexuales.

Los dos hombres me clavaron la mirada, boquiabiertos.

—¡Bueno, ésas fueron sus palabras! No sé cuánta verdad había en ello.

Podía ver la cara de Lafayette cuando me lo contó, la tímida forma en que cruzó sus labios con el dedo, indicando que no iba a soltar prenda sobre nombres o lugares.

—¿No crees que deberías habérselo contado a alguien? —Bud Dearborn parecía aturdido.

—Era una fiesta privada. ¿Por qué debería habérselo dicho a nadie?

Pero ese tipo de fiestas no debían celebrarse en su distrito. Ambos me estaban incinerando con la mirada.

—¿Te contó Lafayette si había drogas en esa fiesta? —me preguntó Bud, con los labios tensos.

—No, no recuerdo nada de eso.

—¿La fiesta se celebró en casa de alguien blanco o negro?

—Blanco —contesté, y entonces deseé haber alegado ignorancia al respecto. Pero Lafayette había quedado muy impresionado con la casa, auque no porque fuese grande y lujosa. ¿Qué le había impresionado tanto? No estaba muy segura de las cosas que podían impresionar a Lafayette, que se había criado en un entorno de pobreza, y así había seguido, pero estaba segura de que se había referido a la casa de un blanco, pues dijo: «Todas los retratos de las paredes eran de blancos como lirios que sonreían como caimanes». No compartí ese comentario con la policía, y ellos no preguntaron más.

Cuando salí del despacho de Sam, después de explicar qué hacía el coche de Andy en el aparcamiento, volví detrás de la barra. No me apetecía ver lo que hacían allí, y no había clientes a los que atender, puesto que la policía había bloqueado los accesos.

Sam estaba colocando las botellas detrás de la barra, quitándoles el polvo de paso, y Holly y Danielle se habían agenciado una mesa en la sección de fumadores para que Danielle pudiera echarse un pitillo.

—¿Cómo ha ido? —preguntó Sam.

—No hay mucho que contar. No les ha gustado saber que Anthony trabajaba aquí, y no les ha gustado lo que les he dicho de la fiesta a la que fue Lafayette el otro día. ¿Oíste que me lo contaba? Lo de la orgía y eso.

—Sí, a mí también me dijo algo al respecto. Tuvo que ser una gran noche para él. Si es que ocurrió realmente.

—¿Crees que Lafayette se lo inventó?

26

—No creo que haya muchas fiestas bisexuales que admitan a ambas razas en Bon Temps —respondió.

—Pero eso es porque nadie te ha invitado a una —le solté mordaz. Me preguntaba si de verdad sabía lo que se cocía en esta pequeña ciudad. De todos los habitantes de Bon Temps, yo era la que más debía conocer los dimes y diretes, puesto que la información era, en cierto modo, más accesible para mí si me decidía a averiguarla—. Porque supongo que no lo habrán hecho, ¿verdad?

—Así es —dijo Sam, sonriéndome mientras desempolvaba una botella de whisky.

—Supongo que el cartero también extravió mi invitación.

—¿Crees que Lafayette volvió aquí anoche para contarte más cosas sobre la fiesta?

Me encogí de hombros.

—Quizá había quedado con alguien en el aparcamiento. A fin de cuentas, todo el mundo sabe dónde está el Merlotte's. ¿Vendría a cobrar? —era fin de semana, cuando Sam solía pagarnos.

—No. Puede que viniera, pero sabía que se lo daría al día siguiente, hoy.

—Me pregunto quién invitó a Lafayette a esa fiesta.

—Buena pregunta.

—No creerás que habrá sido tan tonto como para chantajear a nadie, ¿verdad?

Sam frotó la madera falsa de la barra con un trapo. Estaba limpia como una patena, pero necesitaba mantener las manos ocupadas, pensé.

—No lo creo —dijo, tras pensárselo—. Más bien da la impresión de que se equivocaron al invitarle. Sabes lo

27

indiscreto que era Lafayette. No sólo nos dijo que fue a esa fiesta, y estoy seguro de que no debía estar allí, sino que probablemente habría querido sacar más de ella de lo que los demás, eh, participantes habrían considerado adecuado.

—¿Como seguir en contacto con los que estuvieron allí? ¿Hacerles un leve guiño en público?

—Algo así.

—Supongo que si te acuestas con alguien, o contemplas cómo otros lo hacen, sientes que estás a su nivel —comenté dubitativa, dada mi escasa experiencia en la materia, pero Sam asentía.

—Lafayette quería ser aceptado por lo que era, más que nada en el mundo —dijo, y tuve que estar de acuerdo.

2

Volvimos a abrir a las cuatro y media, y para entonces estábamos más aburridos que una ostra. Sentía vergüenza por aquello, pues, después de todo, nos encontrábamos allí porque había muerto un conocido nuestro. A pesar de ello, después de ordenar el almacén, limpiar el despacho de Sam y jugar a las cartas (Sam ganó cinco dólares y algunas monedas sueltas), ya teníamos el ánimo repuesto. Resultó agradable ver entrar por la puerta trasera a Terry Bellefleur, el primo de Andy y habitual barman y cocinero sustituto del Merlotte's.

Creo que Terry estaba agotando la cincuentena. Era veterano de Vietnam y fue prisionero de guerra durante un año y medio. Lucía algunas cicatrices llamativas en la cara, y mi amiga Arlene me había dicho que las de su cuerpo eran incluso más drásticas. Terry era pelirrojo, aunque el tono parecía volvérsele un poco más gris cada mes que pasaba.

Terry siempre me había caído bien, era amable conmigo salvo cuando tenía uno de esos días malos. Casi siempre venían precedidos de terribles pesadillas, aseguraban sus vecinos. Todos habían escuchado gritar a Terry durante esas noches.

Jamás quise leer su mente.

Terry tenía buen aspecto aquel día. Tenía los hombros relajados y sus ojos no escrutaban el entorno con nerviosismo.

—¿Estás bien, cariño? —me preguntó, palmeándome el brazo con complicidad.

—Estoy bien, Terry, gracias. Es que estoy triste por lo de Lafayette.

—Ya, no era mal tipo —dicho por Terry, aquello era un gran cumplido—. Hacía bien su trabajo, era puntual. Dejaba limpia la cocina. Nunca tenía una palabra fea para nadie —ese grado de eficacia era la mayor aspiración de Terry—. Y va y se muere en el Buick de Andy.

—Me temo que el coche de Andy está un poco… —traté de encontrar el término más suave.

—Se puede limpiar —dijo. Estaba deseando zanjar el tema.

—¿Te ha dicho lo que le pasó a Lafayette?

—Andy dice que da la impresión de que le rompieron el cuello. Y parece que hay pruebas de que le…, eh…, hicieron cosas —los ojos marrones de Terry se volvieron esquivos, delatando su incomodidad. «Hacerle cosas» significaba para Terry algo sexualmente violento.

—Oh, Dios, es horrible —Danielle y Holly habían aparecido detrás de mí, y Sam, con una bolsa de basura con los desechos de la limpieza de su despacho, había hecho una parada de camino al contenedor.

—No parecía tan… Quiero decir que el coche no parecía tan…

—¿Manchado?

—Eso.

—Andy cree que lo mataron en otro lugar.

—Agh —dijo Holly—. No me hables. Me supera.

Terry miró por encima del hombro a las dos mujeres. No sentía precisamente aprecio por Holly o Danielle, aunque yo no tenía ni idea del porqué y no había hecho esfuerzos para averiguarlo. Intentaba no meterme en la intimidad de la gente, sobre todo ahora que tenía más control sobre mi propia habilidad. Oí cómo las dos seguían su camino después de que Terry mantuviera su mirada clavada en ellas durante unos segundos.

—¿Vino Portia a llevarse a Andy anoche? —preguntó.

—Sí, la llamé yo. No estaba en condiciones de conducir. Pero estoy segura de que ahora desearía que le hubiese dejado marcharse por su cuenta —tenía que admitir que nunca llegaría a ocupar el primer lugar en la lista de popularidad de Andy.

—¿No le costó llevarlo hasta el coche?

—Bill le echó una mano.

—¿Bill, el vampiro? ¿Tu novio?

—Ajá.

—Espero que no la asustara —dijo Terry, como si no recordara que yo seguía allí—. Portia no es tan dura como la gente cree —añadió—. Tú, por el contrario, eres un bocadito de lo más dulce por fuera y todo un pit bull por dentro.

—No sé si debería sentirme halagada o darte un bofetón.

—Ahí lo tienes. ¿Cuántas mujeres u hombres, tanto da, se atreverían a decirle tal cosa a un loco como yo? —sonrió Terry con expresión fantasmal. Hasta entonces no había sabido lo consciente que era Terry de su propia reputación.

Me puse de puntillas para darle un beso en la mejilla surcada de cicatrices y demostrarle que no me daba miedo. Cuando volví a aterrizar sobre mis talones me di cuenta de que no era del todo cierto. En algunos momentos ese hombre de aspecto maltrecho no sólo me inquietaba, sino que me llegaba a inspirar verdadero temor.

Terry se ató uno de los delantales blancos y empezó a abrir la cocina. Los demás nos pusimos manos a la obra. Yo no tendría que atender muchas mesas ese día porque salía a las seis para acompañar a Bill a Shreveport. No me sentía cómoda con el dinero que Sam me iba a pagar por gandulear ese día en el Merlotte's a la espera de que saliera algo de trabajo, pero la limpieza del almacén y el despacho de Sam tenía que contar de algún modo.

Tan pronto como la policía desbloqueó el acceso al aparcamiento, empezó a entrar gente a una cadencia tan alta como una población tan pequeña como Bon Temps podía permitirse. Andy y Portia fueron de los primeros en llegar, y vi cómo Terry oteaba a sus primos desde la pequeña ventana que daba a la cocina. Ellos le saludaron y él devolvió el saludo alzando la espátula. Me preguntaba lo íntima que sería su relación familiar con Terry. No era su primo favorito, de eso estaba segura. Aunque lo cierto es que aquí cualquiera puede considerar a alguien su primo, tía o tío sin apenas una relación carnal. Cuando mis padres murieron en una repentina inundación que tiró su coche desde un puente, la mejor amiga de mi madre se pasaba por casa de mi abuela cada semana o quince días con un pequeño regalo para mí, y desde siempre la he llamado tía Patty.

Respondí a todas las preguntas de los clientes que pude mientras iba sirviendo hamburguesas, ensaladas, tiras de pollo y cerveza hasta que acabé exhausta. Cuando quise mirar el reloj, ya había llegado la hora de marcharme. Me topé con Arlene, mi relevo, en los aseos de mujeres. Llevaba el pelo de un rojo vivo (este mes tenía dos capas extra de color) en un elaborado moño rizado, y sus pantalones ajustados eran todo un anuncio al mundo de que había perdido tres kilos. Arlene había estado casada cuatro veces, e iba en busca del quinto candidato.

Hablamos sobre el asesinato durante un par de minutos y le puse al día del estado de mis mesas antes de recoger el bolso del despacho de Sam y salir por la puerta trasera. No había oscurecido del todo cuando llegué a mi casa, que está a medio kilómetro, cerca del bosque, junto a una solitaria carretera del distrito. Es una casa vieja, algunas de cuyas partes tienen más de ciento cuarenta años, pero ha sufrido tantas remodelaciones que no podemos considerarla una casa previa a la Guerra Civil. En todo caso, es una vieja granja. Mi abuela, Adele Hale Stackhouse, me la cedió y yo la atesoro. Bill me sugirió que me mudara a la suya, que se eleva sobre una colina, justo al otro lado del cementerio, pero siempre me mostré reacia a dejar mi hogar.

Me quité el uniforme de camarera y abrí el armario. Si íbamos a ir a Shreveport para atender asuntos de vampiros, Bill querría que me arreglara un poco. No lo entendía del todo, puesto que Bill no permitía que nadie más flirteara conmigo, pero siempre quería que tuviese un aspecto especialmente atractivo cuando íbamos a Fangtasia, el bar de vampiros orientado sobre todo a los turistas.

Hombres.

No me decidía sobre qué ponerme, así que me metí en la ducha. Pensar en Fangtasia siempre me ponía nerviosa.

Los vampiros que acudían allí formaban parte de la estructura de poder vampírica, y en cuanto descubrieron mi especial talento no tardé en convertirme en una deseable adquisición para ellos. Tan sólo el hecho de que Bill hubiese entrado a formar parte de la estructura de autogobierno de los vampiros me había mantenido hasta ahora a salvo, permitiéndome vivir donde quería vivir y trabajar en lo que me apetecía. Pero a cambio de esa seguridad tenía la obligación de presentarme cada vez que se me convocaba para poner a su disposición mi telepatía. Los vampiros integrados necesitaban métodos más sutiles que los que habían empleado anteriormente, que venían a ser la tortura y el terror. El agua caliente enseguida me hizo sentir mejor, y me relajé mientras el chorro caía sobre mi espalda.

—¿Te puedo acompañar?

—¡Joder, Bill! —dije, con el corazón latiendo a cien por hora, apoyándome contra la pared de la ducha.

—Lo siento, cielo. ¿No has oído que abría la puerta del baño?

—No, maldita sea. ¿Por qué no puedes limitarte a decir algo en plan «Cariño, ya estoy en casa»?

—Lo siento —se disculpó, aunque sin parecer muy sincero—. ¿Necesitas que te frote la espalda?

—No, gracias —espeté—. No estoy de humor para que me froten la espalda.

Bill sonrió, mostrando que tenía los colmillos contraídos, antes de correr la cortina de la ducha.

Cuando salí del baño envuelta más o menos modestamente en una toalla, lo encontré estirado sobre la cama. Sus zapatos estaban perfectamente colocados sobre una alfombrilla, cerca de la mesa. Vestía una camisa azul de manga larga y unos pantalones beis informales, con unos calcetines que iban a juego con la camisa y los lustrosos mocasines. Llevaba el pelo, marrón oscuro, peinado hacia atrás y sus largas patillas denotaban todo un aire retro.

Y lo eran, pero mucho más de lo que la mayoría de la gente se habría imaginado.

Tiene las cejas y el puente de la nariz altos. Su boca es como las que se ven en las estatuas griegas, al menos las que yo he visto en las fotos. Murió pocos años después de que acabara la Guerra Civil (o la guerra de agresión norteña, como la solía llamar mi abuela).

—¿Qué planes tenemos esta noche? —pregunté—. ¿Negocios o placer?

—Contigo siempre es placer —dijo Bill.

—¿Por qué tenemos que ir a Shreveport? —insistí, pues sé reconocer una respuesta evasiva cuando me la dan.

—Nos han convocado.

—¿Quién?

—Eric, por supuesto.

Ahora que Bill se había postulado y había aceptado un puesto como inspector de la Zona Cinco, tenía que estar a disposición de Eric y gozaba de su protección. Bill explicó que eso implicaba que cualquiera que se metiera con Bill también lo hacía con Eric, y que las posesiones de Bill eran sagradas para Eric, lo cual me incluía a mí. No me entusiasmaba contarme entre las posesiones de Bill, pero eso era mucho mejor que algunas de las alternativas.

Lancé un mohín al espejo.

—Sookie, hiciste un trato con Eric.

—Sí —admití—, ya lo sé.

—Entonces sabes que tienes que respetarlo.

—Pienso hacerlo.

—Ponte esos vaqueros ajustados que te atas a los lados —sugirió Bill.

No eran vaqueros, sino algún tipo de tejido ajustado. A Bill le encantaba que me los pusiera porque me quedaban bajos de cintura. Más de una vez me había preguntado si Bill tenía algún tipo de fantasía con Britney Spears. Pero como sabía que los pantalones me sentaban bien, me los puse junto con una blusa azul oscuro y blanca a cuadros de manga corta que se abotonaba por delante y cuyo recorrido acababa justo a escasos centímetros del sujetador. Para demostrar algo de independencia (después de todo, más le valía recordar que no soy propiedad de nadie) me hice una coleta, me puse un lazo azul sobre la diadema elástica y me maquillé un poco. Bill dejó escapar una o dos miradas al reloj, pero me tomé mi tiempo. Si tan preocupado estaba sobre cómo iba a impresionar a sus amigos vampiros, tendría que ser paciente.

Una vez en el coche y de camino hacia Shreveport, Bill se decidió a hablar.

—Hoy he empezado una nueva aventura empresarial.

La verdad es que muchas veces me había preguntado de dónde sacaba Bill su dinero. Nunca dio la impresión de ser rico, pero tampoco de ser pobre. Además, nunca trabajaba; salvo que lo hiciera en las noches que no pasábamos juntos.

Era incómodamente consciente de que cualquier vampiro que se preciara podía ganar dinero. Al fin y al cabo, cuando eres capaz de controlar la mente de la gente hasta cierto punto, no resulta complicado convencerla de que comparta su fortuna contigo o meta su dinero en alguna oportunidad de inversión. Y, hasta que obtuvieron el derecho legal de existir, los vampiros nunca tuvieron que pagar impuestos. Hasta el Gobierno de Estados Unidos tuvo que admitir que no podía gravar a los muertos. Pero si se les concedían derechos, pensaron los congresistas, y se les daba la opción de votar, entonces sí que se les podía obligar a declarar sus ingresos.

Cuando los japoneses perfeccionaron la sangre sintética que les permitía «vivir» sin necesidad de recurrir a la sangre humana, los vampiros pudieron al fin salir de sus ataúdes. «No hay que lastrar a los humanos para que existamos —decían—. No somos una amenaza».

Pero yo sabía que cuando Bill alucinaba de verdad era cuando bebía de mí. Podía mantener una dieta regular de LifeFlow (la marca más popular de sangre sintética), pero morderme el cuello era incomparablemente mejor. Podía beberse una botella de A positivo delante de todo un bar lleno de gente, pero si lo que quería era un trago de Sookie Stackhouse tenía que hacerlo en privado, y el efecto era bien diferente. Bill no sentía ninguna emoción erótica con una jarra de LifeFlow.

—¿Y en qué consiste el nuevo negocio? —pregunté.

—He comprado el centro comercial que hay junto a la autopista, donde está LaLaurie's.

—¿A quién se lo has comprado?

—Los terrenos eran de los Bellefleur. Se lo cedieron a Sid Matt Lancaster para que edificara en ellos.

Sid Matt Lancaster había sido abogado de mi hermano. Llevaba muchos años en activo y tenía mucha más influencia que Portia.

—Me alegro por los Bellefleur. Hace un par de años que intentan venderlo. Están muy necesitados de dinero. ¿Compraste el centro comercial y los terrenos? ¿Cuánto mide esa parcela?

—Alrededor de media hectárea, pero está en muy buen sitio —dijo Bill con un tono de empresario que nunca le había oído antes.

—¿Es el mismo sitio donde están LaLaurie's, la peluquería y Prendas Tara? —además del club de campo, LaLaurie's era el único restaurante con pretensiones de toda la zona de Bon Temps. Era donde todos los hombres llevaban a cenar a sus mujeres para celebrar las bodas de plata, al jefe cuando buscaban un ascenso o a la novia si de verdad la querían impresionar. Pero me habían dicho que el negocio no daba mucho dinero.

No tengo ni idea de cómo se regenta un negocio ya que toda mi vida he estado a uno o dos pasos de la pobreza. Si mis padres no hubiesen tenido la suerte de encontrar un poco de petróleo en sus tierras y no hubiesen ahorrado todo el dinero antes de que se agotara, Jason, la abuela y yo lo habríamos pasado verdaderamente mal. A punto habíamos estado de vender la casa de mis padres un par de veces para mantener la casa de la abuela y pagar los impuestos mientras ella nos criaba.

—¿Y cómo funciona? ¿Eres propietario del edificio donde se alojan los tres negocios y te pagan un alquiler?

Bill asintió.

—Así que, si quieres hacerte algo en el pelo, ve a Clip and Curl.

Sólo he ido a la peluquería una vez en toda mi vida. Si se me abrían las puntas, solía acudir a la autocaravana de Arlene y ella me las igualaba.

—¿Crees que necesito hacerme algo en el pelo? —pregunté, dubitativa.

—No, está precioso —dijo Bill con una seguridad que resultaba tranquilizadora—. Pero si quieres ir, tienen productos de manicura y cuidado del cabello —dijo «cuidado del cabello» como si estuviese pronunciando un idioma extranjero. Esbocé una sonrisa—. Y —prosiguió— lleva a quien quieras a LaLaurie's. No tendrás que pagar.

Me volví sobre el asiento para mirarlo fijamente.

—Y Tara sabe que tiene que poner en mi cuenta toda la ropa que te lleves.

Sentí cómo me estallaba el temperamento y se desbordaba. Por desgracia, Bill no.

—O sea que, en otras palabras —dije con un tono cargado de orgullo—, saben que tienen que mimar a la chica del jefe.

Bill pareció percatarse de que había cometido un error.

—Oh, Sookie —empezó, pero no tenía nada que hacer. El orgullo se me había desbordado hasta la cara. No suelo perder los estribos, pero cuando me pasa se me da muy bien.

—¿Por qué no puedes limitarte a mandarme unas malditas flores, como cualquier novio? Unos bombones también servirían. Me gustan los dulces. ¡Cómprame una tarjeta Hallmark si quieres, o un gatito, o una bufanda!

—Quería hacerte un regalo —dijo con cautela.

—Me has hecho sentir como una mantenida. Y seguro que has dado la misma impresión a la gente que trabaja en esos establecimientos.

Por la expresión de su cara bajo la tenue luz del salpicadero, pude ver cómo Bill se preguntaba cuál era la diferencia. Acabábamos de pasar el desvío al lago Mimosa y los faros del coche delataban los bosques que jalonaban la carretera.

Para mi sorpresa, el tubo de escape pareció toser y el coche se caló. Aproveché la oportunidad.

Bill habría bloqueado las puertas de saber lo que iba a hacer, pues pareció francamente desconcertado cuando me apeé y emprendí la marcha hacia el bosque.

—¡Sookie, vuelve aquí ahora mismo! —por Dios que Bill estaba enfadado. Bueno, le había costado lo suyo llegar a estarlo. La cosa ya no tenía remedio cuando me adentré en el bosque.

Sabía que si Bill me quería en el coche no me quedaría más remedio que estarlo, pues es unas veinte veces más fuerte y más rápido que yo. Después de unos instantes sumida en la oscuridad, casi deseé que me alcanzara, pero entonces el orgullo volvió a chasquear en mi mente y supe que había hecho lo correcto. Bill parecía un poco confundido acerca de la naturaleza de nuestra relación, y yo quería que lo tuviese bien claro. Por mí podía irse solo a Shreveport y explicar mi ausencia a su superior, Eric. Vaya, eso sí que le enseñaría una lección.

—Sookie —me llamó Bill desde el borde de la carretera—. Me voy a la gasolinera más cercana a buscar un mecánico.

—Buena suerte —murmuré entre dientes. ¿Una gasolinera con un servicio de reparaciones abierto en plena noche? Bill se había quedado en los cincuenta, o en alguna otra época histórica.

—Te estás comportando como una cría, Sookie —dijo Bill—. Podría ir a por ti, pero no voy a perder el tiempo.

Cuando te tranquilices, súbete al coche y ciérralo. Me voy —Bill también tenía su orgullo.

Para mi alivio y preocupación, oí los leves pasos en la carretera que indicaban que Bill corría a la velocidad de los vampiros. Se había marchado de verdad.

Seguramente pensaba que me estaba dando una lección, cuando lo cierto era justamente lo contrario. Me lo repetí varias veces. Después de todo, regresaría al cabo de unos minutos. Estaba segura. Lo único que tenía que hacer era no adentrarme tanto en el bosque como para caerme en el lago.

La oscuridad era absoluta. Si bien la luna no estaba del todo llena, era una noche despejada y la sombra de los pinos se antojaba completamente negra en contraste con el frío y remoto destello de los espacios abiertos.

Deshice mi camino hacia la carretera, respiré hondo y dirigí mis pasos hacia Bon Temps, en dirección opuesta a la que había tomado Bill. Me preguntaba cuántos kilómetros habríamos recorrido desde Bon Temps antes de que Bill iniciara la conversación. No demasiados, era lo que me repetía a mí misma, convenciéndome de que lo que llevaba en los pies eran zapatillas deportivas, y no sandalias de tacón alto. No me había llevado ninguna prenda de abrigo y tenía erizada la piel al aire entre la blusa y los pantalones. Aligeré el paso. No había ninguna farola, así que lo habría pasado mal de no ser por la luz de la luna.

Justo cuando recordé que había por ahí alguien suelto que había asesinado a Lafayette, empecé a escuchar pasos que discurrían paralelos a los míos por el bosque.

Cuando me detuve, el movimiento entre los árboles hizo lo mismo.

Ya tenía suficiente.

—Bien, ¿quién anda por ahí? —grité—. Si vas a comerme, acabemos con esto de una vez.

Una mujer emergió del bosque. Con ella iba una especie de cerdo salvaje cuyos colmillos brillaban en medio de la noche. En la mano izquierda, la mujer llevaba un palo corto o una vara con una especie de penacho en la punta.

—Genial —me dije—. Sencillamente genial.

La mujer tenía un aspecto tan temible como el animal. Estaba segura de que no era una vampira, pues podía sentir su actividad mental, pero estaba claro que era algún tipo de ser sobrenatural porque no enviaba una señal clara. Aun así podía atisbar el tono de sus pensamientos. Aquello parecía divertirla.

No podía tratarse de nada bueno.

Recé por que el cerdo salvaje fuera amistoso. No era muy habitual verlos en Bon Temps, aunque de vez en cuando algún cazador atisbara alguno; aún más raro era ver uno abatido. Así que ésta era una ocasión entre un millón. Aunque el animal oliera a mil demonios.

No sabía muy bien a quién dirigirme. Después de todo, cabía la posibilidad de que el cerdo no fuese ningún animal, sino un cambiante. Ésa era una de las cosas que había aprendido a lo largo de los últimos meses. Si los vampiros, que desde siempre habían sido considerados como un mito excitante, existían de verdad, lo mismo podía ocurrir con otras cosas igualmente catalogadas.

Estaba muy nerviosa, así que sonreí.

Ella tenía una larga melena enredada de un color indefinido, si bien oscuro, bajo aquella luz incierta, y apenas iba vestida. Lucía una especie de atuendo corto, rasgado y manchado. Iba descalza. Me devolvió la sonrisa. En lugar de gritar, amplié la mía.

—No tengo intención de comerte —dijo.

—Me alegra saberlo. ¿Qué me dice de su amigo?

—Oh, el cerdo —como si acabase de reparar en su presencia, la mujer extendió la mano y rascó el cuello del animal del mismo modo que lo haría yo con un perro. Los feroces colmillos oscilaron de arriba abajo—. Sólo hará lo que yo le diga —añadió, como si tal cosa. No necesité ningún traductor para comprender la amenaza. Traté de parecer igual de despreocupada mientras paseaba la mirada por el terreno circundante, desesperada por encontrar un árbol al que poder encaramarme en caso de necesidad. Pero todos los troncos que tenía a mi alcance estaban desprovistos de ramas. Eran los pinos salvajes que crecían a millones en nuestra parte del bosque y alimentaban los aserraderos. Las ramas hacían acto de presencia a partir de los cuatro metros.

Caí en la cuenta de algo en lo que debí haber reparado antes: la avería del coche de Bill no era una casualidad, e incluso puede que la discusión que habíamos tenido tampoco.

—¿Quería hablar conmigo de algo? —le pregunté, y al volverme hacia ella descubrí que se había acercado varios metros. Ahora podía verle la cara un poco mejor, y en absoluto me sentí más tranquila. Tenía una mancha alrededor de la boca y, cuando la abrió para hablar, pude ver que sus dientes presentaban márgenes oscuros: Doña Misteriosa se había comido un mamífero crudo—. Veo que ya ha cenado —dije, nerviosa, e inmediatamente me habría abofeteado yo misma por la tontería.

—Mmmm —dijo ella—. ¿Eres la mascota de Bill?

—Sí —dije. No me gustaba el término que había empleado, pero no estaba en disposición de objetar nada—. Se sentiría terriblemente molesto si algo me ocurriese.

—Como si me importase la ira de un vampiro —dijo, ofendida.

—Disculpe, señora, pero ¿qué es usted? Si no le ofende la pregunta.

Volvió a sonreír, y yo me estremecí.

—En absoluto. Soy una ménade.

Eso era algo griego. No sabía exactamente el qué, pero era femenino, salvaje y vivía en entornos silvestres, si no me equivocaba.

—Es muy interesante —dije, esbozando la mejor sonrisa de la que pude echar mano—. ¿Y está de paseo esta noche porque…?

—Necesito enviar un mensaje a Eric Northman —dijo, acercándose más aún. Esta vez pude ver cómo lo hacía. El cerdo salvaje resolló junto a ella, como si lo llevase atado. El hedor era insoportable. Vi su tupida cola meneándose hacia delante y hacia atrás en una especie de movimiento nervioso.

—¿Y cuál es el mensaje? —la miré y me volví para salir corriendo a toda prisa. Si no hubiese ingerido un poco de sangre de vampiro a principios de verano, no me habría podido dar la vuelta a tiempo y habría recibido el golpe en el pecho y la cara en lugar de en la espalda. Era como si alguien muy fuerte hubiese lanzado un enorme rastrillo y las puntas me hubiesen mordido la piel, abriéndose paso por mi espalda.

Fui incapaz de mantenerme en pie, y me lancé de frente para caer sobre el estómago. Oí cómo se reía a mis espaldas, al tiempo que el cerdo seguía resollando. Y entonces desapareció. Me quedé allí tendida, llorando durante uno o dos minutos. Traté de no chillar, y me encontré como una parturienta jadeante, tratando de controlar el dolor. La espalda me dolía terriblemente.

Con la poca energía que me quedaba, también me permití el lujo de enfadarme. Esa zorra, ménade o lo que demonios fuese, me había tomado por un panel de anuncios viviente. Mientras me arrastraba sobre ramas, terreno escarpado, agujas de pino y tierra, mi ira iba ganando enteros. Todo el cuerpo me temblaba de dolor y rabia. Me arrastré sin parar, hasta que dejé de pensar que merecía la pena morirme dado el lamentable estado que debía de presentar. Me dirigí a rastras de vuelta al coche, hacia el punto en el que Bill tuviera más probabilidades de encontrarme, pero cuando casi había llegado me lo pensé dos veces antes de permanecer en espacio abierto.

Había dado por sentado que la carretera era sinónimo de auxilio, pero era evidente que no. Apenas unos minutos antes había aprendido que no todo el mundo con el que te cruzas en la carretera está de humor para ayudar. ¿Qué pasaría si me topaba con otra cosa hambrienta? El olor de mi sangre podría estar atrayendo a un depredador en aquel preciso instante. Dicen que los tiburones son capaces de detectar las más ínfimas partículas de sangre en el agua, y a nadie le cabe duda de que un vampiro es la versión terrestre de un tiburón.

Así que me arrastré hasta el linde de los árboles en vez de permanecer junto a la carretera, donde sería visible.

No parecía un lugar muy digno o significativo para morir. No era como el Álamo o las Termópilas. No era más que un punto boscoso indeterminado junto a una carretera del norte de Luisiana. Probablemente estaba tumbada sobre hiedras venenosas. Aunque quizá tampoco fuera a vivir lo suficiente para notar los primeros síntomas del envenenamiento.

Esperaba que, con el tiempo, el dolor comenzara a remitir, pero no hacía sino aumentar. No podía evitar que las lágrimas surcaran mis mejillas. Traté de no sollozar en voz demasiado alta para no atraer más atención, pero me resultaba imposible permanecer en silencio.

Me concentraba tan desesperadamente por no hacer ruido, que casi pasé por alto a Bill. Recorría la carretera mirando hacia el bosque, y por su forma de hacerlo supe que estaba alerta ante el peligro. Bill sabía que algo iba mal.

—Bill —murmuré, pero gracias a su oído vampírico aquello era como un grito.

Se quedó quieto de repente, los ojos escrutando la oscuridad.

—Estoy aquí —dije, tragándome un sollozo—. Ten cuidado —podía ser que alguien me estuviera usando como cebo.

Bajo la luz de la luna, vi que su rostro estaba desprovisto de cualquier emoción, pero sabía que estaba sopesando las posibilidades, igual que yo. Uno de los dos tenía que moverse, y me di cuenta de que si al menos podía salir a la luz de la luna, Bill podría ver más claramente si algo me atacaba.

Extendí las manos, me aferré a la maleza y tiré. Ni siquiera era capaz de ponerme de rodillas, así que aquélla era toda la velocidad que podía alcanzar. Empujé un poco con los pies, aunque apenas ese exiguo uso de los músculos de la espalda desembocó en un dolor atroz. No quería mirar hacia Bill mientras me movía porque no quería ablandarme ante su ira. Y es que era casi palpable.

—¿Quién te ha hecho esto, Sookie? —preguntó con dulzura.

—Llévame al coche. Por favor, sácame de aquí —dije, haciendo todo lo que podía por no derrumbarme—. Si hago demasiado ruido, ella podría volver —me estremecía con tan sólo pensarlo—. Llévame con Eric —pedí, tratando de mantener la voz calmada—. Me dijo que esto es un mensaje para Eric Northman.

Bill se puso de cuclillas junto a mí.

—Tengo que llevarte en brazos —me dijo.

—Oh, no —empecé a protestar—. Tiene que haber otro modo —pero sabía que no lo había, y Bill no titubeó. Antes de que pudiera anticiparme al apogeo del dolor, pasó un brazo por debajo de mí, me agarró con la otra mano por la ropa y, en un abrir y cerrar de ojos, me tenía aupada al hombro.

Lancé un grito. Traté de reducirlo a un sollozo para que Bill pudiera escuchar un posible ataque por la espalda, pero no se me dio demasiado bien. Bill empezó a correr a lo largo de la carretera en dirección al coche. Ya estaba en marcha, con el motor ronroneando tranquilamente. Bill abrió la puerta de atrás y trató de deslizarme con suavidad y rapidez en el asiento trasero del Cadillac. Era imposible no causarme más dolor haciéndolo, pero lo intentó.

—Fue ella —dije, en cuanto pude hablar con coherencia—. Fue ella quien detuvo el coche y me hizo salir —aún me estaba decidiendo si culparla también de la discusión.

—Hablaremos de ello más tarde —me cortó. Condujo a toda velocidad hacia Shreveport mientras yo me hacía un ovillo sobre la tapicería en un intento de no perder el control.

Lo único que recuerdo de aquel trayecto es que se me antojó eterno.

De alguna manera, Bill me llevó hasta la puerta trasera del Fangtasia y llamó a patadas.

—¿Qué? —Pam sonaba hostil. Era una atractiva vampira rubia con la que había coincidido un par de veces anteriormente, una criatura sensata con una notable perspicacia para los negocios—. Oh, Bill. ¿Qué ha pasado? Oh, qué rica, está sangrando.

—Llama a Eric —dijo Bill.

—Os está esperando —empezó a responder, pero Bill pasó junto a ella llevándome colgada de su hombro como si fuera una sangrienta pieza de caza. Estaba tan ida en ese momento que lo mismo me habría dado que me dejara en la pista de baile del bar, pero Bill irrumpió en el despacho de Eric conmigo y su rabia a cuestas.

—Ésta me la debes —le espetó Bill, y yo lancé un quejido mientras él me agitaba, como si quisiera atraer la atención de Eric sobre mí. Me cuesta imaginar que Eric hubiese estado mirando hacia cualquier otro punto, puesto que soy una mujer en edad adulta y probablemente la única que se estaba desangrando en esa habitación.

Me habría encantado desmayarme para no tener que pasar por todo aquello, pero no fue así. Simplemente permanecí combada sobre el hombro de Bill, sumida en mi dolor.

—Vete al infierno —dije entre dientes.

—¿Qué has dicho, cielo?

—Que te vayas al infierno.

—Tenemos que tumbarla boca abajo en el sofá —dijo Eric—. Déjame… —noté que otro par de manos me agarraba por las piernas mientras Bill se giraba de alguna manera debajo de mí y ambos me posaban sobre el amplio sofá que Eric acababa de comprar para su despacho. Olía a nuevo, a cuero nuevo. Mientras lo contemplaba a una distancia de dos centímetros, me alegré de que no estuviera tapizado.

—Pam, llama al médico.

Oí unos pasos que se marchaban de la habitación mientras Eric se acuclillaba junto a mí para mirarme a la cara. Era toda una gesta por su parte, pues Eric, alto y de hombros anchos, tiene el porte de lo que precisamente es: un antiguo vikingo.

—¿Qué te ha pasado? —me preguntó.

Le devolví una mirada encendida, tan enfadada que casi no podía hablar.

—Soy un mensaje para ti —contesté en apenas un susurro—. Esa mujer del bosque hizo que se detuviera el coche de Bill, y puede que hasta provocara que discutiéramos, y luego se me presentó con ese cerdo.

—¿Un cerdo? —Eric no se habría quedado más asombrado si le hubiese dicho que tenía un canario posado sobre la nariz.

—Oink, oink. Un cerdo salvaje. Dijo que quería mandarte un mensaje, y me giré a tiempo para que no me destrozara la cara, aunque me dio lo mío en la espalda antes de desaparecer.

—Tu cara, te podría haber destrozado la cara —dijo Bill, aferrándose los muslos y la espalda mientras empezaba a dar vueltas por el despacho—. Eric, sus cortes no son tan profundos, ¿qué es lo que le pasa?

—Sookie —dijo Eric con dulzura—, ¿qué aspecto tenía la mujer?

Su rostro estaba pegado al mío, su denso pelo dorado casi rozándome.

—Parecía una chiflada, eso parecía. Y te llamó Eric Northman.

—Ése es el apellido que uso para mis negocios —dijo—. ¿A qué te refieres con que parecía una chiflada?

—Tenía la ropa raída y sangre alrededor de la boca y en los dientes, como si acabara de comerse algo crudo. Llevaba una especie de vara, con algo en el extremo. Tenía el pelo largo y enmarañado... Mira, hablando de pelo, el mío se me ha pegado a la espalda —boqueé.

—Sí, ya veo —dijo Eric, tratando de separar mi pelo largo de las heridas, donde la sangre empezaba a obrar cual pegamento mientras se coagulaba.

Entonces volvió Pam acompañada del médico. Si me quedaba alguna esperanza de que Eric se refiriera a un médico convencional, como esos que llevan el estetoscopio y el depresor de lengua, una vez más me vi abocada a la decepción. Este médico era una enana que apenas necesitaba inclinarse para mirarme a los ojos. Bill no paraba de dar vueltas, sumido en la tensión, mientras la pequeña mujer examinaba mis heridas. Vestía unos pantalones blancos y una bata a juego, como los doctores normales de los hospitales; bueno, como solían hacer antes de adoptar el verde o el azul o cualquier estampado increíble que se les pasara por la cabeza. Su nariz abarcaba casi toda su cara, y tenía la piel de un tono cetrino. Su tosco pelo era rubio oscuro, increíblemente denso y ondulado. Lo llevaba muy recogido. Me recordó a un hobbit. De hecho, puede que fuese un hobbit. Mi concepto de la realidad había sufrido varios reveses a lo largo de los últimos meses.

—¿Qué clase de médico es usted? —pregunté, aunque me costó aunar las fuerzas suficientes para hacerlo.

—De los que curan —respondió con una voz sorprendentemente grave—. Te han envenenado.

—Entonces debe de ser por eso que no paro de pensar que me voy a morir —murmuré.

—Y así será. Pronto.

—Gracias por el aviso, doctora. ¿Hay algo que pueda hacer al respecto?

—No es que tengamos muchas alternativas. Te han envenenado. ¿Alguna vez has oído hablar de los dragones de Komodo? Su boca está atestada de bacterias. Pues resulta que las heridas de las ménades tienen el mismo grado de toxicidad. Cuando un dragón te muerde, te sigue el rastro durante horas, a la espera de que las bacterias te maten. Para las ménades, la prolongación hasta la muerte es un plus de entretenimiento. Para los dragones de Komodo… ¿Quién sabe?

Gracias por la sesión de National Geographic, doctora.

—¿Y qué se puede hacer? —pregunté con los dientes apretados.

—Puedo curar las heridas, pero el veneno ha penetrado en el torrente sanguíneo. Hay que sustituir toda tu sangre. Es algo que pueden hacer los vampiros —la buena

51

doctora parecía alegrarse ante la idea de que todo el mundo se pusiera manos a la obra. Conmigo.

Se volvió hacia los demás vampiros.

—Si uno de vosotros toma la sangre envenenada lo pasará bastante mal. Es lo que pasa con el elemento mágico de las ménades. Con los dragones de Komodo no tendríais problema, chicos —rió sonoramente.

La odiaba. Las lágrimas recorrieron mis mejillas debido al dolor.

—Bien —prosiguió—, cuando acabe turnaos y bebed sólo un poco. Después le haremos una transfusión.

—De sangre humana —dije, con la intención de que quedase perfectamente claro. Una vez tuve que recibir sangre de Bill para sobrevivir a unas terribles heridas, y otra para sobrevivir a una especie de examen, por no hablar de la vez que tomé sangre de vampiro por accidente, por improbable que pueda sonar. Pude sentir cambios tras la ingestión de la sangre, cambios en los que no quería abundar con más dosis. La sangre de vampiro era ahora la droga de moda entre los más adinerados y, por lo que a mí respectaba, se la podían quedar toda.

—Si Eric puede tirar de algunos hilos y conseguir sangre humana —matizó la enana—. Al menos la mitad de la transfusión puede ser sintética. Soy la doctora Ludwig, por cierto.

—Puedo conseguir la sangre, y le debemos la curación —escuché que decía Eric para mi alivio. Habría dado lo que fuese por ver la cara de Bill en ese instante—. ¿Cuál es tu grupo, Sookie? —preguntó Eric.

—Cero positivo —dije, feliz de tener un tipo tan común.

—No habrá problema —confirmó Eric—. ¿Te puedes encargar, Pam?

De nuevo sentí que la gente se movía en la habitación. La doctora Ludwig se inclinó hacia delante y empezó a lamer mis heridas. Me estremecí.

—Ella es la doctora, Sookie —dijo Bill—. Así es como te curará.

—Pero se va a envenenar —protesté, tratando de pensar en una objeción que no pareciese homófoba y tendenciosa. Lo cierto era que no me apetecía que nadie me lamiera la espalda, ya fuese una enana o todo un hombretón vampiro.

—Ella es la curandera —dijo Eric reprendiéndome—. Tienes que aceptar el tratamiento.

—Oh, vale —admití, sin siquiera preocuparme por lo hosca que pudiera parecer—. Por cierto, aún no he escuchado un «lo siento» por tu parte —mi sentido de la protesta ya había superado al de la autoconservación.

—Siento que esa ménade se metiera contigo.

Lo miré enfurecido.

—No es suficiente —le dije. Intenté con todas mis fuerzas mantenerme en la conversación.

—Angelical Sookie, visión del amor y de la belleza, me siento sumamente abatido por el hecho de que una malvada ménade haya violado tu suave y voluptuoso cuerpo en su intento de enviarme un mensaje.

—Eso está mejor —las palabras de Eric me hubieran satisfecho más de no haber estado atenazada por el dolor (el tratamiento de la doctora no era precisamente cómodo). Las disculpas tenían que ser sentidas o elaboradas, y dado que Eric carecía de corazón para sentir (o al menos yo

53

no lo había notado hasta ese momento), bien podía distraerme con sus palabras.

—¿Hay que entender por su mensaje que te ha declarado la guerra? —pregunté, tratando de ignorar lo que hacía la doctora Ludwig. Sudaba profusamente. Podía sentir las gotas derramándose por mi cara. La habitación empezó a adquirir una neblina amarilla, todo parecía enfermizo.

A Eric le notaba sorprendido.

—No del todo —dijo con cautela—. ¿Pam?

—Ya viene —contestó ella—. Esto no tiene buena pinta.

—Empieza —dijo Bill con urgencia—. Está cambiando de color.

Casi con desgana, me pregunté de qué color me estaba poniendo. Ya no podía mantener la cabeza sin apoyar sobre el sofá, como había intentado hasta ahora pretendiendo parecer más alerta. Posé la mejilla sobre el cuero y enseguida el sudor redobló su intensidad. La quemazón que recorría mi cuerpo debido a las heridas de garra en mi espalda se intensificó y me estremecí, impotente. La enana saltó del sofá y se inclinó para examinarme los ojos.

—Sí, puede que haya esperanza —dijo, meneando la cabeza, pero su voz me sonó muy distante. Tenía una jeringuilla en la mano. Lo último que recuerdo es el rostro de Eric acercándose. Creo que me hizo un guiño.

3

Tuve que luchar contra mí misma para abrir los ojos. Me sentía como si hubiese dormido en un coche, o hubiese echado una siesta en una silla incómoda; vamos, como si me hubiese quedado traspuesta en algún lugar inapropiado e incómodo. Estaba mareada y me dolía todo el cuerpo. Pam estaba sentada en el suelo, a un metro, con sus inmensos ojos azules clavados en mí.

—Ha funcionado —comentó—. La doctora Ludwig tenía razón.

—Genial.

—Sí, hubiera sido una pena perderte antes de sacarte algo de provecho —dijo, haciendo gala de un pragmatismo escalofriante—. La ménade podría haber escogido a cualquiera de los numerosos humanos que están asociados con nosotros; ninguno de ellos es tan valioso como tú.

—Gracias por los mimos, Pam —murmuré.

Estaba asquerosa, como si me hubiesen metido en una cuba de sudor y luego me hubieran rebozado en polvo. Hasta los dientes los sentía sucísimos.

—De nada —dijo, casi con una sonrisa. Vaya, así que Pam tenía sentido del humor, algo que no abundaba precisamente entre los vampiros. No se conocen muchos cómicos vampiros de renombre, y los chistes humanos suelen dejarles fríos, ja, ja (en cambio, algunas de las cosas que les hacen gracia a ellos nos podrían provocar pesadillas durante semanas).

—¿Qué ha pasado?

Pam entrelazó los dedos sobre la rodilla.

—Hicimos lo que nos dijo la doctora Ludwig. Bill, Eric, Chow y yo nos turnamos, y cuando estabas casi seca empezamos con la transfusión.

Me imaginé aquello durante un momento, y me sentí feliz de haber perdido la consciencia antes de experimentar todo el proceso. Bill siempre me drenaba sangre cuando hacíamos el amor, así que lo asociaba a profundas sensaciones eróticas. La «donación» de tantas personas distintas habría sido muy embarazoso para mí de estar consciente, por así decirlo.

—¿Quién es Chow? —pregunté.

—A ver si te puedes sentar —recomendó Pam—. Chow es nuestro nuevo barman. Es todo un personaje.

—¿Por?

—Los tatuajes —dijo Pam, pareciendo casi humana por un momento—. Es alto para ser asiático y tiene un montón de… tatuajes alucinantes.

Traté de aparentar que me interesaba. Me erguí, pero al notar que me faltaba algo de sensibilidad decidí ser cauta. Era como si la espalda llena de heridas se me hubiese curado, aunque éstas amenazaran con abrirse en cualquier momento si no tenía cuidado. Y ése era precisamente el caso, según me dijo Pam.

Además, ya no tenía puesta la blusa. Ni ninguna otra cosa de cintura para arriba. Más abajo, los pantalones seguían enteros, aunque notablemente manchados.

—Tu modelito estaba tan raído que tuvimos que quitártelo —dijo Pam con una abierta sonrisa—. Nos turnamos para sujetarte mientras te lamíamos. Has gustado mucho. A Bill no le ha hecho ninguna gracia.

—Vete al infierno —fue todo lo que pude decir.

—Bueno, quién sabe dónde acabaré —Pam se encogió de hombros—. Pretendía ser un halago. Debes de ser una mujer modesta —se levantó y abrió la puerta de un armario. Dentro colgaban camisas, un almacén extra para Eric, asumí. Pam cogió una de una percha y me la tiró. Extendí el brazo para cogerla, y he de admitir que el movimiento no me costó demasiado.

—Pam, ¿hay alguna ducha por aquí? —no me apetecía ponerme la inmaculada camisa blanca sobre el cuerpo ensangrentado.

—Sí, en el almacén, donde los servicios para empleados.

Era muy espartano, pero había una ducha con jabón y toallas. La única pega era que tenías que cambiarte literalmente en el almacén, lo que probablemente no fuera un problema para los vampiros, que no parecían tener problemas de pudor. Cuando Pam accedió a custodiar la puerta, recurrí a ella para que me ayudara a quitarme los pantalones, las zapatillas y los calcetines. Creo que disfrutó de más con el proceso.

Fue la mejor ducha de mi vida.

Tenía que moverme despacio y con cautela. Me notaba tan temblorosa como si acabase de pasar por una grave enfermedad, como una neumonía o una mutación virulenta de la gripe. Y creo que así fue. Pam abrió la puerta lo suficiente para pasarme algo de ropa interior, lo cual resultó una agradable sorpresa, al menos hasta que me sequé y me dispuse a ponérmela. Las bragas eran tan pequeñas y tenían tanto encaje que apenas merecían ese nombre. Al menos eran blancas. Supe que estaba mejor cuando me sorprendí deseando ver qué aspecto tendría en un espejo. Las bragas y la camisa blanca eran las únicas prendas que me podía permitir. Salí descalza y vi que Pam había enrollado los pantalones y todo lo demás antes de meterlo en una bolsa de plástico para poder lavarlos en casa. Mi piel se antojaba muy morena en contraste con el níveo blanco de la camisa. Caminé muy despacio de vuelta al despacho de Eric y rebusqué un cepillo en mi bolso. Cuando empecé con la operación de deshacer los enredos, apareció Bill y me quitó el cepillo de las manos.

—Deja que lo haga yo, cielo —dijo con ternura—. ¿Cómo te encuentras? Súbete la camisa para que pueda verte la espalda.

Lo hice con nerviosismo, esperando que no hubiese cámaras en el despacho, aunque podía relajarme a tenor de lo que me había dicho Pam.

—¿Qué pinta tiene? —pregunté por encima del hombro.

—Quedarán cicatrices —dijo Bill con brevedad.

—Ya me lo imaginaba.

Mejor en la espalda que en la cara, y mejor viva que muerta.

Volví a ponerme la camisa y Bill me cepilló el pelo, algo que le encantaba. Enseguida me sentí cansada y me apoltroné en la silla de Eric mientras Bill permanecía de pie detrás de mí.

—¿Por qué me ha escogido la ménade?

—Estaría esperando al primer vampiro que apareciera. El que estuvieras conmigo tú, a quien era mucho más fácil hacer daño, fue un extra.

—¿Causó ella nuestra pelea?

—No, creo que eso fue mera casualidad. Sigo sin comprender por qué te enfadaste tanto.

—Estoy demasiado cansada para explicarlo, Bill. Hablaremos de ello mañana, ¿de acuerdo?

Eric entró en el despacho junto con un vampiro que debía de ser Chow. Inmediatamente supe por qué Chow atraía a la clientela. Era el primer vampiro asiático que había visto, y era extremadamente atractivo. También estaba cubierto, al menos por lo que yo veía, de esos intrincados tatuajes que yo había oído contar tanto gustaban a la Yakuza. Hubiera sido un gánster o no en su vida humana, era innegable que ahora resultaba muy siniestro. Pam se deslizó por la puerta al cabo de un minuto y dijo:

—Todo está cerrado. La doctora Ludwig también se ha marchado.

Así que Fangtasia había cerrado sus puertas para lo que quedaba de noche. Debían de ser las dos de la mañana entonces. Bill seguía cepillándome el pelo, y yo permanecía sentada en la silla con las manos sobre los muslos, plenamente consciente de lo inadecuado de mi atuendo. Aunque, bien pensado, Eric era tan alto que su camisa me cubría hasta donde habitualmente lo hacen mis shorts. Supongo que eran las bragas de corte francés las que me hacían sentir tan avergonzada. Eso y que no llevaba sujetador, algo que era imposible que pasara desapercibido dado que Dios había sido muy generoso conmigo en el reparto de pechos.

Pero poco importaba que mi ropa mostrara más de mí de lo que deseaba, o que todos ellos hubieran visto ya mis pechos al aire; yo tenía que mantener la compostura.

—Gracias a todos por salvarme la vida —dije. No logré dotar a mis palabras de un tono dulce, pero esperaba que se dieran cuenta de que eran sinceras.

—Fue todo un placer —dijo Chow, con una indudable lascivia prendida en la voz. Hablaba con acento, pero no tengo tanta experiencia con los idiomas asiáticos como para decir de dónde procedía. Asimismo, estaba segura de que «Chow» no era su nombre completo, pero era como le llamaban los demás vampiros—. Habría sido perfecto sin el veneno.

Sentía la tensión de Bill detrás de mí. Tenía las manos posadas sobre mis hombros y yo las busqué con mis dedos.

—Mereció la pena ingerir el veneno —dijo Eric. Se llevó los dedos a los labios y los besó, como si apreciara el aroma de mi sangre. Qué asco.

—Cuando quieras, Sookie —sonrió Pam.

Maravilloso.

—Tú también, Bill —le pedí, posando mi cabeza contra él.

—Fue un privilegio —dijo, esforzándose por controlar su temperamento.

—¿Os peleasteis antes del encuentro con la ménade? —preguntó Eric—. ¿He oído bien lo que decía Sookie?

—Eso es asunto nuestro —espeté, y los tres vampiros se intercambiaron unas sonrisas. Aquello no me gustó una pizca—. Por cierto, ¿para qué querías que nos presentásemos aquí esta noche? —pregunté, con la esperanza de desviar la atención de Bill y de mí.

—¿Recuerdas la promesa que me hiciste, Sookie? ¿Que usarías tu habilidad mental para ayudarme, siempre que dejara que los humanos implicados viviesen?

—Por supuesto que me acuerdo —no soy de las que olvidan una promesa, especialmente si se la hago a un vampiro.

—Desde que Bill ha sido designado inspector de la Zona Cinco no nos hemos topado con muchos misterios. Pero la Zona Seis, Texas, requiere de tus cualidades especiales. Así que te hemos prestado.

Así que me habían alquilado, como una sierra mecánica o una excavadora. Me pregunté si los vampiros de Dallas tuvieron que pagar también un seguro por mí.

—No iré sin Bill —miré a Eric fijamente a los ojos. Los dedos de Bill me apretaron un poco, así que supe que había dicho lo adecuado.

—Irá contigo, pero nos costó mucho convencerles —dijo Eric con una amplia sonrisa. El efecto era francamente desconcertante, porque estaba contento por algo y tenía los colmillos fuera—. Teníamos miedo de que se quedaran contigo o te mataran, así que incluimos la cláusula de un guardaespaldas. ¿Y quién mejor que Bill? Si algo le impidiera cuidar de ti, enviaríamos otro guardaespaldas de inmediato. Además, los vampiros de Dallas han accedido a proporcionar un coche y un conductor, alojamiento, comida y, por supuesto, una buena suma. Bill se quedará con un porcentaje.

¿Cuándo tendría que empezar?

—Tendrás que arreglar los asuntos económicos con Bill —dijo Eric con suavidad—. Estoy seguro de que te compensará por el tiempo que te mantendrá apartada de tu trabajo en el bar.

Me pregunto si alguna columna de Ann Landers habrá tratado el tema «Cuando tu novio se convierte en tu manager».

—¿Por qué una ménade? —pregunté, desconcertándolos a todos. Esperaba haber pronunciado la palabra correctamente—. Las náyades son del agua y las dríades de los árboles, ¿no? Entonces, ¿por qué una ménade en medio del bosque? ¿No eran las ménades mujeres enloquecidas por el dios Baco?

—Sookie, tu sabiduría nos coge de improviso —contestó Eric al cabo de una apreciable pausa. No le dije que lo sabía por leer historias de misterio. Preferí dejarle pensar que leía literatura antigua griega en su idioma original. No le hacía daño a nadie.

—El dios se apoderaba tanto de las mujeres que algunas se volvían inmortales, o casi —dijo Chow—. Baco era el dios del vino, por supuesto, de ahí que los bares sean de gran interés para las ménades. Tanto es así, de hecho, que no les gusta que otras criaturas de la noche se interpongan. Las ménades creen que la violencia desencadenada por el consumo de alcohol les pertenece; es de lo que se alimentan ahora que nadie adora oficialmente a su dios. El orgullo también les atrae.

Ésa iba con segundas. ¿Acaso no habíamos esgrimido nuestros respectivos orgullos Bill y yo?

—Apenas nos habían llegado rumores de que había una en la zona —dijo Eric— hasta que Bill te trajo esta noche.

—¿Y qué mensaje quería hacer llegar? ¿Qué es lo que quiere?

—Un tributo —intervino Pam—. Eso creemos.

—¿De qué tipo?

Pam se encogió de hombros. Parecía que era la única respuesta que iba a recibir.

—¿Y qué pasa si no? —pregunté. De nuevo obtuve sus miradas por toda respuesta. Lancé un profundo suspiro de exasperación—. ¿Qué hará si no le pagáis ese tributo?

—Lanzará su locura —Bill parecía preocupado.

—¿Contra el bar? ¿Contra el Merlotte's? —y eso que había muchos más bares en la zona.

Los vampiros intercambiaron miradas.

—O contra nosotros —dijo Chow—. Ya ha ocurrido. La masacre de Halloween de 1876, en San Petersburgo.

Todos asintieron solemnemente.

—Yo estaba allí —dijo Eric—. Hicieron falta veinte vampiros para poner las cosas en orden. Y hubo que clavarle una estaca a Gregory, para lo cual tuvimos que colaborar todos nosotros. La ménade, Phryne, recibió su tributo después de aquello, puedes estar segura.

Las cosas tuvieron que ponerse muy feas para que los vampiros pasaran por la estaca a uno de los suyos. Una vez lo hizo Eric con un vampiro que le había robado y, según me contó Bill, tuvo que pagar una gran multa por ello. A quién, ni él me lo dijo ni yo lo pregunté. Podía vivir perfectamente sin saber ciertas cosas.

—¿Le daréis su tributo a la ménade?

Estaban intercambiando pensamientos al respecto, estaba segura.

—Sí —contestó Eric—. Será mejor que lo hagamos.

—Supongo que es muy difícil matar a una ménade —dijo Bill con una interrogación implícita en sus palabras.

Eric se estremeció.

—Oh, sí —dijo—. Puedes estar seguro.

Durante el viaje de regreso a Bon Temps, Bill y yo guardamos silencio. Tenía muchas preguntas que hacerle sobre aquella noche, pero estaba agotada.

—Sam debería saber lo que ha pasado —dije cuando nos detuvimos delante de mi casa.

Bill rodeó el coche para abrirme la puerta.

—¿Por qué, Sookie? —me cogió de la mano para ayudarme a salir del coche a sabiendas de que apenas era capaz de caminar.

—Porque… —y entonces me quedé muda. Bill sabía que Sam era una criatura sobrenatural, pero no quería recordárselo. Sam era propietario de un bar, y estábamos más cerca de Bon Temps que de Shreveport cuando pasó lo de la ménade.

—Tiene un bar, pero estará bien —añadió Bill razonablemente—. Además, la ménade dijo que el mensaje era para Eric.

Eso era verdad.

—Piensas demasiado en Sam para mi gusto —dijo Bill, y yo me quedé boquiabierta.

—¿Estás celoso? —Bill parecía molestarse demasiado cuando otros vampiros me admiraban, pero había dado por sentado que no era más que un instinto territorial. No sabía cómo reaccionar ante ese nuevo giro. Era la primera vez que alguien se sentía celoso de mis atenciones. Bill rehusó responder denotando un aire inmaduro—. Hmmm —dije pensativa—. Bueno, bueno, bueno —sonreía para mis adentros mientras Bill me ayudaba a subir los peldaños y a recorrer la vieja casa hasta mi habitación, la misma en la que mi abuela había dormido durante muchos años.

Ahora las paredes estaban pintadas de amarillo claro, las maderas de blanco, a juego con la cama y las cortinas, que lucían vivos estampados de flores.

Pasé un momento al cuarto de baño para cepillarme los dientes y hacer mis necesidades. Cuando salí, aún llevaba puesta la camisa de Eric.

—Quítatela —dijo Bill.

—Mira, Bill, en una situación normal estaría más caliente que una brasa, pero esta noche…

—Es que detesto verte con su camisa.

Vaya, vaya, vaya. Creo que podría acostumbrarme a esto. Por otro lado, si lo llevaba hasta el extremo, podría ser todo un incordio.

—Está bien —suspiré de forma que pudiera escucharme desde bien lejos—. Supongo que me tendré que quitar esta vieja camisa —me la desabroché lentamente, consciente de que los ojos de Bill observaban mis manos deslizarse por los botones y apartando la camisa cada vez un poco más. Finalmente me la quité del todo, quedándome apenas con la ropa interior de Pam.

—Oh —jadeó Bill, y eso fue tributo suficiente para mí. Al diablo con las ménades. La cara de Bill hizo que me sintiera como una diosa.

Puede que me pasara por la tienda de lencería Foxy Femme, en Ruston, el próximo día que librara. O puede que la recién adquirida tienda de ropa de Bill vendiera también lencería.

No me resultó fácil explicarle a Sam que tenía que irme a Dallas. Se había comportado como un cielo conmigo cuando murió mi abuela, y lo consideraba un buen amigo, un gran jefe y, de vez en cuando, una fantasía sexual. Me limité a decirle que necesitaba tomarme unas pequeñas vacaciones; Dios sabe que nunca le había pedido unas antes. Pero estoy segura de que se figuró cuál era la verdadera razón. No le hizo gracia. Sus brillantes ojos azules parecieron arder, y su rostro adquirió un rictus pétreo. Incluso su pelo rubio rojizo pareció crepitar. Aunque casi se mordió la lengua para no decirlo, era evidente que Sam pensaba que Bill no debió acceder a que yo fuera. Pero Sam no tenía ni idea de mis asuntos con los vampiros, del mismo modo que Bill era el único, entre todos los vampiros que yo conocía, que sabía que Sam era un cambiante. Y traté de no recordárselo. No me apetecía que Bill pensase más en Sam de lo que ya lo hacía. Lo último que querría es que Bill viera a Sam como una amenaza para él. No le desearía un enfrentamiento con Bill ni a mi peor enemigo.

Se me da bien guardar secretos y mantener una expresión neutra, especialmente después de tantos años leyendo pensamientos indeseados ajenos. Pero he de admitir que mantener a Sam y a Bill en compartimentos separados me resultaba agotador.

Sam se recostó en su silla tras acceder a darme los días libres, ocultando su fuerte torso bajo la camiseta azul del Merlotte's. Llevaba unos vaqueros viejos, pero limpios. Sus botas, de suelas gruesas, también tenían unos años. Estaba sentada al borde de la silla de invitados, frente al escritorio de Sam, con la puerta cerrada a mis espaldas. Sabía que no había nadie escuchando al otro lado; a fin de cuentas, el bar estaba tan ruidoso como de costumbre, entre el tocadiscos aullando música folk y los gritos de los parroquianos que se habían pasado de copas. Aun así, cuando hablas de cosas como las ménades, preferirías hacerlo bajando la voz, así que opté por inclinarme sobre el escritorio.

Sam imitó inmediatamente mi postura. Yo puse una mano sobre su brazo y le susurré:

—Sam, hay una ménade en la carretera de Shreveport.

La cara de Sam se quedó en blanco durante un largo segundo, antes de que estallara en risas.

Sam no se recuperó de sus convulsiones al menos hasta pasados tres minutos, durante los cuales mi enfado fue aumentando.

—Lo siento —trató de decir, justo antes de volver a reírse. ¿Os imagináis lo irritante que puede ser eso cuando eres tú quien provoca el ataque de risa? Rodeó el escritorio tratando de sofocar sus carcajadas. Me levanté también, pero estaba que echaba humo. Me agarró de los hombros.

—Lo siento, Sookie —repitió—. Nunca he visto una, pero me han dicho que son asquerosas. ¿Por qué te preocupa? No es más que una ménade.

—Porque está cabreada, cosa que sabrías si pudieses ver las cicatrices que tengo en la espalda —le espeté, y su rostro cambió radicalmente.

—¿Estás herida? ¿Cómo ha pasado?

Así que se lo conté, tratando de mantener al margen parte del dramatismo y pasando por alto el proceso de curación emprendido por los vampiros de Shreveport. Aun así quiso ver las cicatrices. Me di la vuelta y me subió la camiseta sin pasar del nivel del sujetador. No emitió sonido alguno, pero pude sentir que me tocaba la espalda y, al cabo de un segundo, me di cuenta de que Sam había besado mi piel. Me estremecí. Volvió a cubrirme las cicatrices con la camiseta y me dio la vuelta.

—Lo siento mucho —dijo con sinceridad. Ya no se reía, ni por asomo. Estaba muy cerca de mí. Casi podía sentir los latidos de su corazón a través de su piel, la electricidad crepitando a lo largo de los pequeños y finos pelos de sus brazos.

Respiré hondo.

—Me preocupa que vuelva su atención hacia ti —le expliqué—. ¿Cuál suele ser el tributo que exigen las ménades?

—Mi madre solía decirle a mi padre que les encantan los hombres orgullosos —dijo, y por un momento pensé que volvía a tomarme el pelo. Pero por su expresión supe que no era así—. No hay nada que les guste más que destrozar a los hombres orgullosos… Literalmente.

—Agh —dije—. ¿Les satisface alguna otra cosa?

—La caza mayor. Osos, tigres y demás.

—No es fácil encontrar un tigre en Luisiana. Puede que un oso sí, pero ¿cómo llevarlo hasta el territorio de una ménade? —lo sopesé durante un momento, pero no se me ocurrió ninguna respuesta—. Supongo que los querrá vivos —me pregunté en voz alta.

Sam, que parecía haber estado observándome más que pensando en el problema, asintió antes de inclinarse hacia delante y besarme.

Debí haberlo visto venir.

Era tan cálido en comparación con Bill, cuyo cuerpo obviamente nunca llegaba a serlo, nunca llegaba a pasar de tibio. Los labios de Sam estaban calientes, igual que su lengua. El beso fue profundo, intenso e inesperado; la misma emoción que sientes cuando alguien te hace un regalo que no sabías que deseabas. Sus brazos me rodearon y los míos a él, y nos entregamos al máximo, hasta que volví a poner los pies en la tierra.

Me aparté un poco y él levantó la cabeza lentamente.

—Está claro que necesito salir de la ciudad un tiempo —dije.

—Lo siento, Sookie, pero llevaba años deseando hacer esto.

Esa afirmación me abría un abanico de encrucijadas, pero ahondé en mi determinación y cogí el camino difícil.

—Sam, sabes que yo estoy...

—... enamorada de Bill —acabó mi frase.

No estaba del todo segura de estar enamorada de él, pero lo quería y me había comprometido con él. Así que, para simplificar el asunto, me limité a asentir.

No podía leer los pensamientos de Sam con claridad porque era un ser sobrenatural, pero tendría que haber sido muy zoquete, una absoluta nulidad en telepatía, para no sentir las oleadas de frustración y anhelo que emanaban de él.

—Lo que trataba de decir —añadí al cabo de un momento, durante el cual nos desenlazamos y nos apartamos— es que si esta ménade se interesa especialmente por los bares, resulta que este bar, al igual que el de Eric en Shreveport, también está regentado por alguien que no es precisamente un humano corriente. Así que será mejor que tengas cuidado.

Sam pareció apreciar la advertencia, e incluso extraer alguna esperanza de ella.

—Gracias por decírmelo, Sookie. La próxima vez que mute en el bosque tendré cuidado.

Ni siquiera me había imaginado a Sam encontrándose con la ménade en sus aventuras de cambio de forma, y tuve que sentarme de golpe mientras lo hacía.

—Oh, no —le dije enfáticamente—. Ni se te ocurra cambiar de forma.

—Dentro de cuatro días será luna llena —dijo Sam después de echar un ojo al calendario—. Tendré que hacerlo. Ya le he dicho a Terry que me sustituya esa noche.

—¿Qué le has dicho?

—Le he dicho que tengo una cita. No suele mirar el calendario para darse cuenta de que cada vez que le pido la sustitución es luna llena.

—Ya es algo. ¿Ha vuelto la policía por lo de Lafayette?

—No —dijo Sam, meneando la cabeza—. Y he contratado a un amigo de Lafayette. Se llama Khan.

—¿Como Sher Khan?

—Como Chaka Khan.

—Vale, pero ¿sabe cocinar?

—Lo han despedido de Shrimp Boat.

—¿Por qué?

—Temperamento artístico, eso he oído —contestó Sam con sequedad.

—No necesitará mucho de eso por aquí —observé, con la mano posada sobre el tirador de la puerta. Me alegré de que Sam y yo tuviéramos una conversación para relajar la tensión de aquella situación inédita. Nunca nos habíamos abrazado en el trabajo. De hecho, sólo nos habíamos besado una vez, cuando Sam me llevó a casa después de nuestra única cita, hacía meses. Sam era mi jefe, y empezar una aventura con el jefe siempre es mala idea. Empezar una aventura con el jefe cuando tu novio es un vampiro es otra mala idea, posiblemente una con consecuencias fatales. Sam necesitaba encontrar una mujer. Y rápidamente.

Cuando estoy nerviosa sonrío. Lo estaba, y mucho, cuando dije:

—Volvamos al trabajo —y salí por la puerta, cerrándola detrás de mí. Me envolvía una maraña de sensaciones contradictorias sobre todo lo que había ocurrido en el despacho de Sam, pero las aparté todas y me dispuse a servir algunas copas.

Aquella noche no había nada fuera de lo normal en cuanto al gentío que atestaba el Merlotte's. Hoyt Fortenberry, el amigo de mi hermano, estaba bebiendo con algunos de sus colegas. Kevin Prior, al que estaba más acostumbrada a ver de uniforme, estaba sentado con Hoyt pero no estaba pasando una noche agradable. Daba la impresión de que habría preferido estar en su coche patrulla con su compañera Kenya. Mi hermano Jason entró con la que últimamente se había convertido en el adorno de su brazo: Liz Barrett. Liz siempre fingía alegrarse de verme, pero nunca llegó a ser aduladora, lo cual le otorgaba varios puntos en mi lista de éxitos. Mi abuela se habría alegrado de saber que Jason salía tan a menudo con Liz. Jason había jugado con las fichas durante años, hasta que las fichas habían acabado condenadamente hartas de él. Después de todo, en Bon Temps y áreas aledañas hay una reserva finita de mujeres, y Jason había estado pescando en el mismo estanque durante años. Necesitaba un reabastecimiento.

Además, Liz parecía dispuesta a pasar por alto las pequeñas infracciones de Jason con la ley.

—¡Hermanita! —saludó—. Tráenos a Liz y a mí dos *Seven and Seven**, ¿quieres?

—Hecho —dije, sonriendo. Arrastrada por una oleada de optimismo, me permití escuchar a Liz durante un instante; estaba deseando que Jason le hiciera la gran pregunta. Cuanto antes mejor, pensaba, porque estaba segura de estar embarazada.

Menos mal que tenía una experiencia de años ocultando mis pensamientos. Les llevé sus bebidas, procurando mantenerme al margen de cualquier pensamiento que pudiera surgir, y traté de pensar qué debía hacer. Ése es uno de los mayores problemas de ser telépata; en realidad esas cosas en las que la gente piensa pero de las que no habla no le interesan al resto de personas (como yo). O no deberían interesarle. He oído suficientes secretos como para aplastar a un camello, y, creedme, ninguno de ellos me ha sido de provecho en absoluto.

Si Liz estaba embarazada, lo último que necesitaba era una copa, independientemente de quién fuera el padre de la criatura.

La observé con cuidado y ella tomó un pequeño sorbo del vaso. Lo rodeó con su mano para esconderlo parcialmente de la vista de los demás. Jason y ella charlaron durante un rato, hasta que Hoyt lo llamó y Jason giró sobre el taburete para mirar a su colega del instituto. Liz se

* El *Seven and Seven* es un cóctel muy popular en Estados Unidos que se sirve en vaso largo y está compuesto por un chorro de whisky Seagram's Seven Crown y refresco Seven-Up hasta completar el vaso. *(N. del T.)*

quedó mirando su bebida, como si de verdad quisiera tomársela de un solo trago. Le puse un vaso igual, que sólo tenía Seven-Up, y aparté discretamente el que contenía el alcohol.

Liz me miró con sus grandes ojos marrones llenos de sorpresa.

—No te conviene —le dije en voz muy baja. Su tez oliva palideció al momento—. Tienes sentido común —añadí. Me costaba un mundo explicarle por qué me metía en su vida, cuando tengo por principio no intervenir en asuntos que llegan a mí de forma tan oculta—. Tienes sentido común, puedes hacer las cosas como es debido.

En ese momento Jason volvió a girarse y recibí otro encargo de una de las mesas. Mientras salía de la barra para atenderlo, me di cuenta de que Portia Bellefleur estaba en la puerta. Oteaba la penumbra del bar como si buscase a alguien. Para mi sorpresa, resultó que ese alguien era yo.

—Sookie, ¿tienes un momento? —preguntó.

Podía contar con los dedos de una mano las conversaciones personales que había mantenido con Portia, y casi me sobraban cuatro. No llegaba a imaginar lo que pasaba por su cabeza.

—Siéntate allí —le dije, indicando con un gesto de la cabeza una mesa vacía de mi zona—. Estaré contigo dentro de un momento.

—Está bien. Creo que necesitaré una copa de vino. Un Merlot.

—Enseguida te lo llevo —llené la copa con cuidado y la coloqué sobre la bandeja. Tras hacer un barrido visual para asegurarme de que todos los clientes estaban servidos, llevé la bandeja hasta la mesa de Portia y me senté enfrente de ella. Estaba en el borde de la silla, de forma que cualquiera que necesitara algo me viera lista para atenderlo inmediatamente.

—¿En qué puedo ayudarte? —me aseguré de que tenía la coleta bien sujeta y le dediqué una sonrisa.

Parecía absorta en su copa de vino. Le dio vueltas con los dedos, tomó un sorbo y la volvió a dejar en el centro exacto del posavasos.

—Necesito pedirte un favor —dijo.

No fastidies, Sherlock. Como hasta la fecha mis conversaciones con Portia no habían pasado de las dos frases, era evidente que necesitaba algo de mí.

—No me lo digas. Te ha mandado tu hermano para que me pidas que lea la mente de la gente del bar a ver si descubro algo sobre la orgía de Lafayette —como si no lo hubiera visto venir.

Portia parecía abochornada, pero llena de determinación.

—Nunca te lo pediría si no se encontrase en problemas serios, Sookie.

—Nunca me lo pediría porque no le caigo bien. ¡Y eso que no he hecho sino ser agradable con él toda la vida! Pero ahora, como me necesita, no le importa implorar mi ayuda.

La tez de Portia empezó a adquirir una tonalidad impropiamente roja. Sabía que no era justo por mi parte echarle encima los problemas de su hermano, pero en cierto modo había accedido a ser la mensajera. Ya se sabe lo que ocurre con los mensajeros. Aquello me hizo pensar en mi propio papel como mensajera de la noche anterior, y me pregunté si debía sentirme afortunada.

—Para qué me molestaré —murmuró Portia. Le había dolido en el orgullo pedirle un favor a una camarera, a una Stackhouse para mayor desgracia.

A nadie le gustaba que tuviese un «don». Nadie quería que lo usara sobre él. Pero todo el mundo quería que averiguase algo que le viniera bien, sin importarle cómo pudiera sentirme yo por meterme en los pensamientos, casi siempre desagradables e irrelevantes, de los clientes del bar para obtener la pertinente información.

—Quizá hayas olvidado que Andy arrestó hace poco a mi hermano por asesinato —claro que tuvo que soltarlo, pero aun así.

Si Portia se hubiese puesto más roja se habría incendiado.

—Vale, pues olvídalo —dijo, armándose con toda su dignidad—. De todas formas no necesitamos ayuda de una colgada como tú.

Le había tocado en la fibra sensible porque Portia siempre había sido educada, por no decir afectuosa.

—Escúchame, Portia Bellefleur. Prestaré un poco de atención a lo que «oiga», no por ti ni por tu hermano, sino porque Lafayette me caía bien. Era mi amigo y siempre se portó conmigo mejor que tú y Andy.

—No me gustas.

—Me da igual.

—¿Algún problema, cariño? —preguntó una voz fría a mis espaldas.

Era Bill. Proyecté la mente y sentí el relajante espacio vacío que había justo detrás de mí. Las demás mentes zumbaban como abejas encerradas, pero la de Bill era como un globo lleno de aire. Era maravilloso. Portia se levantó tan bruscamente que la silla casi cayó de espaldas. Le asustaba la mera circunstancia de estar cerca de Bill, como si fuese una serpiente venenosa o algo parecido.

—Portia me estaba pidiendo un favor —dije lentamente, consciente de que nuestro pequeño trío estaba atrayendo cierto grado de atención por parte de los parroquianos.

—¿A cambio de las numerosas cosas maravillosas que han hecho por ti los Bellefleur? —preguntó Bill. Portia estalló. Salió disparada hacia la salida mientras Bill contemplaba su marcha con una extraña expresión de satisfacción.

—Me pregunto qué mosca le habrá picado —dije, y me recosté contra él. Sus brazos me rodearon y me apretaron más contra su cuerpo. Era como si me abrazara un árbol.

—Los vampiros de Dallas lo han arreglado todo —dijo Bill—. ¿Puedes viajar mañana por la tarde?

—¿Y tú?

—Puedo viajar en mi ataúd, si te aseguras de que me descargan en el aeropuerto. Luego tendremos toda la noche para averiguar qué quieren que hagamos.

—¿Tendré que llevarte al aeropuerto en un coche fúnebre?

—No, cielo. Sólo tienes que ir tú. Existe un servicio de transporte que se encarga de esas cosas.

—¿Lleva a los vampiros a los sitios durante el día?

—Sí, disponen de licencia y de un seguro estatal.

Me quedé pensando en eso durante un momento.

—¿Te apetece un trago? Sam tiene algo en el radiador.

—Sí, por favor. Un poco de cero positivo.

Mi tipo de sangre. Qué mono. Le sonreí. No una sonrisa de burla, sino una de esas que nacen del corazón. Me sentía muy afortunada por estar con él, a pesar de los problemas que pudiéramos tener como pareja. No podía creer que había besado a otra persona, y desterré la idea en cuanto se asomó por mi mente.

Bill me devolvió la sonrisa, aunque puede que no fuese una vista de lo más tranquilizadora. Se alegraba de verme.

—¿A qué hora puedes salir? —preguntó, acercándose más.

Miré el reloj.

—En media hora —le prometí.

—Te estaré esperando.

Se sentó en la mesa que había dejado libre Portia, y le llevé la sangre a toda prisa.

Kevin se acercó para hablar con él y acabó sentándose a la mesa. Pasé cerca un par de veces y pude captar fragmentos de la conversación; hablaban de los crímenes que se cometían en nuestra pequeña ciudad, del precio de la gasolina y sobre quién ganaría las próximas elecciones a sheriff. ¡Era tan normal! Me henchí de orgullo. Las primeras veces que Bill vino al Merlotte's la atmósfera siempre había sido tensa. Ahora la gente se dejaba caer como si tal cosa para hablar con él o sencillamente para saludarle sin darle mayor importancia. Los vampiros ya tenían bastantes problemas legales como para sumarles otros sociales.

Aquella noche, mientras me llevaba a casa, Bill parecía estar emocionado. No sabía de qué se trataba hasta que caí en que estaba encantado con la visita a Dallas.

—¿Tienes mariposas en el estómago? —le pregunté, curiosa aunque no demasiado satisfecha con aquel repentino apetito por el viaje.

—He viajado durante años, y quedarme en Bon Temps durante estos meses ha sido maravilloso —dijo, mientras me palmeaba la mano—, pero he de admitir que me gusta visitar a otros de los míos, y los vampiros de Shreveport tienen demasiado poder sobre mí. No me puedo relajar cuando estoy con ellos.

—¿Estabais tan organizados los vampiros antes de salir a la luz? —procuraba hacer las menos preguntas posibles sobre su sociedad porque no sabía cómo podía reaccionar Bill, pero la curiosidad me mataba.

—No del mismo modo —dijo con tono evasivo. Sabía que aquella iba a ser toda la respuesta que iba a recibir de su parte, pero no pude evitar lanzar un suspiro. El señor Misterio. Los vampiros seguían manteniendo unos límites muy bien marcados. Ningún médico les podía examinar, no se les podía exigir que se unieran a las Fuerzas Armadas. A cambio de las concesiones legales, los estadounidenses habían exigido que los vampiros médicos o enfermeras (que no eran pocos) dimitiesen de sus trabajos ya que los humanos no se sentían muy cómodos con unos profesionales de la salud que vivían de la sangre ajena. Aun así, hasta donde sabían los humanos, el vampirismo era una reacción alérgica extrema a varias cosas, incluido el ajo y la luz del sol.

Si bien yo era humana (vale, un poco rara), tenía algo más de información. Aunque había sido mucho más feliz cuando pensaba que Bill tenía alguna enfermedad inclasificable, ahora sabía que las criaturas que habíamos desterrado al reino de los mitos y las leyendas tenían la fea costumbre de ser reales. La ménade, por ejemplo. ¿Quién se hubiera imaginado que una leyenda griega estaría recorriendo los bosques del norte de Luisiana?

Quizá de verdad hubiera hadas debajo del jardín, como decía una canción que solía cantar mi abuela cuando tendía la ropa.

—¿Sookie? —preguntó Bill con amable persistencia.

—¿Qué?

—Estabas perdida pensando en algo.

—Sí, sólo pensaba en el futuro —dije vagamente—. Y en el vuelo. Tendrás que ponerme al día de todos los planes y de la hora a la que tengo que estar en el aeropuerto. ¿Qué ropa tengo que llevarme?

Bill empezó a darle vueltas mientras recorríamos el camino de entrada a mi vieja casa, y supe que se tomaría mi pregunta en serio. Era una de las tantas cosas buenas que tenía.

—Antes de que hagas las maletas —dijo, con una mirada solemne— hay algo más de lo que debemos hablar.

—¿Qué? —estaba de pie en el centro de mi cuarto, con las puertas del armario a medio abrir, cuando esas palabras calaron en mi mente.

—Técnicas de relajación.

Me di la vuelta, con las manos en las caderas.

—¿De qué demonios estás hablando?

—De esto —me cogió al estilo clásico de Rhett Butler y, aunque yo vestía pantalones anchos en vez de un... ¿salto de cama?, ¿vestido largo?, Bill logró hacer que me sintiera preciosa, tan inolvidable como Escarlata O'Hara. Tampoco hizo falta subir las escaleras; la cama estaba muy cerca. La mayoría de las noches, Bill se tomaba las cosas con mucha calma, tanta que a veces creía que iba a gritar antes de llegar a algo, por así decirlo. Pero aquella noche, excitado por el viaje y la excursión inminente, Bill se aceleró notablemente. Llegamos al final del túnel juntos, y mientras yacíamos tumbados después de pasarlo en grande, me pregunté qué pensarían los vampiros de Dallas acerca de nuestra relación.

Sólo había estado en Dallas una vez, en un viaje al parque de atracciones Six Flags del que no guardo muy buenos recuerdos. No se me dio bien proteger mi mente de los pensamientos que proyectaban los demás y no estaba preparada para el inesperado apareamiento de mi mejor amiga, Marianne, y un compañero de clase llamado Dennis Engelbright. Además, era la primera vez que salía de casa.

Esto será diferente, me decía a mí misma con aplomo. Me habían convocado los vampiros de Dallas; ¿no era eso glamuroso? Se me requería debido a mis habilidades únicas. Tenía que centrarme en no llamar defectos a mis rarezas. Había aprendido a controlar mi telepatía, al menos lo justo para tener más precisión y mayor capacidad de predicción. Y además iba con mi chico. Nadie me abandonaría.

Aun así, he de admitir que antes de dormirme se me escaparon algunas lágrimas a la salud de lo miserable que había sido mi vida.

4

En Dallas hacía más calor que en la cocina del infierno, sobre todo en el asfalto del aeropuerto. Los escasos días de otoño que habíamos pasado se habían vuelto a mudar en verano. Rachas de aire caliente que traían consigo toda clase de sonidos y olores del aeropuerto de Dallas, Fort Worth (el trajinar de toda clase de vehículos pequeños y aviones con su combustible y su cargamento), parecían rodearme al pie de la rampa de carga del avión al que estaba esperando. Yo había llegado en un vuelo comercial normal, pero a Bill hubo que enviarlo de otra manera.

Me agitaba el vestido para mantener las axilas secas cuando el sacerdote católico se me acercó.

Al principio sentí tanto respeto hacia su alzacuellos que no vi ningún problema en que se acercara, a pesar de no apetecerme hablar con nadie. Acababa de salir de una experiencia completamente nueva y aún me quedaban muchos obstáculos por delante.

—¿Puedo serle de ayuda? No he podido evitar fijarme en su situación —dijo el pequeño hombre. Vestía los sobrios atavíos clericales de color negro y parecía rebosar simpatía. Además tenía la confianza de quien está acostumbrado a abordar extraños y ser recibido con cortesía.

Consideré que tenía un corte de pelo poco usual para un sacerdote. Llevaba su pelo castaño un poco largo y algo enmarañado. También lucía bigote, aunque sólo me di cuenta de ello de refilón.

—¿Mi situación? —pregunté, apenas prestando atención a sus palabras. Acababa de divisar el ataúd de madera lustrada en el borde de la plataforma de carga. Bill era de lo más tradicional. El metal habría sido más práctico para viajar. Los mozos de uniforme lo estaban arrastrando hacia la rampa, de modo que debieron de ponerle ruedas de alguna manera. Le prometieron a Bill que llegaría a su destino sin un solo rasguño. Y los guardias armados que tenía a la espalda aseguraban que ningún fanático se echara encima para quitarle la tapa. Ése era uno de los extras que Anubis Air había incluido en sus anuncios. Según las instrucciones de Bill, también especifiqué que lo sacaran el primero del avión.

Hasta ahí, todo bien.

Lancé una mirada a aquel cielo violáceo. Las luces de la pista se habían encendido minutos antes. La cabeza de chacal negro de la cola del avión parecía feroz bajo la luz áspera que dibujaba profundas sombras donde no debería haberlas. Volví a mirar el reloj.

—Sí, lo siento mucho.

Miré de lado a mi indeseado acompañante. ¿Se había subido en el avión en Baton Rouge? No recordaba su cara, pero desde entonces estuve muy nerviosa lo que quedó de vuelo.

—¿Sentirlo? —dije—. ¿Por qué? ¿Hay algún problema?

Adoptó un aire elaboradamente perplejo.

—Bueno —dijo, indicando el ataúd con la cabeza, que descendía ahora por la rampa mediante un sistema de cinta rodada—. Su pérdida. ¿Era un ser querido? —se me acercó un poco más.

—Claro —dije, sorprendida, a caballo entre el desconcierto y la irritación. ¿Qué hacía ahí? Desde luego la línea aérea no iba a pagar a un sacerdote para que se presentara ante todos los viajeros que llevaban un ataúd consigo. Sobre todo si se descargaba de Anubis Air—. ¿Por qué iba a estar aquí si no?

Empecé a preocuparme.

Lenta y cuidadosamente, bajé mis escudos mentales y empecé a analizar a aquel hombre. Lo sé, lo sé, es una intromisión en la vida privada de la gente. Pero no sólo era responsable de mi seguridad, sino de la de Bill también.

El sacerdote, que resultó ser un importante periodista, pensaba tan fijamente como yo en el anochecer, pero con mucho más miedo. Esperaba que sus amigos se encontraran donde se suponía que tenían que estar.

Tratando de disimular mi creciente nerviosismo, volví a alzar la mirada. Ya casi había anochecido, y en el cielo de Dallas apenas quedaba un resquicio de luz.

—¿Es su marido? —dijo, arrastrando sus dedos sobre mi hombro.

¡Menudo escalofrío de tipo! Le observé. Tenía la mirada clavada en los mozos de equipajes, a los que se distinguía con facilidad en la bodega del avión. Vestían monos negros y plateados con el logotipo de Anubis Air en el pecho izquierdo. Luego su atención se dirigió a un empleado de la línea aérea que esperaba en tierra, preparado para guiar el ataúd hasta el vagón de equipajes acolchado.

El sacerdote quería… ¿Qué es lo que quería? Pretendía pillarlos a todos mirando a otra parte, pendientes de cualquier otra cosa. No quería que le vieran mientras él… ¿Mientras él hacía qué?

—No, es un amigo —dije para mantener la farsa. Mi abuela me había educado para ser cortés, pero no estúpida. Abrí el bolso disimuladamente y con una mano cogí el spray de pimienta que Bill me había confiado para casos de emergencia. Mantuve el pequeño cilindro lejos de su vista. Trataba de escorarme para alejarme del falso sacerdote y sus turbias intenciones, de esa mano que insistía en aferrarme del brazo, cuando se abrió la tapa del ataúd.

Los dos mozos de equipajes del avión bajaron a tierra y se inclinaron profundamente.

—¡Mierda! —dijo el que iba a guiar el ataúd, antes de inclinarse también. Supongo que era nuevo. Aquel obsequioso comportamiento también era un extra de la línea aérea, aunque a mí me parecía que sobraba por todas partes.

—¡Ayúdame, Jesús! —dijo el sacerdote, pero en lugar de caer sobre sus rodillas, saltó hacia mi derecha, me cogió por el brazo que sostenía el spray de pimienta y empezó a tirar de mí bruscamente.

Al principio pensé que su intención era apartarme del peligro que para él representaba el ataúd abierto, y supongo que lo mismo les pareció a los mozos, que seguían metidos en el desempeño de su papel como asistentes de Anubis Air. En cualquier caso no me ayudaron, por mucho que gritara «¡Suélteme!» con toda la fuerza de mis bien desarrollados pulmones. El «sacerdote» siguió tirando de mi brazo mientras trataba de salir corriendo y yo seguía clavando al suelo mis tacones de cinco centímetros para resistirme. Le solté una bofetada con la mano libre. No iba a permitir que cualquiera me arrastrase hacia donde no quería ir sin plantar cara.

—¡Bill! —estaba muy asustada. El sacerdote no era muy corpulento, pero era más alto y robusto que yo, y casi igual de resuelto. A pesar de pelearme con uñas y dientes, centímetro a centímetro estaba logrando llevarme hasta una de las puertas de servicio de la terminal. Sin que supiera de dónde, se levantó de repente un viento seco y caliente, lo que me impidió usar el spray, pues habría recibido la sustancia química en mi propia cara.

El hombre que yacía en el ataúd se incorporó lentamente, recorriendo la escena con sus grandes ojos oscuros. Vi fugazmente que una de sus manos recorría su largo cabello castaño.

La puerta de servicio se abrió y pude ver que había alguien al otro lado, refuerzos del sacerdote.

—¡Bill!

Se produjo un silbido de aire a mi alrededor y, de repente, el sacerdote me soltó y desapareció por la puerta como un conejo en una pista para galgos. Di un respingo, y hubiera caído sobre mi trasero de no haber estado Bill ahí para cogerme.

—Hola, cielo —dije, increíblemente aliviada. Me arreglé la chaqueta de mi nuevo traje gris y me alegré de haberme puesto algo más de rojo de labios cuando aterrizó el avión. Miré en la dirección que había huido el sacerdote. «Qué extraño ha sido eso», pensé mientras volvía a guardar el spray de pimienta.

—Sookie —dijo Bill—. ¿Estás bien? —me dio un beso, ignorando los murmullos de los mozos de equipajes de un vuelo chárter que había junto a la puerta de Anubis. A pesar de que el mundo sabía desde hacía dos años que los vampiros eran más que material de leyenda y películas de terror, y que llevaban siglos existiendo entre nosotros, mucha gente no había visto aún uno de cerca.

Bill pasó de ellos. A Bill se le da bien pasar de las cosas que no merecen su atención.

—Sí, estoy bien —dije, aún un poco aturdida—. Sigo sin entender por qué me estaba agarrando.

—¿Habrá malentendido nuestra relación?

—No creo. Creo que sabía que te estaba esperando y quería raptarme antes de que despertaras.

—Tendremos que tenerlo en cuenta —dijo Bill, todo un maestro en restarle importancia a las cosas—. Aparte de este extraño incidente, ¿cómo ha ido la tarde?

—El vuelo ha sido agradable —dije, tratando de no hacer un mohín con el labio inferior.

—¿Ha habido más contratiempos? —Bill parecía un poco seco. Era muy consciente de que yo sentía que se habían aprovechado de mí.

—No sé lo que sería anormal en un viaje en avión, nunca lo había hecho antes —dije con acritud—, pero, hasta que apareció el sacerdote, diría que las cosas han ido como la seda —Bill alzó una ceja con ese aire de superioridad que él sabe poner, así que detallé—: No creo que ese tipo fuese un sacerdote. ¿Qué estaba haciendo aquí? ¿Por qué querría hablar conmigo? No hacía más que esperar que todos los que trabajaban cerca del avión miraran hacia otra parte.

—Hablaremos de ello en un lugar más privado —dijo mi vampiro, mirando de reojo a los hombres y mujeres que se habían reunido alrededor del avión para ver a qué se debía tanto ajetreo. Se dirigió hacia los empleados con el uniforme de Anubis y, en voz baja, les reprendió por no acudir en mi ayuda. Al menos eso pensaba yo a tenor de lo pálidos que se ponían y de cómo empezaban a balbucear. Bill deslizó un brazo alrededor de mi cintura y comenzamos a caminar hacia la terminal.

—Lleven el ataúd a la dirección que figura en la tapa —dijo Bill por encima del hombro—. Es el hotel Silent Shore.

El Silent Shore era el único hotel de Dallas que había llevado a cabo las reformas necesarias para acomodar a clientes vampiros. Era uno de los grandes hoteles antiguos del centro, según el folleto. No es que yo haya visto nunca el centro de Dallas ni ninguno de sus grandes hoteles antiguos.

Nos detuvimos en las escaleras que conducían a la terminal de pasajeros.

—Vamos, cuéntamelo —pidió. Lo miré mientras le relataba los hechos del incidente de principio a fin. Estaba muy pálido. Sabía que debía de tener mucha hambre. Sus cejas se antojaban negras contra la palidez de su piel, así como sus ojos, que parecían de un castaño incluso más oscuro de lo que ya eran.

Mantuvo abierta la puerta y accedí al bullicio y la confusión de uno de los mayores aeropuertos del mundo.

—¿No le escuchaste? —sabía que Bill no se refería a mi oído.

—Aún mantenía muy alta mi barrera de protección debido al viaje —dije—, y para cuando me di cuenta, y empecé a intentarlo, tú saliste del ataúd y él se fue corriendo.

Tuve una sensación de lo más extraña antes de que huyera… —dudé, a sabiendas de que aquello era poco lógico.

Bill se limitó a esperar. No es de los que malgastan palabras. Siempre deja que acabe lo que estoy diciendo. Dejamos de caminar un momento, apartados contra una pared.

—Sentí como si estuviera allí para raptarme —dije—. Ya sé que suena a locura. ¿Quién iba a conocerme aquí en Dallas? ¿Quién iba a saber que llegaba en este avión? Pero ésa es la impresión que me dio —Bill tomó mis manos calientes entre las suyas, heladas como siempre.

Miré a Bill a los ojos. No soy tan baja y él no es tan alto, pero aun así tengo que levantar la mirada. Y me enorgullece el hecho de ser capaz de hacerlo sin que él pueda usar su glamour conmigo. Sin embargo, a veces desearía que Bill pudiera cambiarme también a mí los recuerdos —no me importaría, por ejemplo, olvidar a la ménade—, pero el caso es que no puede.

Bill estaba sopesando lo que le acababa de decir, archivándolo para una futura referencia.

—Entonces ¿el vuelo en sí fue aburrido? —preguntó.

—Lo cierto es que fue bastante emocionante —admití—. Cuando me aseguré de que los de Anubis te habían guardado en tu avión y yo había embarcado en el mío, una mujer nos enseñó lo que debíamos hacer si nos estrellábamos. Yo estaba sentada junto a la salida de emergencia. Dijo que podíamos cambiarnos los sitios si quienes estábamos en esos lugares no nos veíamos capaces de actuar rápido en caso de accidente. Pero yo pensé que sí que sabría, ¿no crees? ¿Te parece que podría arreglármelas en caso de emergencia? Luego me trajo una bebida y una revista —rara vez era a mí a quien servían, siendo mi profesión la que era, por lo que disfruté de lo lindo.

—Estoy seguro de que podrías arreglártelas en cualquier tipo de situación, Sookie. ¿Te asustaste cuando el avión despegó?

—No. Tan sólo me preocupaba un poco lo de esta noche. Aparte de eso, todo fue bien.

—Lamento no haberte acompañado —murmuró, dejando flotar una voz fría y líquida a mi alrededor. Me presionó contra su pecho.

—No te preocupes —le dije a su camisa, casi creyéndomelo—. Ya sabes, la primera vez que vuelas siempre te pones nervioso. Pero todo fue bien. Hasta que aterrizamos.

Puedo quejarme y puedo lloriquear, pero me alegré de veras de que Bill se hubiera despertado a tiempo para guiarme por el aeropuerto. Cada vez me sentía más como la prima paleta del pueblo.

Ya no hablamos más sobre el sacerdote, pero estaba segura de que Bill no se había olvidado del tema. Me acompañó a recoger el equipaje y a buscar un medio de transporte. Lo normal es que me hubiera dejado esperando en cualquier parte y que se hubiese encargado él de todo, pero, como solía recordarme con frecuencia, algunas veces tendría que hacerlo por mi cuenta si nuestros asuntos exigían que aterrizáramos en alguna parte a plena luz del día.

Aparte del hecho de que el aeropuerto parecía abarrotado, repleto de gente con aspecto ocupado e infeliz, logré seguir las señales con pequeños codazos por parte de Bill después de reforzar mi escudo mental. Ya me empapaba bastante de la triste miseria de los viajeros sin necesidad de escuchar sus lamentos concretos. Empujé el carro con nuestro equipaje (que Bill podría haber llevado tranquilamente debajo del brazo) hasta la fila de taxis y Bill y yo pusimos rumbo hacia el hotel al cabo de cuarenta minutos de su despertar. La gente de Anubis juró por activa y por pasiva que su ataúd llegaría dentro de las siguientes tres horas.

Ya veríamos. Si no cumplían el plazo, nos indemnizarían con un vuelo gratis.

En apenas siete años desde que me gradué en el instituto, me había olvidado de la extensión que tenía Dallas. Eran tan asombrosas las luces de la ciudad como su congestión. Contemplaba por la ventanilla todo lo que pasaba por delante de mí mientras Bill me sonreía con una indulgencia irritante.

—Estás muy guapa, Sookie. Te sienta muy bien esa ropa.

—Gracias —dije, aliviada y complacida. Bill había insistido en que debía tener un aspecto «profesional», y cuando le pregunté «¿Profesional de qué?» me propinó una de esas miradas suyas. Así que me puse un traje gris sobre una blusa blanca, con unos pendientes de perla, y un bolso y unos zapatos de tacón negros. Incluso me había recogido el pelo en un intrincado moño con uno de esos postizos Hairagami que había encargado a la teletienda. Mi amiga Arlene me había ayudado. Para mi gusto, tenía todo el aspecto de una profesional (una asistente funeraria profesional, quizá), y a Bill parecía agradarle. Adquirí todo el vestuario en Prendas Tara, pues se trataba de gastos de trabajo justificados. Así que tampoco podía quejarme del precio.

Me habría sentido más cómoda en mi uniforme de camarera. Prefiero mil veces unos shorts y una camiseta que un vestido y unas medias. Podría haber llevado mis Adidas y mi uniforme de camarera en lugar de aquellos malditos tacones. Suspiré.

El taxi se detuvo frente al hotel y el conductor se apeó para sacar el equipaje. Teníamos suficiente para tres días. Si los vampiros de Dallas seguían mis indicaciones, podríamos acabar con aquello y volver a Bon Temps mañana por la noche, para vivir allí sin ser molestados y ajenos a la política vampírica, al menos hasta la próxima vez que Bill recibiera una llamada telefónica. Pero era mejor llevar ropa extra que contar con esa posibilidad.

Me arrastré sobre el asiento para salir detrás de Bill, que ya estaba pagando al conductor. Un botones del hotel estaba cargando el equipaje en un carro. Volvió su delgada cara hacia Bill y le dijo:

—¡Bienvenido al hotel Silent Shore, señor! Mi nombre es Barry y... —Bill dio un paso al frente, dejando que la luz del vestíbulo se derramara sobre su rostro—, seré su mozo de equipajes —acabó de decir Barry con un hilo de voz.

—Gracias —le dije al muchacho, que no debía de tener más de dieciocho años, dándole un segundo para recomponerse. Le temblaban un poco las manos. Proyecté mi red mental para averiguar cuál era la causa de su nerviosismo.

Para mi asombrado deleite, al cabo de un fugaz asedio a la mente de Barry me di cuenta de que... ¡era un telépata como yo! Pero él se encontraba en la fase de organización y desarrollo por la que pasé yo a los doce años. Era un desastre de chico. Era incapaz de controlarse, y sus escudos eran una ruina. Estaba sumido en plena fase de negación. No sabía si agarrarlo y abrazarlo o darle una colleja. Entonces me di cuenta de que no me correspondía a mí revelar su secreto. Dirigí la mirada hacia otra parte y empecé a balancearme sobre los pies, como si estuviese aburrida.

—Les seguiré con el equipaje —farfulló Barry, y Bill le sonrió amablemente. Barry devolvió una sonrisa indecisa y se concentró en empujar el carro. Seguramente era la apariencia de Bill la que ponía nervioso a Barry, puesto que no podía leer su mente (lo que constituía el gran atractivo de los no muertos para la gente como yo). Barry tendría que aprender a relajarse en presencia de vampiros, ya que trabajaba en un hotel que los atendía.

Algunas personas creen que todos los vampiros son terroríficos. Para mí, depende de cuáles. Recuerdo que la primera vez que vi a Bill pensé que tenía un aspecto completamente diferente, pero no me asustaba.

Pero la que nos aguardaba en el vestíbulo del Silent Shore, ésa sí que ponía los pelos de punta. Apuesto a que conseguiría que el pobre Barry se meara en los pantalones. Se nos acercó después de que nos registráramos, mientras Bill volvía a guardarse la tarjeta de crédito en la cartera (seguir solicitando tarjetas de crédito a los ciento sesenta años, eso sí que es aguantar carros y carretas). Me apreté a él mientras le daba una propina a Barry con la esperanza de que no reparara en mí.

—¿Bill Compton? ¿El detective de Luisiana? —su voz era tan tranquila y fría como la de Bill, aunque con una inflexión considerablemente inferior. Llevaba mucho tiempo muerta. Estaba tan blanca como una hoja de papel, era tan delgada como una tabla y su fino vestido azul y dorado, que le llegaba hasta los tobillos, no le favorecía más que para acentuar su palidez y la flaqueza de su cuerpo. Tenía el pelo castaño claro, trenzado y largo hasta el trasero, y unos brillantes ojos verdes enfatizaban su macabro exotismo.

—Sí —los vampiros no se estrechan la mano, pero los dos hicieron contacto visual y se dedicaron un brusco asentimiento.

—¿Es ésta la mujer? —preguntó señalándome, probablemente con uno de esos gestos acelerados, pues alcancé a ver un movimiento desenfocado por el rabillo del ojo.

—Es mi compañera y colega, Sookie Stackhouse —dijo Bill.

Tras un instante, asintió para denotar que había cogido la indirecta.

—Me llamo Isabel Beaumont —se presentó—. Yo os acompañaré en cuanto deshagáis vuestro equipaje y estéis preparados.

—Tengo que alimentarme —dijo Bill.

Isabel me dedicó una mirada pensativa, sin duda preguntándose por qué no suministraba alimento a mi compañero, pero no era asunto suyo. Se limitó a decir:

—Sólo tienes que pulsar el botón del teléfono para que te atienda el servicio de habitaciones.

Una insignificante mortal como yo tendría que pedir del menú. Pero viendo la agenda que me esperaba, concluí que sería preferible comer después de atender los asuntos que nos aguardaban esa noche.

Cuando nos subieron las cosas a la habitación, que era lo bastante grande como para albergar un ataúd y una cama, el silencio que se adueñó de la pequeña sala de estar se volvió incómodo. Había una pequeña nevera bien surtida de TrueBlood, pero esta noche Bill sólo se contentaría con sangre de verdad.

—Tengo que hacer una llamada, Sookie —dijo Bill. Ya habíamos hablado de ello antes del viaje.

—Por supuesto —sin mirarle, me retiré al dormitorio y cerré la puerta. Podía alimentarse de cualquier otro para que yo conservara las fuerzas de cara a los acontecimientos venideros, pero yo no estaba obligada a mirar o a que me agradara. Al cabo de unos minutos escuché que llamaban a la puerta de la habitación y que Bill admitía a alguien; su cena. Hubo un murmullo de voces seguido de un leve quejido.

Por desgracia para mi nivel de tensión, tenía demasiado sentido común como para hacer algo del estilo de lanzar por la habitación mi cepillo del pelo o uno de mis malditos zapatos de tacón. Quizá también contribuía a ello mi intención de mantener algo de dignidad y el mal humor que un gesto como ése provocaría en Bill. Así que me conformé con deshacer la maleta y poner mi maquillaje en el cuarto de baño, usando el retrete a pesar de no sentir verdaderas ganas de hacerlo. Los servicios eran opcionales en el mundo de los vampiros, algo que aprendí con el tiempo, y aunque estuviesen disponibles en las casas ocupadas por ellos, muchas veces se olvidaban de reponer el papel higiénico.

No tardé en escuchar cómo se volvía a abrir y cerrar la puerta de la habitación y cómo Bill llamaba levemente a la del cuarto de baño antes de entrar. Tenía más color en la cara y su expresión parecía más viva.

—¿Estás lista? —preguntó. De repente me di cuenta de que me disponía a realizar mi primer trabajo para los vampiros y volví a sentir miedo. Si no salía bien, mi vida se convertiría en un calvario, y hasta puede que Bill acabase más muerto de lo que ya estaba. Asentí, con la garganta seca de miedo—. No te lleves el bolso.

—¿Por qué no? —pregunté, mirándolo perpleja. ¿A quién le podía molestar?

—Se pueden esconder cosas en los bolsos —cosas como estacas, asumí—. Llévate tan sólo la llave de la habitación en… ¿Esa falda tiene bolsillos?

—No.

—Bien, pues guárdatela en la ropa interior.

Alcé el dobladillo para que Bill pudiera ver en qué ropa interior me podía guardar las cosas. Disfruté la expresión de su cara más de lo que se puede expresar con palabras.

—¿Eso es…, no llevarás… un tanga? —Bill parecía un poco preocupado de repente.

—Así es. No vi la necesidad de parecer profesional tan a flor de piel.

—Y qué piel —murmuró Bill—. Tan morena… Tan suave.

—Sí, supuse que no sería necesario que llevara medias —sujeté el rectángulo de plástico (la llave) bajo una de las gomas.

—Oh, no creo que vaya a mantenerse fija ahí —dijo con los ojos encendidos—. Podríamos separarnos y es fundamental que la conserves. Prueba en otro sitio.

Y eso hice.

—Oh, Sookie, no creo que sea fácil sacarla de ahí si tienes prisa. Tenemos… Eh, tenemos que irnos —dijo Bill, arrancándose de su propio trance.

—Vale, si insistes —dije, volviendo a cubrir mi «ropa interior» con la falda.

Me dedicó una oscura mirada, se palpó los bolsillos como suelen hacer los hombres para comprobar que lo llevaba todo. Era un gesto extrañamente humano, y me emocionó de una forma que ni siquiera era capaz de describirme a mí misma. Nos hicimos un mutuo y escueto gesto de asentimiento y recorrimos el pasillo hacia el ascensor. Isabel Beaumont ya estaría esperando por nosotros, y tenía la diáfana sensación de que no estaba muy acostumbrada a hacerlo.

La anciana vampira, que no aparentaba más de treinta y cinco años, estaba justo donde la habíamos dejado. Aquí, en el hotel Silent Shore, Isabel se sentía libre de mostrar su vampirismo, que incluía el descanso inmóvil. La gente nunca se está quieta; se siente impelida a hacer cualquier cosa. Los vampiros, sin embargo, son capaces de ocupar un espacio sin necesidad de justificarlo. Cuando salimos del ascensor, Isabel parecía una estatua. Cualquiera podría haber colgado su abrigo en ella, aunque luego lo habría lamentado.

Una especie de sistema de alerta se activó en la vampira cuando estuvimos a escasos metros de ella. Sus ojos fluctuaron en nuestra dirección y su brazo derecho se movió, como si alguien la hubiese encendido mediante un interruptor.

—Acompañadme —dijo, y se deslizó hacia la puerta principal. Barry apenas pudo abrírsela con suficiente rapidez. Me di cuenta de que estaba entrenado para bajar la mirada a su paso. Todo lo que se dice sobre cruzar la mirada con un vampiro es cierto.

Como era de esperar, el coche de Isabel era un Lexus negro lleno de extras. A ningún vampiro se le ocurriría circular en una carraca. Isabel aguardó a que me abrochara el cinturón (ni ella ni Bill se molestaron en usarlos) antes de emprender la marcha, lo cual me sorprendió. Luego comenzamos nuestro recorrido en Dallas por una de sus avenidas principales. Isabel parecía una de esas mujeres fuertes y silenciosas, pero cuando habían pasado unos cinco minutos, pareció sacudirse ese aire de encima, como si recordara que tenía órdenes.

Giramos a la izquierda. Divisé una especie de zona verde con césped y algo parecido a un monumento histórico. Isabel apuntó hacia la derecha con uno de sus huesudos dedos.

—El depósito de libros escolares de Texas, desde donde dispararon a Kennedy —dijo, y entendí que se sentía en la obligación de informarme. Eso quería decir que había recibido orden en tal sentido, lo cual resultaba muy interesante. Seguí su dedo con avidez, asimilando tanto de ese edificio de ladrillo como fui capaz. Me sorprendió que no tuviese un aspecto más notable.

—¿Es esa zona donde lo alcanzaron los disparos? —suspiré emocionada, como si hubiese estado a bordo del *Hindenburg* o algún otro artefacto legendario.

Isabel asintió con un gesto tan imperceptible que me di cuenta de ello tan sólo porque se le agitó la trenza.

—Hay un museo en el viejo depósito —dijo.

Eso sí que era algo que me apetecía ver a la luz del día. Si nos quedábamos el tiempo suficiente, iría allí paseando, o quizá con un taxi, mientras Bill descansaba en el ataúd.

Bill me sonrió por encima del hombro. Era capaz de detectar cada mota de mi humor, lo cual resultaba encantador el ochenta por ciento de las veces.

El recorrido duró alrededor de otros veinte minutos, durante los cuales dejamos atrás distritos financieros y empezamos a adentrarnos en los residenciales. Al principio los edificios eran modestos y cuadriculados, pero poco a poco, a pesar de que las parcelas no parecían demasiado grandes, las casas iban abultándose más, como si hubiesen tomado esteroides. Nuestro destino era una gran casa metida con calzador en una pequeña parcela. Con tan poco terreno alrededor de la casa, aquello parecía ridículo, incluso en plena oscuridad.

No me habría importado que el paseo durara más y haber llegado más tarde.

Aparcamos en la calle, frente a lo que me pareció una mansión. Bill me abrió la puerta. Permanecí quieta durante un momento, reacia a comenzar con el… proyecto. Sabía que había vampiros ahí dentro, muchos vampiros. Lo sabía del mismo modo que lo habría sabido si me hubieran estado esperando humanos. Pero en lugar de retazos de pensamientos positivos, esos que suelo percibir para notar que hay gente, recibí imágenes mentales de… ¿Cómo definirlo? Dentro de aquella casa había agujeros en el aire y cada uno de ellos representaba a un vampiro. Recorrí los metros de acera que conducían a la casa, y ahí fue donde noté por primera vez un soplo humano.

La luz sobre la entrada estaba encendida, por lo que pude discernir que la casa era de ladrillo beis y adornos blancos. Sabía que la luz también era un detalle hacia mí; cualquier vampiro veía mejor que el mejor de los humanos. Isabel nos guió hacia la puerta, que estaba enmarcada por varios arcos de ladrillo. En la puerta había una exquisita corona de vides y flores secas que casi ocultaba la mirilla. Una integración inteligente. Me di cuenta de que no había en esa casa ningún detalle que indicara que fuese diferente de cualquiera de las henchidas viviendas que habíamos pasado, ninguna indicación de que en su interior vivían vampiros.

Pero allí estaban, en masa. Mientras seguía a Isabel al interior, conté cuatro en la sala principal a la que daba la puerta de entrada, dos en el pasillo y al menos seis en la enorme cocina, que parecía diseñada para dar de comer a veinte personas a la vez. Supe enseguida que habían comprado la casa, no la habían construido, porque los vampiros siempre proyectan cocinas diminutas o prescinden de ellas directamente. Lo único que necesitan es una nevera para conservar su sangre sintética y un microondas para calentarla. ¿Qué iban a cocinar?

Un humano alto y desgarbado lavaba en la pila unos platos, lo que me hizo pensar que, después de todo, quizá vivieran allí algunas personas. Se volvió a medias mientras pasábamos y me hizo un gesto con la cabeza. Tenía gafas y las mangas de la camisa remangadas. No tuve ocasión de hablar con él porque Isabel nos llevaba a toda prisa hacia lo que parecía un comedor.

Bill estaba tenso. Puede que no fuera capaz de leerle la mente, pero lo conocía lo suficiente como para interpretar la posición de sus hombros. Ningún vampiro se siente cómodo al entrar en el territorio de otro vampiro. Los vampiros tienen tantas reglas y normas como cualquier otra sociedad; simplemente tratan de mantenerlas en secreto. Pero yo ya empezaba a hacerme una idea.

De entre todos los vampiros que había en la casa, enseguida distinguí al líder. Era uno de los que estaban sentados a la larga mesa del comedor. Era todo un bicho raro. Ésa fue mi primera impresión. Luego supe que se disfrazaba cuidadosamente de bicho raro; él era... más bien otra cosa. Tenía el pelo de un rubio rojizo, y lo peinaba hacia atrás; su cuerpo era estrecho y poco llamativo, sus gafas de montura de pasta negra un mero camuflaje y llevaba una camisa de paño a rayas bien metida bajo unos pantalones de algodón y poliéster. Estaba pálido... Sí, bueno, menuda observación. También era pecoso, con pestañas casi invisibles y cejas mínimas.

—Bill Compton —dijo el tío raro.

—Stan Davis —replicó Bill.

—Sí, bienvenidos a la ciudad —el raro tenía un leve acento extranjero. «Antes era Stanislaus Davidowitz», pensé antes de dejar mi mente limpia como una pizarra. Si alguien descubría que de vez en cuando captaba algún retazo en el silencio de sus mentes, estaría desangrada antes de caer al suelo.

Ni siquiera Bill lo sabía.

Desterré mis miedos al sótano de mi mente en cuanto sus pálidos ojos se clavaron en mí y me escrutaron palmo a palmo.

—Viene en un agradable embalaje —le dijo a Bill, y supuse que con ello pretendía lanzar un halago, una especie de palmada en la espalda para Bill.

Bill inclinó la cabeza.

Los vampiros no pierden su tiempo diciendo la cantidad de cosas que los humanos diríamos en similares circunstancias. Un ejecutivo humano le preguntaría a Bill cómo le iba a su jefe Eric; le amenazaría un poco si no hacía bien mi trabajo e incluso puede que realizara las debidas presentaciones para que Bill y yo conociéramos a, al menos, las personas más importantes que hubiera en la habitación. Pero Stan Davis, jefe de los vampiros, no. Alzó la mano, y un joven vampiro hispano con el pelo negro hirsuto como el alambre abandonó la estancia y regresó con una chica humana. Cuando ella me vio, lanzó un chillido y se abalanzó sobre mí, tratando de librarse del vampiro que la sujetaba por el antebrazo.

—¡Ayúdame! —gritó—. ¡Tienes que ayudarme!

Supe enseguida que era una estúpida. Al fin y al cabo, ¿qué podía hacer yo en una habitación llena de vampiros? Su llamada de socorro era ridícula. Eso fue lo que me repetí varias veces, muy deprisa, para poder centrarme en lo que tenía que hacer.

Cruzamos miradas y alcé un dedo para indicarle que guardara silencio. Entonces, cuando conectamos, me obedeció. No tengo la mirada seductora de los vampiros, pero mi aspecto no es menos amenazador. Tengo exactamente el aspecto de cualquier muchacha de empleo mal pagado que te podrías encontrar en cualquier momento y ciudad del sur: rubia de pechos grandes, morena de piel y joven. Probablemente no parezca muy lista, pero seguro que eso se debe más a que la gente (y los vampiros) dan por sentado que si eres bonita, rubia y tienes un trabajo mal pagado eres automáticamente tonta.

Me volví hacia Stan Davis, agradecida por que Bill estuviera detrás de mí.

—Señor Davis, espero que comprenda que necesitaré más intimidad para interrogar a la chica. Y necesito saber qué es lo que busca.

La chica empezó a sollozar. De forma lenta y desgarradora, increíblemente irritante bajo aquellas circunstancias.

Los pálidos ojos de Davis se clavaron en los míos. No trataba de seducirme ni someterme; simplemente me examinaba.

—Tenía entendido que tu escolta comprendía los términos de nuestro acuerdo con su líder —dijo Stan Davis. Vale, ya lo pillo. Estaba más allá del desprecio por el hecho de ser humana. Que yo intentara hablar con Stan era como si una vaca lo hiciera con un cliente del McDonald's. Aun así, era necesario que supiese qué tenía que buscar.

—Estoy segura de que ha cumplido las condiciones de la Zona Cinco —dije manteniendo la voz tan tranquila como me era posible—, y voy a hacer todo lo que esté en mi mano. Pero sin un objetivo ni siquiera puedo empezar.

—Necesitamos saber dónde se encuentra nuestro hermano —dijo tras una pausa.

Traté de no parecer tan perpleja como me sentía.

Como he dicho, algunos vampiros, como Bill, viven por su cuenta. Otros se sienten más seguros en grupos que llaman nidos o rediles. Se llaman unos a otros «hermano» y «hermana» cuando llevan un tiempo en el mismo redil, y algunos de esos nidos pueden durar decenios. De hecho, uno en Nueva Orleans ha durado dos siglos. Antes de salir de Luisiana, Bill me contó que los vampiros de Dallas vivían en un redil especialmente amplio.

No soy precisamente una neurocirujana, pero hasta yo llegaba a comprender que el hecho de que un vampiro tan poderoso como Stan perdiera a uno de sus hermanos de redil no sólo era inusual, sino también humillante.

Y a los vampiros les gusta tanto como a los humanos sentirse humillados.

—Explique las circunstancias, por favor —sugerí con la más neutral de las voces.

—Mi hermano Farrell no ha vuelto a su redil desde hace cinco noches —dijo Stan Davis.

Sabía que habrían comprobado los terrenos de caza favoritos de Farrell y que habrían preguntado a todo vampiro del redil de Dallas si lo había visto. Aun así, abrí la boca para preguntar, pues los humanos nos sentimos impulsados a hacer cosas así. Pero Bill me tocó el hombro, y miré de reojo hacia atrás para atisbar un leve meneo de cabeza. Mis preguntas serían tomadas como un insulto grave.

—¿Y la chica? —pregunté. Ella seguía en silencio, pero no paraba de temblar. Parecía mantenerse en pie tan sólo porque la agarraba el vampiro hispano.

—Trabaja en el club donde fue visto por última vez, el Bat's Wing; es de nuestra propiedad —los bares eran las aventuras empresariales favoritas de los vampiros. Normal, pues su tráfico más preciado se produce mayoritariamente de noche. Por alguna razón, las tintorerías con servicio veinticuatro horas regentadas por chupasangres no eran tan atractivas como un bar repleto de vampiros.

En los últimos dos años, los bares de vampiros se habían convertido en lo más *in* de la vida nocturna de las ciudades. Los patéticos humanos que se obsesionaban con los vampiros, conocidos como «colmilleros», solían frecuentar esos lugares, a menudo disfrazados, con la esperanza de atraer la atención de alguno de verdad. Los turistas acudían para alucinar con unos y con otros. Vaya, que esos bares no eran el lugar más seguro en el que trabajar.

Crucé la mirada con el vampiro hispano, y le indiqué una silla a mi lado de la mesa. Guió a la chica hacia allí. La miré, tratando de palpar sus pensamientos. Su mente no gozaba de ningún tipo de protección. Cerré los ojos.

Se llamaba Bethany. Tenía veintiún años y estaba convencida de que era una cría loca, una chica mala de verdad. No tenía la menor idea de en qué problemas aquello podía meterla, hasta ahora. Conseguir un trabajo en el Bat's Wing había sido el gesto más rebelde de su vida, y podría acabar resultando el último.

Volví a mirar a Stan Davis.

—Estará usted de acuerdo —sugerí, arriesgándome sobremanera— en que, si ella nos ofrece la información que usted desea, podrá marcharse ilesa —ya me había dicho antes que había comprendido los términos, pero tenía que asegurarme.

Bill lanzó un suspiro detrás de mí. No era precisamente de alivio. Los ojos de Stan Davis brillaron literalmente de ira durante un segundo.

—Sí —dijo, como si lanzase las palabras a dentelladas, los colmillos medio extendidos—. Ya dije que estaba de acuerdo —nos miramos fijamente un instante. Ambos sabíamos que apenas dos años antes los vampiros de Dallas habrían secuestrado a Bethany y la habrían torturado hasta obtener cualquier jirón de información que tuviese, incluso cualquiera que se hubiera inventado.

La integración, sacar su existencia a la luz pública, tenía muchas ventajas, pero también conllevaba un precio. En este caso, el precio era mi servicio.

—¿Qué aspecto tiene Farrell?

—Parece un cowboy —dijo Stan sin rastro de humor—. Luce una de esas corbatas de lazo, vaqueros y una camisa con esos botones nacarados que imitan perlas.

Estaba claro que los vampiros de Dallas no habían llegado a la alta costura. Después de todo, quizá podría haberme puesto mi uniforme de camarera.

—¿Color de pelo y ojos?

—Pelo castaño, con canas. Ojos marrones. Una gran mandíbula. Mide alrededor de… 1,80 —dijo Stan, traduciendo los números desde algún otro método de medida—. Aparenta una edad de treinta y ocho años —añadió—. No llevaba bigote ni barba y es delgado.

—¿Le gustaría que me llevase a Bethany a otra habitación? ¿Tienen habitaciones más pequeñas, menos concurridas? —traté de decirlo con amabilidad porque me parecía una idea estupenda.

Stan hizo un movimiento con la mano, apenas perceptible para mí, y en un segundo, literalmente, todos los vampiros salvo el propio Stan y Bill salieron a la cocina. No me hizo falta mirar para saber que Bill estaba apoyado contra la pared, listo para cualquier cosa. Respiré hondo. Había llegado la hora de empezar con aquella aventura.

—¿Cómo te encuentras, Bethany? —dije con voz amable.

—¿Cómo sabes mi nombre? —preguntó, hundiéndose en su silla. Era una silla con ruedas y la hice rodar, apartándola de la mesa para situarla frente a la mía. Stan seguía sentado, presidiendo la mesa por detrás de mí, ligeramente escorado a la izquierda.

—Te puedo contar un montón de cosas sobre ti —dije, tratando de parecer cálida y omnisciente. Empecé a recabar pensamientos sueltos, como quien recoge manzanas de un árbol repleto de ellas—. Tenías un perro que se llamaba *Woof* cuando eras pequeña, y tu madre hace la mejor tarta de coco del mundo. Tu padre perdió mucho dinero jugando a las cartas una vez, y tuviste que empeñar tu aparato de vídeo para ayudarle y que tu madre no se diese cuenta.

Se había quedado boquiabierta. Dentro de lo que cabía, se había olvidado del peligro en el que se encontraba.

—¡Es alucinante, eres tan buena como el médium de la tele, el de los anuncios!

—Bueno, Bethany, no soy una médium —dije con un ligero exceso de aspereza—. Soy telépata, y puedo leerte los pensamientos, incluso aquellos que no sabes que tienes. Voy a hacer que te relajes primero y luego recordaremos la noche que trabajaste en el bar, no la de hoy, sino la de hace cinco días —volví a mirar a Stan, quien asintió.

—Pero ¡si no estaba pensando en la tarta de mi madre! —dijo Bethany, insistiendo en lo que más le había impactado.

Traté de reprimir un suspiro.

—No eras consciente de ello, pero sí que lo hacías. Se deslizó por tu mente cuando miraste a Isabel, la vampira más pálida, pues su tez es tan blanca como el azúcar que recubre la tarta. Y pensaste en cuánto echabas de menos a tu perro cuando caíste en lo que te echarían a ti de menos tus padres.

Supe que aquello fue un error en cuanto las palabras salieron de mi boca. Como era de esperar, la chica empezó a llorar de nuevo, recordando la situación en la que estaba inmersa.

—¿Qué es lo que quieres? —preguntó entre sollozos.

—Estoy aquí para ayudarte a recordar.

—Pero has dicho que no eres médium.

—Y no lo soy —¿o sí? A veces pensaba que tenía un «don» mixto, que era lo que los vampiros pensaban. Yo siempre lo había considerado más una maldición, hasta que conocí a Bill—. Los médiums pueden tocar objetos y obtener información de quienes los usaron. Algunos tienen visiones de acontecimientos pasados o futuros. Otros se pueden comunicar con los muertos. Yo soy una telépata. Puedo leer los pensamientos de algunas personas. Se supone que también puedo emitir pensamientos, pero nunca lo he intentado —ahora que había conocido a otro telépata, el intento se convertía en una emocionante posibilidad, pero puse freno a esa idea para explorarla en mi tiempo libre. Tenía que concentrarme en la tarea pendiente.

Mientras me arrodillaba frente a Bethany, tomé una serie de decisiones. La idea de «escuchar» con un propósito concreto me era en cierto modo novedosa. Me había pasado la mayor parte de la vida intentando hacer lo contrario. Ahora «escuchar» era mi trabajo, la vida de Bethany probablemente dependiera de ello; y la mía con completa seguridad.

—Escucha, Bethany, esto es lo que vamos a hacer. Vas a recordarlo todo acerca de esa noche y yo te voy a ayudar. Desde dentro de tu mente.

—¿Me va a doler?

—En absoluto.

—¿Y después?

—Te podrás marchar.

—¿A casa?

—Claro —con unos retoques en la memoria que no me incluyeran ni a mí ni esta noche, cortesía de un vampiro.

—¿No me matarán?

—Por supuesto que no.

—¿Me lo prometes?

—Te lo prometo —atiné a sonreír.

—Vale —dijo ella, vacilante. La moví un poco para que no pudiera ver a Stan detrás de mi hombro. No tenía ni idea de qué estaría haciendo él, pero esta pobre no tenía ninguna necesidad de verle la cara pálida mientras intentaba que se relajara—. Eres guapa —dijo de repente.

—Gracias. Tú también lo eres —al menos podía serlo bajo ciertas circunstancias. Su boca era demasiado pequeña para su cara, pero ése era un rasgo que algunos hombres encontraban atractivo, pues daba la impresión de que siempre la tenía solícitamente fruncida. Contaba con una abundante melena castaña, densa y espesa, y un cuerpo delgado, de pechos pequeños. Ahora que la miraba otra mujer, a Bethany le preocupaba su ropa arrugada y el maquillaje echado a perder—. No te preocupes por tu aspecto, estás bien —dije con tranquilidad, sosteniéndole las manos—. Ahora nos vamos a coger de la mano un momento; tranquila, no quiero ligar contigo —rió nerviosa y sus dedos se relajaron más. Entonces empecé a trabajar.

Aquello era nuevo para mí. En lugar de intentar evitar mi telepatía, había tratado de desarrollarla con el apoyo de Bill. El personal humano de Fangtasia había hecho las veces de conejillos de indias. Descubrí casi por accidente que era capaz de hipnotizar a la gente en apenas un momento. No es que consiguiera dominar su voluntad ni nada parecido, pero podía penetrar en sus mentes con una escalofriante facilidad. Si, leyéndole la mente, una es capaz de averiguar qué es lo que verdaderamente tranquiliza a alguien, resulta relativamente fácil relajar a esa persona hasta un estado de trance.

—¿Qué es lo que más te gusta, Bethany? —pregunté—. ¿Recibir algún masaje de vez en cuando? O puede que te guste hacerte las uñas —miré en la mente de Bethany con delicadeza. Escogí el mejor canal para mis intenciones—. Tu peluquero favorito —dije manteniendo la voz suave y equilibrada— te está arreglando el pelo… Se llama Jerry. Lo ha cepillado una y otra vez. No queda ni un solo enredo. Lo ha saneado con mucho cuidado porque es muy denso. Le llevará mucho tiempo cortarlo, pero está deseando hacerlo porque es un cabello sano y brillante. Levanta un mechón y lo recorta… Las tijeras chasquean un poco. Un mechón de pelo cae sobre la capa de plástico y se escurre hasta el suelo. Vuelves a sentir sus dedos en tu pelo. Se mueven una y otra vez en él, toma otro poco y lo corta. A veces lo vuelve a cepillar para comprobar que está igualado. Es una sensación agradable estar sentada y dejar que alguien te arregle el pelo. No hay nadie más… —no, espera. He suscitado una ligera sensación de incomodidad—. Sólo hay unas pocas personas en la peluquería, y todas están tan ocupadas como Jerry. En ocasiones se escucha el encendido de un secador. Apenas puedes escuchar voces murmurando en el sillón de al lado. Sus dedos se deslizan por tu pelo, cogen, cortan y cepillan una y otra vez.

No sé lo que diría un hipnotizador entrenado sobre mi técnica, pero a mí al menos me funcionó esa vez. El cerebro de Bethany se encontraba en un estado de tranquila receptividad, justo a la espera de que se le diera una instrucción. Con la misma voz tranquila dije:

—Mientras trabaja en tu pelo, pasearemos por aquella noche en el trabajo. No dejará de cortar, ¿de acuerdo? Empieza preparándote para ir al bar. No te preocupes por mí. No soy más que un soplo de aire sobre tu hombro. Puede que escuches mi voz, pero procede de otra zona del salón de belleza. Ni siquiera podrás escuchar lo que digo a menos que pronuncie tu nombre —informaba a Stan al mismo tiempo que tranquilizaba a Bethany. Entonces me sumergí en la mente de la chica a mayor profundidad.

Bethany estaba mirando su apartamento. Era muy pequeño y estaba bastante arreglado. Lo compartía con otra empleada del Bat's Wing que se llamaba Desiree Dumas. Tal como Bethany la veía, Desiree Dumas tenía el mismo aspecto que su nombre inventado: una sirena diseñada por sí misma, puede que un poco pasada de kilos, puede que un poco demasiado rubia y convencida de su propio atractivo erótico.

Llevar a la camarera por aquella experiencia era como ver una película, pero de las sosas. La memoria de Bethany era demasiado buena. Pasando por alto las partes más aburridas, como cuando ella y Desiree discutieron acerca de las excelencias de dos marcas diferentes de máscara para pestañas, lo que recordaba era lo siguiente: se había preparado para ir al trabajo como siempre, y acudió

110

acompañada de Desiree. Su compañera trabajaba en la tienda de recuerdos del Bat's Wing. Vestida con un top rojo y unas botas negras, vendía objetos de recuerdo vampíricos muy caros. Con sus colmillos artificiales posaba en fotos con turistas a cambio de buenas propinas. La delgada y tímida Bethany era una humilde camarera. Durante un año había esperado a que se le abriesen las puertas de la tienda de recuerdos, que era más tranquila. Allí no ganaría tantas propinas, pero su sueldo base sería mayor y podría sentarse cuando no estuviese tan ocupada. Pero Bethany aún no había llegado a eso. Así que le tenía bastante envidia a Desiree; algo irrelevante, pero me oí decírselo a Stan como si se tratase de una información crucial.

Jamás había profundizado tanto en la mente de otra persona. Trataba de filtrar los pensamientos innecesarios a medida que avanzaba, pero no era capaz. Al final dejé que todo emergiera. Bethany seguía completamente relajada, aún inmersa en su corte de pelo. Tenía una excelente memoria visual, y estaba igual de absorta que yo en la noche que pasó trabajando.

En sus recuerdos, Bethany servía sangre sintética sólo a cuatro vampiros: una mujer pelirroja; una hispana baja y regordeta, de ojos negros como el betún; un adolescente rubio con antiguos tatuajes y un hombre moreno de mandíbula abultada y corbata de lazo. ¡Ahí! Farrell ciertamente estaba en los recuerdos de Bethany. Tuve que reprimir mi sorpresa al reconocerlo mientras trataba de guiar a Bethany con más autoridad.

—Ése es, Bethany —susurré—. ¿Qué recuerdas de él?

—Oh, él —dijo Bethany en voz alta, sobresaltándome de tal modo que casi salté de mi silla. En sus recuerdos

111

se volvió para mirar a Farrell, pensando en él. Se tomó dos sangres sintéticas cero positivo y le dejó una propina.

Bethany frunció el ceño mientras se concentraba en mi pregunta. Intentaba con todas sus fuerzas recordar. Empezó a unir retazos de la noche para poder alcanzar con más facilidad los fragmentos en los que salía el vampiro de pelo castaño.

—Se fue a los aseos con el rubio —dijo, y vi en su mente la imagen del rubio tatuado, el que parecía ser el más joven. Si hubiese sido una artista habría sido capaz de dibujarlo.

—Joven vampiro, puede que dieciséis años. Rubio, con tatuajes —le murmuré a Stan, quien pareció sorprenderse.

Apenas capté la sensación, pues tenía muchas cosas en las que permanecer concentrada (era como tratar de hacer juegos malabares), pero, sí, creo que sorpresa es la mejor forma de definir el gesto que reflejaba la cara de Stan. Su reacción me extrañó.

—¿Estás segura de que era un vampiro? —le pregunté a Bethany.

—Se bebió la sangre —dijo ella de plano—. Era muy pálido. Me puso los pelos de punta. Sí, estoy segura.

Y se fue con Farrell a los aseos. Eso sí que me descolocó. La única razón por la que un vampiro iría a unos aseos sería para hacer el amor con un humano que estuviese dentro, beberse su sangre o hacer ambas cosas a la vez (lo cual suponía el mayor placer para ellos). Sumergiéndome de nuevo en los recuerdos de Bethany vi como servía a algunos clientes más. No reconocí a ninguno, aunque me fijé muy bien en todos. La mayoría parecían turistas inofensivos. Uno de ellos, un hombre de tez oscura y bigote frondoso, me pareció familiar, así que traté de tomar nota de sus acompañantes: un hombre alto y delgado con pelo rubio que le llegaba hasta los hombros, y una mujer rellenita con uno de los peores cortes de pelo que jamás había visto.

Tenía algunas preguntas que hacerle a Stan, pero primero quería terminar con Bethany.

—¿Volvió a salir el vampiro con aspecto de cowboy, Bethany?

—No —dijo tras una perceptible pausa—. No volví a verlo —la escruté con cuidado en busca de lagunas mentales; nunca podría reemplazar lo que se hubiera borrado, pero podía tratar de averiguar si alguien había estado jugando con su mente. No encontré nada. Ella trataba de recordar, de eso estaba segura. Podía notar sus esfuerzos por recordar otro atisbo de Farrell. Por el sentido de su esfuerzo, me di cuenta de que estaba perdiendo el control sobre los pensamientos y los recuerdos de Bethany.

—¿Qué me dices del joven rubio? El de los tatuajes.

Bethany meditó. Estaba con medio pie fuera del trance.

—Tampoco lo vi —dijo. Un nombre se deslizó por su mente.

—¿Qué ha sido eso? —pregunté, manteniendo la voz muy tranquila.

—¡Nada, nada! —ahora los ojos de Bethany estaban abiertos de par en par. Se acabó el corte de pelo; la había perdido. Mi control distaba mucho de ser perfecto.

Quería proteger a alguien. Quería impedir que pasase por lo mismo que estaba pasando ella. Pero no pudo impedir que un nombre se filtrara en su pensamiento, y pude atraparlo. No llegaba a comprender por qué pensaba que aquel hombre podía saber algo más, pero así era. Sabía que de nada serviría comunicarle que había accedido a su secreto, así que le sonreí.

—Puede irse. Lo tengo todo —le dije a Stan sin volverme para mirarlo.

Me quedé con el aspecto de alivio de Bethany antes de volverme hacia Stan. Creo que él sabía que me guardaba un as en la manga y no quería que dijese nada. ¿Quién puede decir lo que se le pasa a un vampiro por la cabeza cuando es precavido? Pero estaba convencida de que Stan me había comprendido.

No dijo nada, pero apareció de inmediato otra vampira, una chica que aparentaba la edad de Bethany. Stan había elegido bien. La chica se inclinó hacia Bethany, la tomó de la mano, sonrió con los colmillos completamente replegados y dijo:

—Te llevaremos a casa, ¿de acuerdo?

—¡Oh, genial! —Bethany llevaba el alivio escrito con letras de neón en la frente—. Oh, genial —repitió, algo menos segura—. Porque me vais a llevar a casa de verdad, ¿no? Vais…

Pero la vampira había mirado a Bethany directamente a los ojos.

—No recordarás nada sobre esta noche, salvo la fiesta.

—¿Fiesta? —la voz de Bethany sonaba torpe, con apenas un atisbo de curiosidad.

—Fuiste a una fiesta —dijo la vampira mientras guiaba a Bethany fuera de la habitación—. Fuiste a una gran

114

fiesta y allí conociste a un chico muy guapo. Has estado con él —aún seguía murmurándole cosas a Bethany cuando salieron. Esperaba que le estuviera construyendo un buen recuerdo.

—¿Y bien? —inquirió Stan cuando la puerta se cerró detrás de las dos.

—Bethany cree que el portero del club puede saber algo más. Lo vio entrar en los servicios de caballeros pisando los talones de su amigo Farrell y al vampiro desconocido —lo que yo no sabía, y no pensaba preguntar a Stan, era si los vampiros solían tener sexo unos con otros. El alimento y el sexo eran cosas tan íntimamente ligadas en la vida de los vampiros que no podía imaginarme a un vampiro teniendo sexo con alguien que no fuera humano, o sea, con alguien de quien no pudiera tomar la sangre. ¿Acaso los vampiros bebían la sangre de otros de su especie en situaciones no críticas? Sabía que si la vida de un vampiro estaba en peligro (ay, ay), otro vampiro podía donarle su sangre para revivirlo, pero jamás había oído hablar de otras situaciones de intercambio sanguíneo. No me apetecía nada preguntárselo a Stan. Quizá sacaría el tema con Bill cuando estuviéramos fuera de esa casa.

—Lo que descubriste en su mente es que Farrell estaba en el bar y que fue al aseo de caballeros con otro vampiro, un joven de pelo rubio largo y muchos tatuajes —resumió Stan—. El portero fue al aseo mientras los dos estaban aún dentro.

—Correcto.

Se produjo una notable pausa mientras Stan decidía qué hacer a continuación. Aguardé encantada de no escuchar una sola palabra de su debate interno. Nada de destellos o atisbos.

Captar fogonazos de la mente de un vampiro era cuando menos extremadamente raro. Nunca había tenido una visión de los de Bill; y no supe que era posible hasta un tiempo después de ser presentada en la sociedad vampírica. Por eso su compañía suponía un gran placer para mí. Por primera vez en mi vida podía tener una relación normal con un hombre. Es cierto que no era un hombre vivo, pero no siempre se puede tener todo.

Como si supiera que había estado pensando en él, sentí que Bill posaba su mano sobre mi hombro. Le correspondí tocándosela, deseando poder levantarme y fundirme con él en un abrazo. No era una buena idea delante de Stan. Podía entrarle el hambre.

—No conocemos al vampiro que acompañó a Farrell —dijo Stan, lo que se antojaba exigua respuesta después de tanta meditación. A lo mejor pensó en darme una explicación más larga, pero decidió que no era lo suficientemente lista para entenderla. Es igual, prefiero que me subestimen a que esperen de mí lo que no puedo dar. Además, ¿qué más me daba? No obstante, archivé mi pregunta bajo los hechos que necesitaba saber.

—¿Quién era el portero del Bat's Wing?

—Un hombre llamado Re-Bar —dijo Stan. Había un toque de aversión en la forma de decirlo—. Es un «colmillero».

Entonces Re-Bar tenía el trabajo de sus sueños. Trabajar con vampiros y para vampiros y estar cerca de ellos toda la noche. Menuda suerte, para alguien fascinado por los no muertos.

—¿Qué podía hacer si un vampiro se ponía rebelde? —pregunté por pura curiosidad.

—Se encargaba sólo de los borrachos humanos. Notamos que los porteros vampiros tienden a excederse en el uso de su fuerza.

No me apetecía pensar mucho en eso.

—¿Re-Bar está aquí?

—Sólo llevará un momento —dijo Stan sin consultar a nadie en su séquito. Seguro que tenía con ellos algún tipo de conexión mental. Nunca había visto nada parecido antes, y estaba segura de que Eric no era capaz de abordar mentalmente a Bill. Debía de ser el don especial de Stan.

Mientras esperábamos, Bill se sentó en la silla que tenía a mi lado. Me cogió de la mano. Lo encontré muy reconfortante, y lo adoré por ello. Mantuve la mente relajada, tratando de conservar algo de energía de cara al interrogatorio venidero. Pero empezaba a albergar alguna preocupación muy seria acerca de la situación de los vampiros de Dallas. Me preocupaba el atisbo que había tenido de los clientes de bar, sobre todo el del hombre que creí reconocer.

—Oh, no —dije bruscamente, recordando de repente dónde lo había visto.

Los vampiros se pusieron en guardia.

—¿Qué, Sookie? —preguntó Bill.

Stan parecía como si lo hubiesen esculpido en hielo. Sus ojos verdaderamente emitían un brillo verdoso, no eran imaginaciones mías.

Trastabillé con mis propias palabras, que corrían más deprisa que mis pensamientos por explicar lo que se me estaba pasando por la cabeza.

—El sacerdote —le dije a Bill—. El hombre que se escabulló en el aeropuerto, el que intentó cogerme. Estuvo en el bar —la diferencia del lugar y las ropas me habían confundido mientras estuve en la mente de Bethany, pero ahora estaba segura.

—Ya veo —dijo Bill lentamente. Al parecer, Bill tiene una memoria prácticamente fotográfica, por lo que podía contar con él para que reconociera plenamente al individuo.

—Entonces no creía que fuese un sacerdote de verdad, y ahora estoy segura de que estuvo en el bar la noche que Farrell desapareció —dije—. Iba vestido con ropa normal, nada de alzacuellos y camisa negra.

Hubo una prolongada pausa.

—Pero ese hombre —dijo Stan delicadamente—, este falso sacerdote del bar, aun acompañado de dos humanos no podría haberse llevado a Farrell si él no se hubiese querido ir voluntariamente.

Me quedé mirándome a las manos, sin decir una sola palabra. No quería ser quien lo dijera en voz alta. Bill, cauto, tampoco abrió la boca.

—Bethany recordó que alguien acompañó a Farrell al aseo —dijo al fin Stan Davis, líder de los vampiros de Dallas—. Un vampiro que no me es familiar.

Asentí, manteniendo la mirada desviada.

—Luego, ese vampiro debió de ayudar en el secuestro de Farrell.

—¿Farrell es gay? —pregunté, tratando de sonar como si la pregunta hubiese salido de las paredes.

—Prefiere a los hombres, sí. ¿Crees que…?

—No creo nada —dije, negando con vehemencia para convencerle de que así era. Bill me apretó los dedos. Ay.

118

El silencio se hizo tenso, hasta que apareció la vampira con aspecto de adolescente acompañando al humano corpulento que yo había visto en los recuerdos de Bethany. Sin embargo, no tenía el aspecto con que Bethany lo veía. Para ella era más robusto, menos gordo; más encantador, menos desaseado. Pero estaba claro que era Re-Bar.

Enseguida reparé en que algo no iba bien con ese hombre. Seguía a la vampira como un perro faldero y sonreía a todos los presentes en la habitación. Qué raro, ¿no? Cualquier humano que sintiese el desasosiego que emanaban los vampiros estaría preocupado, por muy limpia que llevase la conciencia. Me levanté y me dirigí hacia él. Me esperó con alegre expectación.

—Hola, amigo —le dije con amabilidad, y le estreché la mano, soltándosela en cuanto la decencia me dio luz verde. Di un par de pasos hacia atrás. Me apetecía tomar un analgésico y echarme un rato.

—Bien —le dije a Stan—, es evidente que tiene un buen agujero en la cabeza.

Stan examinó el cráneo de Re-Bar con mirada escéptica.

—Explícate —dijo.

—¿Cómo le va, señor Stan? —preguntó Re-Bar. Apuesto a que nadie se había atrevido a hablarle así a Stan Davis, al menos en los últimos cinco siglos.

—Estoy bien, Re-Bar. ¿Cómo estás tú? —tuve que darle unos puntos a Stan por mantenerse tranquilo.

—Bueno, pues genial —dijo Re-bar, agitando la cabeza con gesto de asombro—. Soy el capullo más afortunado del planeta… Discúlpeme señorita.

—Estás disculpado —tuve que forzarme a decir.

—¿Qué le han hecho, Sookie?

—Le han hecho un agujero en la cabeza —dije—. No sabría cómo explicarlo mejor. No sé cómo lo han hecho porque nunca había visto nada parecido antes, pero cada vez que miro en sus pensamientos, en sus recuerdos, siempre encuentro un enorme y feo agujero. Es como si Re-Bar necesitase que le quitasen un tumor diminuto, pero el cirujano le hubiese extirpado el bazo y el apéndice también, sólo por si las moscas. ¿Sabíais que cada vez que se elimina un recuerdo de alguien se reemplaza por otro? —hice un gesto con la mano para indicar que me dirigía a todos los vampiros—. Pues bien, alguien se ha llevado un puñado de los recuerdos de Re-Bar y no los ha sustituido por nada. Como una lobotomía —añadí inspirada. Leo mucho. Lo pasé mal en la escuela con mi pequeño problema, pero leer por mi cuenta me proporcionó los medios para escapar de mi situación. Supongo que soy autodidacta.

—Entonces, todo lo que Re-Bar pudiera saber sobre la desaparición de Farrell se ha perdido —dijo Stan.

—Sí, junto con algunos elementos de su personalidad y gran parte de sus recuerdos.

—¿Sigue siendo funcional?

—Pues sí, supongo —nunca me había topado con nada parecido, ni siquiera sabía que era posible—. Aunque no sé lo bueno que será como portero —añadí, tratando de ser honesta.

—Sufrió el daño mientras trabajaba para nosotros. Cuidaremos de él. Quizá pueda limpiar el club cuando cierre —dijo Stan. Por su voz, parecía que quería asegurarse de que me quedaba con ese detalle: los vampiros podían ser compasivos, o al menos justos.

—¡Caramba, eso sería genial! —le gritó Re-Bar a su jefe—. Gracias, señor Stan.

—Llevadlo de vuelta a su casa —dijo el señor Stan a su secuaz, quien partió de inmediato, llevándose al lobotomizado.

—¿Quién podría haberle hecho esto? —se preguntó Stan. Bill no respondió, pues no estaba allí para pensar, sino para cuidar de mí y para realizar sus propias pesquisas cuando se le requiriera. Una vampira alta y pelirroja entró en la sala. Era la que había estado en el bar la noche en que Farrell fue secuestrado.

—¿Qué recuerda de la noche en que Farrell desapareció? —le pregunté, prescindiendo del protocolo. Me respondió con un gruñido, enseñándome los colmillos alargados ante su negra lengua, enmarcados por el lápiz de labios brillante.

—Colabora —terció Stan. De repente su rostro se relajó, desapareciendo al instante todo rastro de mueca, al igual que las arrugas de un edredon al pasar la mano por encima.

—No recuerdo nada —dijo al fin. Así que la capacidad de Bill para recordar fotográficamente al detalle era un don personal—. No vi a Farrell más de uno o dos minutos.

—¿Puedes hacer con Rachel lo mismo que hiciste con la camarera? —quiso saber Stan.

—No —respondí de inmediato, puede que con un leve exceso de énfasis en la voz—. No soy capaz de leer las mentes de los vampiros. Son como libros cerrados.

—¿Puedes recordar a un rubio, uno de nosotros, que aparentaba unos dieciséis años? —preguntó Bill—. Tenía unos tatuajes antiguos y azules en brazos y torso.

—Oh, sí —dijo la pelirroja de Rachel al momento—. Creo que los tatuajes eran de tiempos de los romanos. Eran toscos pero interesantes. Me llamó la atención porque nunca le había visto venir aquí, a solicitar de Stan privilegios de caza.

Así que los vampiros que pasan por territorio ajeno tenían que firmar en el libro de visitas, por así decirlo. Lo recordaría para el futuro.

—Estaba con un humano, o al menos cruzó unas palabras con él —prosiguió la pelirroja. Vestía unos vaqueros y un jersey verde que me parecía de lo más caliente. Pero a los vampiros les da igual la temperatura, dicho sea literalmente. Miró a Stan, luego a Bill, que hizo un gesto con las manos para indicarle que quería conocer cualquier cosa que recordara con relación a aquello—. El humano era moreno de pelo y llevaba bigote, si mal no recuerdo —hizo un gesto con las manos y los dedos extendidos, como queriendo decir que todos se parecían.

Cuando Rachel se marchó, Bill preguntó si en la casa había algún ordenador. Stan dijo que sí, y miró a Bill con genuina curiosidad cuando éste preguntó si lo podía usar un momento, disculpándose por no contar con su portátil. Stan asintió. Bill estaba a punto de abandonar la habitación cuando titubeó y se volvió para mirarme.

—¿Estarás bien, Sookie? —preguntó.

—Claro —dije, tratando de impregnar confianza a mis palabras.

—Estará bien —dijo Stan—. Tiene que ver a más gente.

Asentí, y Bill se marchó. Sonreí a Stan, que es lo que suelo hacer cuando estoy tensa. No es una sonrisa muy alegre, pero siempre es mejor que gritar.

—¿Cuánto tiempo llevas con Bill? —preguntó Stan.

—Unos cuantos meses —cuanto menos supiera sobre nosotros, mejor.

—¿Estás contenta con él?

—Sí.

—¿Lo amas? —Stan parecía divertido.

—No es asunto suyo —dije, sonriendo de oreja a oreja—. ¿Dijo que había más gente a la que tenía que ver?

Siguiendo el mismo procedimiento que con Bethany, sostuve una variedad de manos y comprobé una aburrida cantidad de cerebros. Estaba claro que Bethany había sido la persona más observadora del bar. Los demás —otra camarera, el barman humano y un cliente asiduo, un «colmillero» que se había prestado voluntario para comparecer— abundaban en huecos, aburridos pensamientos y limitadas capacidades de memoria. Sí que averigüé que el barman había robado artículos de menaje por su cuenta y, después de que el tipo se marchara, recomendé a Stan que se buscara a otro empleado para atender la barra, o acabaría involucrado en alguna investigación policial. Stan pareció más impresionado por esto de lo que yo habría esperado. No quería que se aficionara demasiado a mis servicios.

Bill regresó cuando estaba terminando con el último empleado, y parecía contento, por lo que concluí que había tenido éxito. Últimamente Bill pasaba la mayor parte de sus horas de vigilia delante del ordenador, cosa que no me entusiasmaba.

—El vampiro del tatuaje —dijo Bill cuando Stan y yo fuimos los únicos que quedamos en la habitación— se llama Godric, aunque durante el último siglo se ha hecho llamar Godfrey. Pretende renunciar a su condición —no podía hablar por Stan, pero yo estaba impresionada. Unos minutos delante del ordenador, y Bill había hecho un excepcional trabajo de investigación.

Stan parecía atónito, e imagino que yo perpleja.

—Se ha aliado con humanos radicales. Planea suicidarse —Bill me lo dijo en voz baja, pues Stan estaba envuelto en sus pensamientos—. El tal Godfrey piensa ver amanecer. Su existencia se ha vuelto amarga.

—¿Y se va a llevar alguien más con él? —¿sería capaz Godfrey de exponer a Farrell también?

—Nos ha traicionado ante la Hermandad —dijo Stan.

«Traición» es una palabra que implica mucho melodrama, pero ni se me ocurrió sonreír cuando Stan la pronunció. Había oído hablar de la Hermandad, aunque nunca había conocido a nadie que dijera pertenecer formalmente a ella. La Hermandad del Sol era a los vampiros lo que el Ku-Klux-Klan a los afroamericanos. Y también el culto de mayor crecimiento en Estados Unidos.

Una vez más me encontraba en aguas más profundas de las que podía vadear.

5

Había muchos humanos a los que no les había gustado nada descubrir que compartían el planeta con vampiros. A pesar de que lo llevaran haciendo siglos —aunque ellos no lo supieran—, en cuanto se dieron cuenta de que los vampiros eran reales, se postularon a favor de su destrucción. Y no eran más escrupulosos a la hora de escoger sus métodos de asesinato de lo que habría sido un vampiro renegado.

Los vampiros renegados eran los no muertos de estilo clásico; no querían que los humanos supiesen de ellos más de lo que ellos querían saber de los humanos. Rechazaban la sangre sintética, que suponía el elemento básico de la dieta vampírica de nuestros días. Los renegados creían que el único futuro que tenían los de su especie era el regreso a la invisibilidad y el secretismo. Asesinaban humanos por el mero placer de hacerlo, y porque recibían con brazos abiertos el regreso de la persecución de los de su especie. Veían en ello el modo de convencer a sus congéneres integrados que el secretismo era lo mejor para el futuro de la especie. Por otra parte, la persecución también era una forma de control demográfico.

Supe, gracias a Bill, que había vampiros que caían en un profundo remordimiento, incluso tedio, tras una vida demasiado larga. Éstos pretendían renunciar a su condición, querían «ver amanecer», expresión vampírica con la que se referían al suicidio por permanecer en espacios abiertos al despuntar del sol.

Una vez más, el novio que había elegido me llevaba por caminos que nunca habría recorrido sola. Nunca habría tenido la necesidad de saber todo eso, ni siquiera habría soñado con salir con alguien que había muerto, de no haber nacido con la tara de la telepatía. Para los chicos humanos era una especie de paria. Os podréis imaginar lo imposible que es salir con alguien a quien le puedes leer la mente. Cuando conocí a Bill comenzó la época más feliz de mi vida. Sin embargo, me había topado con más problemas en los meses siguientes a conocerle de los que había tenido en los veinticinco años previos de mi vida.

—¿Cree que Farrell está muerto? —pregunté, obligándome a centrarme en la actual crisis. Odiaba preguntar, pero necesitaba saberlo.

—Es posible —dijo Stan tras una larga pausa.

—Puede que lo tengan retenido en alguna parte —dijo Bill—. Ya sabes cómo invitan a la prensa para este tipo de… ceremonias.

Stan permaneció con la mirada perdida durante un buen rato. Entonces se levantó.

—El mismo hombre estuvo en el bar y en el aeropuerto —dijo, hablando más para sí mismo. Stan, el líder de los vampiros de Dallas con aspecto de tío raro, recorría ahora la habitación de un lado a otro. Me estaba poniendo de los nervios, aunque jamás se me habría ocurrido decirlo en voz alta. Estaba en la casa de Stan, y su «hermano» había desaparecido. Pero yo no soy de las que aguantan largos y meditados silencios. Estaba cansada y me apetecía acostarme.

—Entonces —dije, haciendo todo lo posible para sonar enérgica— ¿cómo sabían que iba a estar yo allí?

Si hay algo peor que un vampiro se te quede mirando, es que dos te claven la mirada.

—Si sabían con antelación que llegabas… es que hay un traidor —dijo Stan. El aire de la habitación empezó a temblar y a crepitar con la tensión que se acumulaba.

Pero a mí se me ocurrió una idea mucho menos dramática. Cogí un bloc de notas que había sobre la mesa y escribí: «QUIZÁ OS ESTÉN ESPIANDO CON MICRÓFONOS OCULTOS». Los dos me fulminaron con la mirada, tan extrañados como si les estuviese ofreciendo un Big Mac. Los vampiros, que individualmente suelen tener increíbles y variados poderes, a veces se olvidan de que los humanos han desarrollado algunas bazas por su cuenta. Ambos se miraron de forma especulativa, pero ninguno de los dos ofreció ninguna sugerencia práctica.

Pues al diablo con ellos. Sólo lo había visto hacer en las películas, pero me imaginé que si alguien había puesto un micrófono en esa habitación, lo habría instalado muy deprisa y muerto de miedo. Así pues, el micrófono debía de estar cerca y mal escondido. Me quité la chaqueta gris y me deshice de los zapatos. Dado que era una humana y no tenía ninguna dignidad que perder a los ojos de Stan, me acuclillé bajo la mesa y la empecé a recorrer de extremo a extremo, empujando las sillas con ruedas a medida que avanzaba. Por millonésima vez en el día, deseé haber llevado pantalones.

Estaba a unos dos metros de las piernas de Stan cuando vi algo extraño. Había un bulto negro adherido en la parte inferior de la mesa de madera clara. Lo analicé con toda la precisión que me permitía la carencia de una linterna. No era un chicle olvidado.

Una vez encontrado el pequeño dispositivo mecánico, no supe qué hacer. Salí de debajo de la mesa un poco manchada por la experiencia y me encontré justo a los pies de Stan. Me extendió la mano y se la cogí, algo reacia. Tiró de mí suavemente, o eso me pareció, pero de golpe me vi de pie frente a él. No era muy alto, y le miré a los ojos más tiempo del que habría deseado. Alcé mi dedo delante de la cara para asegurarme de que prestaba atención. Apunté bajo la mesa.

Bill abandonó la habitación en un segundo. El rostro de Stan se puso más blanco si cabe y sus ojos temblaron. Desvié la mirada de la suya. No quería ser lo que tuviese delante mientras digería el hecho de que alguien le había colocado un micrófono en su sala de audiencias. Era cierto que le habían traicionado, aunque no del modo que se habría esperado.

Busqué mentalmente algo que pudiera ser de ayuda. Miré a Stan. Mientras me estiraba la coleta, me cercioré de que mi pelo aún seguía recogido tras la cabeza, aunque menos arreglado. Juguetear con él me dio la excusa perfecta para mirar hacia abajo.

Me sentí considerablemente aliviada cuando Bill volvió a aparecer con Isabel y el hombre que estaba lavando los platos, que portaba consigo un cuenco de agua.

—Lo siento, Stan —dijo Bill—, me temo que Farrell ya está muerto a tenor de lo que hemos descubierto esta noche. Sookie y yo regresaremos a Luisiana mañana, a menos que nos necesites para algo más —Isabel apuntó hacia la mesa y el hombre dejó el cuenco encima.

—Es posible que sí —dijo Stan con una voz fría como el hielo—. Mándame la factura. Tu señor, Eric, fue bastante estricto al respecto. Tengo que conocerlo algún día —su tono denotaba que el encuentro no sería agradable para Eric.

—¡Estúpido humano! —dijo Isabel de repente—. ¡Has derramado la bebida! —Bill pasó junto a mí para coger el micrófono de debajo de la mesa y lo soltó en el agua. Isabel se llevó el cuenco, deslizándose más que caminando, para no derramar nada de líquido por los bordes del cuenco. Su compañero se quedó atrás.

Había sido bastante sencillo. Cabía la posibilidad de que quienquiera que estuviese escuchando hubiera sido burlado por aquella breve conversación. Ahora que ya no había micrófono, todos nos relajamos. Incluso Stan parecía menos aterrador.

—Isabel dice que tienes razones para creer que Farrell fue secuestrado por la Hermandad —dijo el hombre—. Quizá esta mujer y yo podamos ir al Centro de la Hermandad mañana y averiguar si tienen planes para celebrar algún tipo de ceremonia pronto.

Bill y Stan lo contemplaron, pensativos.

—Es una buena idea —dijo Stan—. Una pareja llamaría menos la atención.

—¿Sookie? —preguntó Bill.

—Está claro que no podéis ir ninguno de vosotros —dije—. Al menos deberíamos familiarizarnos con la disposición del lugar si pensáis que hay una mínima posibilidad de que mantengan allí a Farrell —si podía averiguar algo más en el Centro de la Hermandad, quizá evitaría que los vampiros atacasen. Era evidente que no iban a acudir a la comisaría más cercana para notificar la desaparición de alguien y que las fuerzas del orden fuesen a registrar el Centro. Por mucho que los vampiros de Dallas quisieran permanecer dentro de la legalidad humana para beneficiarse de las condiciones de la integración, sabía que si había uno de ellos retenido en el Centro, los humanos acabarían muertos sí o sí. Quizá pudiera evitarlo, encontrando de paso al desaparecido Farrell.

—Si ese vampiro de los tatuajes pretende renunciar, tiene previsto ver amanecer, llevándose consigo a Farrell bajo los auspicios de la Hermandad, ese falso sacerdote que quiso raptarte en el aeropuerto debe de trabajar con ellos. Eso quiere decir que ya te conocen —señaló Bill—. Tendrías que ponerte tu peluca —sonrió, gratificado. Lo de la peluca había sido idea suya.

Una peluca con este calor. Oh, vaya. Traté de no protestar. Después de todo, mientras visitara el Centro de la Hermandad del Sol preferiría que me picara la cabeza a que me identificaran como una colaboradora de los vampiros.

—Sería mejor que me acompañara otro humano —admití, lamentando tener que implicar a otra persona en el peligro.

—Éste es el actual compañero de Isabel —dijo Stan. Guardó silencio durante un momento, y supuse que se estaba «sintonizando» con ella, o comoquiera que llame a contactar con sus secuaces.

El caso es que Isabel apareció al momento. Tiene que ser muy práctico poder ponerse en contacto con la gente de esa manera. No hacen falta intercomunicadores ni móviles. Me preguntaba a qué distancia sería efectivo ese medio de comunicación. Me alegraba de que Bill no pudiera comunicarse conmigo sin palabras, porque de ese modo me habría sentido como una especie de esclava suya. ¿Podía Stan convocar a humanos del mismo modo que lo hacía con los vampiros? Puede que en el fondo no quisiera saberlo.

El hombre reaccionó ante la presencia de Isabel como un perro de caza cuando siente la presencia de una codorniz. O quizá como un hombre hambriento al que se sirve un buen filete y se le hace esperar a que se bendiga la mesa. Casi se veía cómo salivaba. Confiaba en no tener yo ese aspecto cuando estaba con Bill.

—Isabel, tu hombre se ha prestado voluntario para ir con Sookie al Centro de la Hermandad del Sol. ¿Crees que será convincente como converso en potencia?

—Sí, creo que sí —dijo Isabel, sin perder de vista los ojos del hombre.

—Antes de que os marchéis... ¿Hay visitantes esta noche?

—Sí, uno, de California.

—¿Dónde está?

—En la casa.

—¿Ha estado en esta habitación? —evidentemente, Stan deseaba que el que había puesto el micrófono fuese un humano o un vampiro al que no conociese.

—Sí.

—Que venga.

Al cabo de unos cinco minutos largos, Isabel volvió junto con un vampiro alto y rubio. Debía de medir más de 1,90. Era musculoso, estaba bien afeitado y tenía una melena del color del trigo. Enseguida bajé la mirada, justo cuando Bill se quedó inmóvil.

—Éste es Leif —dijo Isabel.

—Leif —dijo Stan lisamente—, bienvenido a mi redil. Esta noche tenemos un problema.

Yo seguía con la vista clavada en los pies, deseando más que cualquier otra cosa en el mundo poder estar con Bill a solas un par de minutos para averiguar qué demonios estaba pasando, porque ese vampiro ni se llamaba «Leif» ni era de California.

Era Eric.

La mano de Bill pasó por mi campo visual y se aferró a la mía. Me dio un leve apretón en los dedos, y yo se lo devolví. Bill deslizó su brazo para rodearme y me recosté contra él. Por Dios, necesitaba relajarme.

—¿En qué puedo ayudarte? —preguntó Eric, digo Leif, cortésmente.

—Al parecer alguien ha entrado en esta habitación y ha perpetrado un acto de espionaje.

Era una manera elegante de decirlo. Stan parecía querer mantener el tema del micrófono en secreto por el momento, y dado el hecho de que, con toda seguridad, había un traidor en la casa, probablemente era una gran idea.

—Estoy de visita en tu redil, y no tengo ningún problema contigo ni con ninguno de los tuyos.

La tranquila y sincera negación de Leif resultó bastante impresionante, pues estaba claro que su sola presencia era una impostura que se debía a algún propósito insondable.

—Disculpe —dije, tratando de sonar como la más frágil de las humanas.

Stan parecía muy irritado por la interrupción, pero que le den.

—El, eh, objeto tuvo que haber sido colocado antes del día de hoy —dije, pretendiendo parecer segura de que Stan ya habría pensado en ello—. Así habrán captado los detalles de nuestra llegada a Dallas.

Stan me contemplaba, huérfano de toda expresión.

De perdidos al río.

—Y perdone, pero estoy agotada. ¿Sería posible que Bill me llevara de vuelta al hotel?

—Isabel te llevará a ti sola —dijo Stan con desinterés.

—No, señor.

Tras las gafas falsas, las cejas de Stan describieron un arco de incredulidad.

—¿No? —sonó como si jamás hubiera escuchado esa palabra.

—De acuerdo con las condiciones del contrato, no voy a ninguna parte sin un vampiro de mi zona, y ése es Bill. No voy a ninguna parte por la noche si no es con él.

Stan volvió a dedicarme otra de sus prolongadas miradas. Me alegré de haber encontrado el micrófono y haber demostrado ser de utilidad, de lo contrario no habría durado mucho al servicio de Stan.

—Marchaos —dijo. Bill y yo no perdimos un solo minuto. No podríamos ayudar a Eric si Stan sospechaba de él, y era probable que si nos quedábamos acabáramos delatándolo. Yo era la que más papeletas tenía de hacerlo mediante alguna palabra o gesto mientras Stan me miraba. Los vampiros llevan estudiando a los seres humanos desde hace siglos del mismo modo que los predadores estudian a sus presas.

Isabel nos acompañó fuera y volvimos a montar en su Lexus con dirección al hotel Silent Shore. A pesar de no estar vacías del todo, las calles de Dallas estaban mucho más tranquilas que cuando llegué horas antes. Calculé que faltaban menos de dos horas para el amanecer.

—Gracias —dije cortésmente cuando nos bajamos en la entrada del hotel.

—Mi humano pasará a recogerte a las tres de la tarde —me dijo Isabel.

Reprimiendo la tentación de decir «¡Sí, señora!» y hacer entrechocar los talones, me limité a decir que estaría bien.

—¿Cómo se llama? —pregunté.

—Hugo Ayres —dijo.

—Vale —ya sabía que era un hombre de ideas rápidas. Me dirigí al vestíbulo y esperé a Bill. Venía apenas unos segundos por detrás de mí, y los dos nos subimos en el ascensor en silencio.

—¿Tienes tu llave? —me preguntó cuando alcanzamos la puerta de la habitación. Yo estaba medio dormida.

—¿Dónde está la tuya? —pregunté sin demasiada gracia.

—Simplemente me gustaría ver cómo coges la tuya —dijo.

De repente me sentí de mejor humor.

—Quizá prefieras encontrarla por ti mismo —sugerí.

Un vampiro con una melena negra que le llegaba hasta la cintura apareció por el pasillo, rodeando con su brazo a una pelirroja rellenita de rizos. Cuando entraron en la habitación del otro extremo del pasillo, Bill empezó a buscar la llave.

No tardó mucho en encontrarla.

Nada más entrar, Bill me cogió y me dio un largo beso. Teníamos que hablar. Habían pasado muchas cosas durante la dilatada noche, pero ninguno de los dos estábamos de humor.

Descubrí que lo bueno de las faldas es que se pueden deslizar hacia arriba, y si sólo llevas un tanga debajo, éste puede desaparecer en un abrir y cerrar de ojos. La chaqueta gris acabó en el suelo y la blusa blanca desterrada. Mis brazos se aferraron al cuello de Bill antes de que nadie pudiera decir «Tírate a un vampiro».

Bill estaba apoyado contra la pared del salón tratando de desabrocharse los pantalones mientras yo seguía enroscada en él cuando alguien llamó a la puerta.

—Maldita sea —me susurró al oído—. Largo —dijo en voz más alta. Me contoneé contra él y el aliento se le atropelló en la garganta. Me arrancó las horquillas del pelo y me deshizo el recogido, de modo que el pelo se me derramó por la espalda.

—Tengo que hablar contigo —dijo una voz familiar amortiguada por la densa puerta.

—No —me lamenté—. Dime que no es Eric —la única criatura del mundo que estábamos obligados a dejar entrar.

—Soy Eric —dijo la voz.

Liberé a Bill de la presa de mis piernas, quien me posó suavemente sobre el suelo. Como alma que lleva el diablo, me metí en el dormitorio para ponerme la bata. Al demonio con tener que vestirme de nuevo.

Volví a salir justo cuando Eric le decía a Bill que lo había hecho bien esa noche.

—Y, por supuesto, tú también has estado maravillosa, Sookie —dijo Eric, reparando en la corta bata rosa con una mirada exhaustiva. Yo le clavé la mía, se la clavé más y más, deseando poder hundirlo en el fondo del Red River; a él, a su espectacular sonrisa, a su dorada melena y a todo lo que hiciera falta.

—Oh —dije con malevolencia—, gracias por venir y decírnoslo. No podríamos habernos acostado sin una palmada tuya en la espalda.

Eric parecía encantadísimo.

—Oh, vaya —dijo—. ¿He interrumpido algo? ¿Ésas... bueno, eso es tuyo, Sookie? —dijo, sosteniendo una de las tiras que antes componían mi ropa interior.

—Digamos que sí —dijo Bill—. ¿Hay algo más de lo que quieras hablar con nosotros, Eric? —ni el hielo habría sido tan frío como el tono de Bill.

—No hemos tenido tiempo esta noche —dijo Eric con pesar—. Está a punto de amanecer y tengo que encargarme de unas cosas antes de dormir. Pero mañana tenemos que vernos. Cuando sepas qué es lo que Stan quiere que hagas, déjame una nota en recepción y haremos un arreglo.

Bill asintió.

—Bien, pues buenas noches.

—¿No tomamos un chupito antes de irte a dormir? —¿acaso esperaba que le ofreciésemos una botella de sangre? Los ojos de Eric fueron a la nevera y luego hacia mí. Lamenté llevar puesta una fina bata de nailon en lugar de algo más abultado y de felpilla—. ¿Recién ordeñado de un vaso sanguíneo?

Bill mantuvo un silencio pétreo.

Mirándome hasta el último minuto, Eric salió por la puerta y Bill la cerró.

—¿Crees que se habrá quedado escuchando desde fuera? —le pregunté a Bill mientras desataba el lazo de mi bata.

—Me da igual —dijo, poniendo el empeño en otros menesteres.

Cuando me desperté a eso de la una de la tarde, el hotel se encontraba sumido en el silencio. La mayoría de los huéspedes dormían, por supuesto. Las señoras de la limpieza no entraban en las habitaciones durante el día. La noche anterior reparé en la seguridad; en los guardias vampiros. De día sería diferente, puesto que la custodia durante esas horas era el motivo por el que los huéspedes pagaban tanto. Llamé al servicio de habitaciones por primera vez en mi vida y encargué el desayuno. Tenía tanta hambre que me hubiera comido un caballo, pues no había tomado nada desde la tarde anterior. Me había duchado y me había embutido en mi bata cuando el camarero llamó a la puerta. Una vez que me aseguré de que era quien decía ser, le dejé pasar.

Tras el intento de secuestro del aeropuerto del día anterior, no tenía intención de dar nada por sentado. Mantuve a mano el spray de pimienta mientras el joven depositaba la comida y la cafetera. Si hubiera dado un solo paso hacia la habitación en la que Bill dormía dentro de su ataúd, le habría rociado. Pero el muchacho, que respondía al nombre de Arturo, estaba bien entrenado y ni siquiera dejó escapar una mirada hacia el dormitorio. Tampoco me miró directamente a mí. Lo que sí hacía era pensar en mí, y entonces deseé haberme puesto un sujetador antes de dejarle pasar.

Cuando se marchó —después de que, tal como Bill me había indicado, yo añadiera una pequeña propina a la nota que tuve que firmar—, me comí todo lo que había traído: salchicha, tortas y un cuenco de bolas de melón. Oh, Dios, qué bueno estaba. El jarabe era auténticamente de arce, y la fruta estaba en su punto de madurez. La salchicha estaba riquísima. Me alegré de que Bill no estuviera delante y me hiciera sentir incómoda. No le gustaba mucho verme comer, y detestaba que comiese ajo.

Me lavé los dientes y el pelo, y me maquillé. Había llegado la hora de prepararme para mi visita al Centro de la Hermandad. Me recogí el pelo y saqué la peluca de su caja. Era de pelo corto y moreno, bastante vulgar. Pensé que Bill se había vuelto loco cuando me propuso comprar una peluca, y seguía preguntándome por qué pensaba que necesitaría una, pero ahora me alegraba de tenerla. Me puse unas gafas como las de Stan, con la misma intención de camuflarme. Eran bifocales, así que podría alegar legítimamente que servían para leer.

¿Qué se ponían los fanáticos para ir a sus reuniones? Por mi limitada experiencia, sólo sabía que los fanáticos solían ser conservadores en cuanto a sus hábitos de vestimenta, ya sea porque estaban demasiado preocupados con otras cosas como para pensar en ello o porque veían algo maligno en vestirse con estilo. De haber estado en casa, me habría pasado por el Wal-Mart y habría dado justo en el clavo, pero me encontraba en un hotel de lujo sin ventanas. Aun así, Bill me dijo que llamara a recepción si necesitaba cualquier cosa. Así que eso hice.

—Recepción —dijo un humano que trataba de imitar la tranquila frialdad de un vampiro antiguo—. ¿En qué puedo servirle? —sentí la tentación de decirle que no siguiera intentándolo. ¿Quién querría una imitación cuando bajo ese mismo techo había vampiros de verdad?

—Soy Sookie Stackhouse, de la tres catorce. Necesito una falda vaquera larga de la talla ocho y una blusa floreada de tono pastel o una camiseta de punto de la misma talla.

—Sí, señorita —dijo al cabo de una larga pausa—. ¿Para cuándo quiere tenerlo?

—Pronto —caramba, esto sí que era divertido—. De hecho, cuanto antes mejor —me estaba acostumbrando a aquello. Me encantaba vivir a costa de una cuenta de gastos ajena.

Vi las noticias mientras esperaba. Era el telediario típico de cualquier ciudad estadounidense: problemas de tráfico, problemas de urbanismo, problemas de homicidios.

—Se ha identificado a una mujer hallada la noche pasada en el contenedor de desechos de un hotel —dijo un locutor con la voz apropiadamente grave. Bajaba las comisuras de sus labios para mostrar una seria preocupación—. El cuerpo de Bethany Rogers, de veintiún años, fue hallado en la parte trasera del hotel Silent Shore, famoso por ser el primer hotel de Dallas que admite a vampiros. Rogers fue asesinada de un solo disparo en la cabeza. La policía ha descrito el asesinato como «una ejecución». La inspectora Tawny Kelner informó a nuestro reportero de que la policía está siguiendo varias pistas —la imagen pasó de la expresión artificialmente sombría a una genuina. La mujer rondaba los cuarenta, pensé. Era muy baja y llevaba una larga melena que le caía por la espalda. La cámara giró para incluir al reportero, un hombre de escasa estatura y tez oscura con un traje impoluto—. Inspectora Kelner, ¿es cierto que Bethany Rogers trabajaba en un bar de vampiros?

La mujer pronunció más si cabe su expresión ceñuda.

—Sí, así es —contestó—. Aun así, trabajaba como camarera, no como chica de compañía —¿una chica de compañía? ¿Qué demonios haría una chica de compañía en el Bat's Wing?—. Sólo llevaba un par de meses trabajando allí.

—¿Cree que el lugar en el que se ha hallado el cadáver puede indicar que haya vampiros implicados en el caso? —el reportero era más insistente de lo que habría sido yo.

—Al contrario, creo que el lugar fue escogido para enviar un mensaje a los vampiros —le espetó Kelner, y luego pareció lamentar haberlo dicho—. Ahora, si me disculpa...

—Por supuesto, inspectora —dijo el reportero, un poco perturbado—. Bien, Tom —dijo volviendo la cara hacia la cámara, como si pudiera ver a su compañero a través de ella—, me temo que estamos ante un caso de provocación.

¿Eh?

El locutor también se dio cuenta de que lo que el reportero decía no tenía mucho sentido, por lo que pasó rápidamente a otro tema.

La pobre Bethany había muerto, y no tenía a nadie con quien compartir aquello. Reprimí las lágrimas; sentía que no tenía derecho a llorar por la chica. No podía evitar preguntarme qué le habría pasado a Bethany Rogers después de que se la llevaran fuera del redil de los vampiros. Si no había marcas de colmillos resultaba evidente que ningún vampiro la había matado, raro sería que uno de ellos dejara pasar la oportunidad de probar sangre.

Mientras sorbía mis lágrimas y me dejaba abrazar por la consternación, permanecí sentada sobre el sofá, hurgando en mi bolso en busca de un lapicero. Finalmente desenterré un bolígrafo. Lo usé para rascarme bajo la peluca. Picaba incluso bajo el aire acondicionado del hotel. A la media hora, alguien llamó a la puerta. Una vez más, observé por la mirilla. Era Arturo, con la ropa doblada sobre el brazo.

—Devolveremos las que no quiera —dijo, tendiéndome los bultos. Procuró no mirarme el pelo.

—Gracias —le contesté, dándole una propina. Podría acostumbrarme a aquello en un abrir y cerrar de ojos.

No pasaría mucho tiempo hasta que tuviera que verme con Ayres, el noviete de Isabel. Dejé la bata en el suelo y examiné lo que Arturo me había traído. La falda y la pálida blusa aterciopelada con motivos florales blancos y toques crema podrían servir… Hmmm. Al parecer no había conseguido encontrar una falda vaquera, y las dos que había traído eran caqui. Pensé que no importaba, y me puse una. Parecía demasiado ajustada para causar el efecto que yo buscaba, por lo que me alegré de que hubiera una alternativa de otro estilo. Ideal para la imagen que quería. Me puse las sandalias planas, unos pendientes diminutos y lista. Incluso tenía un viejo bolso de mimbre para acompañar al conjunto. Por desgracia, se trataba del bolso que usaba normalmente. Pero encajaba a la perfección. Extraje todo lo que pudiera identificarme, lamentando haber caído en ello ahora, y no con más antelación. Me pregunté qué otras medidas de seguridad podría estar olvidando.

Salí al silencioso pasillo. Estaba tal cual lo dejamos la noche anterior. No había espejos ni ventanas, y la sensación de aislamiento era absoluta. El granate de la moqueta y el azul oscuro, rojo y crema del papel de las paredes tampoco ayudaban gran cosa. La puerta del ascensor se abrió en cuanto pulsé el botón de llamada y pude bajar sola. No había siquiera hilo musical. El Silent Shore era tan silencioso como sugería su nombre.*

Cuando llegué al vestíbulo, comprobé que había guardias armados a ambos lados de la puerta del ascensor. Miraban hacia la entrada principal del hotel. Era obvio que las puertas estaban bloqueadas. Un circuito cerrado de televisión vigilaba la acera de la entrada y otro tomaba una panorámica más general.

Pensé que iba a producirse un atentado inminente y me quedé paralizada mientras el corazón se me desbocaba en el pecho. Pero al cabo de unos segundos de calma supuse que siempre estaban ahí. Aquello explicaba por qué los vampiros se hospedaban allí y en otros lugares especializados similares. Nadie podía entrar en los ascensores sin tener que lidiar antes con los guardias. Nadie podría llegar hasta las habitaciones donde los vampiros descansaban indefensos. También explicaba por qué las tarifas eran tan elevadas. Los dos guardias que había en ese momento eran enormes y lucían el uniforme negro del hotel (hmmm, todo el mundo parecía pensar que los vampiros estaban obsesionados

---

* *Silent Shore* significa «Orilla silenciosa» en español. *(N. del T.)*

con el negro). Sus armas me parecieron gigantescas, pero lo cierto es que no estoy muy familiarizada con el tema. Me miraron de reojo y luego volvieron a su aburrida tarea de vigilar el frente.

Hasta los recepcionistas iban armados. Tenían escopetas recortadas en los estantes que había debajo del mostrador. Me preguntaba hasta dónde serían capaces de llegar para proteger a sus huéspedes. ¿Estarían dispuestos a disparar a otros humanos, por muy intrusos que fueran? ¿Qué prescribía la ley al respecto?

Un hombre con gafas se sentó en uno de los sillones acolchados que salpicaban el suelo de mármol del vestíbulo. Rondaba los treinta, era alto y desgarbado, y tenía el pelo de color arena. Vestía un traje, uno de verano color caqui, a juego con una corbata conservadora y mocasines. Lo reconocí: era el que limpiaba los platos.

—¿Hugo Ayres? —pregunté.

Se levantó para estrecharme la mano.

—Tú debes de ser Sookie. Pero tu pelo… ¿Anoche no eras rubia?

—Lo sigo siendo. Es una peluca.

—Parece muy natural.

—Bien. ¿Estás listo?

—Tengo el coche fuera —me tocó la espalda brevemente para orientarme hacia la dirección adecuada, como si de lo contrario no fuera capaz de ver las puertas. Agradecía su cortesía, aunque no tanto la insinuación. Mientras, trataba de hacerme una idea acerca de Hugo Ayres. No era de los que dicen mucho de sí mismos.

—¿Cuánto hace que sales con Isabel? —le pregunté, mientras nos abrochábamos los cinturones en su Caprice.

—Ah, eh, creo que unos once meses —dijo Hugo Ayres. Tenía unas manos grandes con pecas en el dorso. Me sorprendía que no viviese en los suburbios con una esposa con mechas en el pelo y unos hijos igual de rubios que el padre.

—¿Estás divorciado? —pregunté impulsivamente. Me arrepentí cuando vi la pena dibujarse en su rostro.

—Sí —dijo—. Desde hace poco.

—Lo siento —iba a preguntarle por los hijos, pero concluí que no era asunto mío. Podía leer en él con bastante claridad que tenía una niña, pero no fui capaz de discernir el nombre o la edad.

—¿Es verdad eso de que puedes leer la mente? —preguntó.

—Sí, es verdad.

—No me extraña que seas tan atractiva para ellos.

Uf, eso ha dolido, Hugo.

—Probablemente sea una buena parte de la razón —dije en un tono de voz plano—. ¿A qué te dedicas durante el día?

—Soy abogado —dijo Hugo.

—No me extraña que seas tan atractivo para ellos —dije con el tono de voz más neutral que fui capaz de reunir.

Tras un prolongado silencio, Hugo volvió a hablar:

—Supongo que me lo he ganado.

—Pasemos página. Vamos a idear una historia.

—¿Podríamos ser hermanos?

—No es mala idea. He conocido hermanos que se parecían entre sí menos que nosotros. Pero creo que ser novios explicaría mejor que nos conozcamos tan poco en caso de que nos separasen y nos interrogasen. No digo que vaya a pasar, y me sorprendería que así fuera, pero como hermanos deberíamos saberlo todo acerca del otro.

—Tienes razón. ¿Por qué no decimos que nos conocimos en la iglesia? Te acabas de mudar a Dallas y nos conocimos en la catequesis metodista. De hecho es mi iglesia.

—Vale. ¿Qué te parece si soy... dueña de un restaurante? —dado mi trabajo en el Merlotte's, pensé que estaría convincente en el papel si no me interrogaban demasiado exhaustivamente.

Pareció un poco sorprendido.

—Es lo bastante inusual como para sonar bien. A mí no se me da muy bien actuar, así que estaré mejor si me limito a ser yo mismo.

—¿Cómo conociste a Isabel? —por supuesto que tenía curiosidad.

—Tuve que defender a Stan en los tribunales. Sus vecinos lo demandaron para desterrar a los vampiros del vecindario. Perdieron —Hugo tenía sentimientos encontrados acerca de su implicación con la vampira, y no estaba tampoco del todo seguro de que hubiera hecho bien en ganar el caso. De hecho, Hugo era completamente ambiguo en lo que respectaba a Isabel.

Vaya, eso hacía que el recado fuese mucho más aterrador.

—¿Saliste en los periódicos por representar a Stan Davis?

Parecía avergonzado.

—Así es. Maldita sea, puede que alguien del Centro reconozca mi nombre. O, peor, que me reconozca físicamente por la foto que salió publicada.

—Pero eso podría venirnos incluso mejor. Puedes decirles que has sabido reconocer tus errores tras conocer de cerca a los vampiros.

Hugo se lo pensó, moviendo sus manos pecosas con inquietud sobre el volante.

—Vale —dijo al fin—. Como ya te he dicho, no se me da bien actuar, pero creo que lo lograré.

Yo actuaba todo el tiempo, así que no me preocupaba demasiado mi parte. Tomarle la comanda a un tipo mientras finges que no sabes que se está preguntando si también será rubio tu vello púbico es un excelente ensayo interpretativo. De todas formas no se puede culpar a la gente —casi nunca— por lo que piensan para sus adentros. Hay que aprender a estar por encima de ello.

Empecé a sugerirle al abogado que me cogiera de la mano si las cosas se ponían tensas, para que me transmitiera pensamientos sobre los que yo pudiera actuar. Pero su ambigüedad, que rezumaba como una colonia barata, hizo que me mordiera la lengua. Puede que fuese un esclavo sexual de Isabel, puede que incluso la amara a ella y al peligro que representaba, pero no estaba tan segura de que su cuerpo y su corazón estuvieran igual de comprometidos con ella.

En un desagradable momento de autodiagnóstico, me pregunté si se podría decir lo mismo de Bill y de mí. Pero ése no era ni el momento ni el lugar de ponerse a pensar en ello. Ya tenía suficiente con la mente de Hugo y con preguntarme si se podía confiar del todo en él de cara a la pequeña misión que teníamos entre manos. Estaba a punto de interrogarme sobre mi grado de seguridad en su compañía. También me preguntaba cuánto sabía acerca de mí Hugo Ayres. No había estado en la habitación mientras yo trabajaba la noche anterior. Isabel no me había parecido muy habladora precisamente. Posiblemente, apenas supiera nada.

La autovía de cuatro carriles que recorría el enorme suburbio estaba jalonada de los típicos establecimientos de comida rápida y cadenas de supermercados de todo tipo. Pero, poco a poco, los comercios fueron cediendo a las viviendas, y el cemento a las zonas verdes. El tráfico parecía implacable. No podría vivir en un sitio tan enorme como ése. No sería capaz de hacer mi vida diaria allí.

Hugo aminoró y puso el intermitente cuando llegamos a una gran intersección. Nos dirigíamos hacia el aparcamiento de una gran iglesia, o al menos eso parecía haber sido en el pasado. El santuario era enorme si lo medimos conforme a lo que solemos gastar en Bon Temps. Sólo los baptistas podrían permitirse una feligresía tan amplia en los bosques donde yo nací, y eso si todas sus congregaciones se reunían. El santuario de dos pisos estaba flanqueado por dos alas de un solo nivel. Todo el edificio era de ladrillo pintado de blanco, y todas las ventanas estaban teñidas. El recinto estaba rodeado de césped artificialmente teñido de verde y un gran aparcamiento.

El cartel sobre el bien cuidado césped ponía: «Centro de la Hermandad del Sol. Sólo Jesucristo resucitó de entre los muertos».

Estornudé mientras abría la puerta y salía del coche de Hugo.

—Eso que pone es mentira —le señalé a mi compañero—. Lázaro también se levantó de entre los muertos. Esos capullos ni siquiera conocen bien sus escrituras.

147

—Más vale que te saques de la cabeza esa actitud —me advirtió Hugo mientras pulsaba el botón de cierre—. Hará que te descuides. Esta gente es peligrosa. Han aceptado públicamente su responsabilidad por haber entregado dos vampiros a los drenadores, diciendo que al menos la humanidad podrá beneficiarse de alguna manera de la muerte de un vampiro.

—¿Tienen tratos con los drenadores? —sentí náuseas. Los drenadores tenían una profesión tremendamente arriesgada. Atrapaban vampiros, los ataban con cadenas de plata y les drenaban la sangre para venderla en el mercado negro—. ¿Esa gente de ahí ha entregado vampiros a los drenadores?

—Eso es lo que dijo uno de sus miembros en una entrevista concedida a un periódico. Por supuesto, el líder apareció en las noticias al día siguiente desmintiéndolo todo con vehemencia, pero creo que su intervención fue sólo una cortina de humo. La Hermandad mata vampiros de cualquier manera posible, convencida de que son impíos y una abominación. Son capaces de cualquier cosa. Si eres amigo de un vampiro, pueden presionarte hasta el límite. Recuérdalo cada vez que abras la boca ahí dentro.

—Tú también, señor Advertencia de Mal Agüero.

Caminamos hacia el edificio lentamente, contemplándolo mientras avanzábamos. Había unos diez coches más en el aparcamiento, desde viejos modelos cascados hasta otros más lujosos y recién comprados. Mi favorito era un Lexus blanco perla. Era tan bonito que podría haber pertenecido a un vampiro.

—Alguien está sacando buena renta del negocio del odio —observó Hugo.

—¿Quién dirige este sitio?

—Un tipo llamado Steve Newlin.

—Apuesto a que ése es su coche.

—Eso explicaría la pegatina del parachoques.

Asentí. Ponía: «QUITÉMOSLE EL "NO" A LOS NO MUER-TOS». Del espejo retrovisor interior colgaba la réplica de una estaca. O puede que no fuese una réplica.

El lugar estaba concurrido para tratarse de un sábado por la tarde. Había niños jugando con los columpios en un recinto vallado junto al edificio. Los vigilaba una adolescente aburrida que de vez en cuando alzaba la vista de sus propias uñas. Ese día no hacía tanto calor como el anterior. El verano empezaba a perder la partida, a Dios gracias. La puerta del edificio estaba entornada para disfrutar del precioso día y la moderada temperatura.

Hugo me cogió de la mano, lo cual me sobresaltó hasta que me di cuenta de que era para que pareciésemos dos enamorados. No tenía ningún interés personal en mí, con lo que yo no tenía ningún problema. Tras un ajuste de un segundo, conseguimos parecer bastante naturales. El contacto físico me abrió de par en par la mente de Hugo, y supe que estaba tan nervioso como resuelto. Halló de mal gusto tocarme, lo cual era una sensación lo bastante fuerte como para hacerme sentir incómoda. La falta de atracción era leve, pero la hondura del disgusto me incomodó. Había algo detrás de ese sentimiento, algún tipo de actitud básica… Pero teníamos gente delante, y replegué mi mente para centrarme en el trabajo. Sentí que mis labios se estiraban hasta crear una sonrisa.

Bill se había asegurado de no tocarme el cuello la noche anterior, por lo que no tenía que preocuparme por ocultar ninguna marca de colmillos. Con mi ropa nueva y el marco de ese maravilloso día, no me costó parecer despreocupada mientras saludábamos con un gesto de cabeza a una pareja de mediana edad que salía del recinto.

Caminamos por la penumbra del edificio hacia lo que parecía la escuela catequística de la iglesia. Había carteles en todas las puertas que jalonaban el pasillo, carteles que ponían: «Presupuestos y Finanzas», «Publicidad» y, lo más escalofriante, «Relaciones con los Medios».

Una mujer de unos cuarenta años apareció de una de las puertas del extremo del pasillo y se giró hacia nosotros. Parecía amable, incluso dulce; tenía una piel maravillosa y el pelo castaño y corto. Sus labios rosa hacían juego con el esmalte de sus uñas. El labio inferior era ligeramente prominente, lo que le otorgaba un aire inesperadamente sensual, como una extraña provocación anclada a su redondeado y agradable cuerpo. Su falda vaquera y su blusa parecían un reflejo de mi propia ropa, por lo que me di unas palmadas en la espalda mentalmente.

—¿Puedo ayudarles? —preguntó con aire servicial.

—Queremos informarnos acerca de la Hermandad —dijo Hugo, que parecía tan amable y sincero como nuestra nueva amiga. Llevaba encima una etiqueta de identificación donde pude leer «S. Newlin».

—Qué alegría que estén aquí —dijo—. Soy la esposa del director, Steve Newlin. Me llamo Sarah —estrechó la mano de Hugo, pero no la mía. Algunas mujeres creen que no es apropiado estrechar la mano de otras mujeres, por lo que no le di más importancia.

Intercambiamos fórmulas que expresaban el placer de habernos conocido y extendió su mano coronada de manicura hacia las puertas dobles del fondo del pasillo.

—Si son tan amables de acompañarme, les enseñaré dónde hacemos las cosas —soltó una risita, como si la idea de alcanzar objetivos estuviese revestida de un fondo ridículo.

Todas las puertas del pasillo estaban abiertas, y en las habitaciones se desarrollaban actividades de lo más normales. Si la organización de Newlin mantenía prisioneros o llevaba a cabo operaciones encubiertas, lo hacía en otra parte del edificio. Lo observé todo con detenimiento para obtener la mayor cantidad de información posible. Pero, hasta donde veía, el interior de la Hermandad del Sol era tan diáfano como el exterior, y su gente distaba mucho de parecer siniestra o retorcida.

Sarah nos precedía a paso ligero. Apretaba contra su pecho un montón de carpetas, hablando por encima de su hombro mientras caminábamos a un ritmo que parecía tranquilo, pero que en realidad resultaba bastante exigente. Hugo y yo nos soltamos las manos y nos dimos prisa para mantener el paso.

El edificio demostró ser mucho mayor de lo que había imaginado. Habíamos entrado por un extremo de una de las alas. Después cruzamos el santuario de la antigua iglesia, reformado para hacer las veces de sala de reuniones, y pasamos al ala opuesta. Ésta se dividía en menos estancias, aunque más grandes. La que estaba más cerca del santuario era claramente el despacho del antiguo pastor. Había un cartel en la puerta que ponía «G. Steve Newlin, Director».

Era la única puerta cerrada que había visto en todo el edificio.

Sarah llamó y, tras aguardar un momento, entró. El hombre alto y desgarbado que había tras el escritorio se levantó para agujerearnos con una mirada llena de complacida expectación. Su cabeza no parecía suficientemente grande en proporción a su cuerpo. Tenía los ojos de un azul brumoso, la nariz aguileña y su pelo parecía calcar el tono castaño oscuro del de su mujer, sólo que salpicado con algunas canas. No sabía qué aspecto esperaba encontrarme en un fanático, pero estaba segura de que no el que tenía delante. Parecía que su vida le divirtiera.

Había estado hablando con una mujer alta de pelo gris acero. Vestía unos pantalones anchos y una blusa, pero daba la impresión de que se sentiría mejor enfundada en un traje de chaqueta. Estaba formidablemente maquillada y parecía profundamente contrariada por algo... Puede que nuestra interrupción.

—¿Qué puedo hacer por ustedes? —preguntó Steve Newlin, haciéndonos una indicación a Hugo y a mí para que nos sentáramos. Lo hicimos en un par de butacas verdes de cuero que había frente al escritorio. Sarah se sentó por su cuenta en una silla más pequeña que había contra una pared.

—Disculpa, Steve —le dijo a su marido—. Díganme, ¿les apetece un café o un refresco?

Hugo y yo nos miramos y meneamos la cabeza.

—Cariño, éstos son... Oh, no les he preguntado sus nombres —nos miró con un pesar lleno de encanto.

—Me llamo Hugo Ayres, y ella es mi novia, Caléndula.

¿Caléndula? ¿Es que había perdido la chaveta? Tuve que esforzarme para mantener la sonrisa pegada a la cara. Luego reparé en el jarrón con caléndulas que yacía sobre la mesa, junto a Sarah, y así al menos pude comprender su elección. Lo que estaba claro es que habíamos cometido un error tremendo de entrada; teníamos que haber hablado de aquello mientras nos dirigíamos allí. Era lógico que si la Hermandad era responsable del micrófono, también conocería el nombre de Sookie Stackhouse. Gracias a Dios que Hugo había pensado en ello.

—¿No conocemos ya a Hugo Ayres, Sarah? —el rostro de Steve Newlin había adquirido una perfecta expresión de intriga: el ceño levemente fruncido, las cejas arqueadas inquisitivamente y la cabeza algo ladeada.

—¿Ayres? —intervino la mujer de pelo gris—. Por cierto, soy Polly Blythe, oficial de ceremonias de la Hermandad.

—Oh, Polly, lo siento, me he distraído —dijo Sarah, echando la cabeza hacia atrás con el ceño también fruncido. Luego se relajó y miró a su marido—. ¿No era Ayres el abogado que representaba a los vampiros en University Park?

—Así es —dijo Steve, recostándose sobre su silla y cruzando sus largas piernas. Hizo un gesto a alguien que pasaba por el pasillo y entrelazó los dedos sobre su rodilla—. Vaya, qué interesante que nos haga una visita, Hugo. ¿Ha visto la otra cara de la moneda en el tema de los vampiros, quizá? —Steve Newlin emanaba satisfacción del mismo modo que las mofetas su hedor.

—No va mal encaminado —empezó Hugo, pero la voz de Steve siguió ocupando el aire.

—¿El aspecto de los chupasangres, el lado oscuro de la existencia de los vampiros? ¿Ha descubierto que nos quieren matar a todos, dominarnos con sus modos impíos y sus promesas vacuas?

Sabía que mis ojos estaban redondos como platos. Sarah asentía atentamente, sin perder la dulzura y la textura

153

de un pastel de vainilla. Polly parecía estar experimentando algún tipo de orgasmo malsano. Steve siguió hablando con una sonrisa prendida a los labios:

—La vida eterna en este mundo puede sonar tentadora, pero perderás el alma por el camino y, con el tiempo, cuando os alcancemos (puede que yo no, pero quizá sí mi hijo o mi nieto), os clavaremos estacas y os quemaremos, y entonces conoceréis el verdadero infierno. Y la muerte no supondrá un alivio. Dios cuenta con un rincón especial para los vampiros que han usado a humanos como papel higiénico y luego los han tirado por el retrete...

Pues qué asco. La situación se precipitaba como una montaña rusa. Y lo único que captaba de Steve era aquella interminable y maliciosa satisfacción, junto con un enorme arranque de astucia. No había nada concreto ni que nos sirviera como información.

—Disculpa, Steve —dijo una voz profunda. Me giré sobre la silla para ver a un hombre guapo de pelo negro. Era musculoso y lucía un corte de pelo de estilo militar. Sonrió a todos los que estábamos en la habitación con la misma buena voluntad que mostraban todos. Ya me había dejado impresionar. Ahora simplemente me ponía los pelos de punta—. Nuestro invitado pregunta por ti.

—¿De veras? Estaré allí en un minuto.

—Preferiría que vinieses ahora. Estoy seguro de que a nuestros amigos no les importará esperar —el del corte militar nos miró con aire suplicante. Hugo estaba pensando en un lugar profundo, un destello mental que me pareció peculiar.

—Gabe, iré cuando haya terminado con nuestros visitantes —dijo Steve con firmeza.

—Bueno, Steve… —Gabe no estaba dispuesto a ceder tan fácilmente, pero recibió el mensaje cuando Steve le clavó la mirada y se incorporó, descruzando las piernas. Le devolvió una mirada a Steve que era de todo menos devota, y se marchó.

Aquel intercambio era de lo más prometedor. Me preguntaba si Farrell estaba tras alguna puerta cerrada con llave y me imaginé regresando al redil de Dallas para decir a Stan dónde mantenían atrapado a su hermano. Y entonces…

Ay, ay. Y entonces Stan atacaría a la Hermandad del Sol y mataría a sus miembros antes de liberar a Farrell. Y luego…

Oh, Dios.

—Sólo queríamos saber si hay algún evento a la vista al que pudiésemos asistir, algo que nos pudiera dar una idea del ámbito de los programas que se llevan a cabo aquí —la voz de Hugo sonaba levemente inquisitiva, poco más—. Dado que la señora Blythe está aquí, quizá pudiera darnos alguna respuesta.

Me percaté de que Polly Blythe ya enfilaba a Steve antes de que éste abriera la boca, y me di cuenta de que su cara permanecía hermética. Polly Blythe estaba encantada con la oportunidad de informar, así como con nuestra presencia en la Hermandad.

—Sí que hay algún evento a la vista —dijo la mujer del pelo gris—. Esta noche tendremos una noche blanca especial. A continuación el ritual del amanecer dominical.

—Eso suena interesante —dije—. ¿Será literalmente al amanecer?

—Oh, sí, justo al amanecer. Incluso llamamos al servicio meteorológico —nos informó Sarah, riéndose.

—Nunca olvidarán uno de nuestros rituales del amanecer. Es increíblemente inspirador —intervino Steve.

—¿Qué tipo de…? Bueno ¿qué ocurre exactamente? —preguntó Hugo.

—Se manifiesta la prueba del poder de Dios ante tus propios ojos —dijo Steve con una sonrisa.

Aquello sonó muy, muy escalofriante.

—Oh, Hugo —dije—, ¿no te parece emocionante?

—Claro que sí. ¿A qué hora empieza la noche blanca?

—A las seis y media. Queremos que nuestros miembros vengan antes de que se levanten.

Por un momento me imaginé una bandeja llena de bollitos recién hechos, pero luego me di cuenta de que Steve se refería a que quería que los miembros estuviesen allí antes de que los vampiros se despertasen.

—¿Y qué pasa cuando su congregación se va a casa? —no pude evitar preguntar.

—¡Oh, usted no ha debido de asistir a una reunión de este tipo cuando era adolescente! —dijo Sarah—. Son de lo más divertidas. Todo el mundo viene con sus sacos de dormir y comemos, jugamos y leemos la Biblia. Hay sermones y la gente se pasa la noche en la iglesia —vi que la Hermandad era verdaderamente una iglesia a ojos de Sarah, y estaba convencida de que reflejaba la convicción del resto de sus integrantes. Si tenía el aspecto de una iglesia y funcionaba como tal, entonces era una iglesia, independientemente de su estatus tributario.

Había estado en un par de noches blancas cuando era adolescente, y apenas fui capaz de aguantar la experiencia.

Un puñado de críos encerrados en un edificio toda la noche y vigilados de cerca, con un interminable suministro de películas y comida basura, actividades y refrescos. Había sufrido el bombardeo mental de las ideas y los impulsos alimentados de hormonas adolescentes, los gritos y las pataletas.

Me dije que aquello sería diferente. Ésos eran adultos, adultos con sentido, ya puestos. Probablemente no habría un millón de bolsas de patatas y las instalaciones para dormir serían decentes. Si Hugo y yo nos apuntábamos, quizá tuviéramos la oportunidad de registrar el edificio y rescatar a Farrell, pues estaba segura de que él era quien tenía programado un encuentro con el amanecer dominical, quisiera o no.

—Serán bienvenidos —dijo Polly—. Tenemos mucha comida y suficientes catres.

Hugo y yo intercambiamos miradas de incertidumbre.

—¿Qué les parece si damos una vuelta por el edificio y echan un ojo? Luego podrán decidirse —sugirió Sarah.

Cogí la mano de Hugo y recibí un azote de ambigüedad. Sus contradictorias emociones me agotaban. «Vámonos de aquí», pensó.

Deseché mis anteriores planes. Si Hugo estaba sumido en tamaña confusión, no nos vendría bien quedarnos. Las preguntas podían aguardar a más tarde.

—Deberíamos volver a casa y traer nuestros sacos de dormir y las almohadas —dije con tono lúcido—. ¿No es así, cariño?

—Y tengo que dar de comer al gato —dijo Hugo—. Pero estaremos de vuelta a las… seis y media, ¿verdad?

—Caray, Steve, ¿no tenemos sacos de sobra en el almacén? Esos de la otra pareja que estuvo con nosotros un tiempo.

—Nos encantaría que se quedaran hasta que lleguen los demás —nos urgió Steve con una sonrisa radiante. Sabía que estábamos amenazados y que teníamos que salir de allí, pero todo lo que recibía de la mente de Newlin era un muro de determinación. Polly Blythe parecía revolcarse en un lecho de maliciosa satisfacción. Detestaba seguir con la indagación ahora que sabía que sospechaban de nosotros. Si conseguíamos salir de allí en ese momento, me prometí que no volvería a poner el pie dentro. Me olvidaría de todo ese rollo de investigar para los vampiros. Me limitaría a atender en el bar y a acostarme con Bill.

—De verdad tenemos que irnos —dije con firme cortesía—. Estamos muy impresionados con todo esto y queremos venir a la noche blanca, pero aún queda bastante tiempo para que podamos terminar de hacer algunos recados. Ya saben cómo es trabajar durante toda la semana. Todo se amontona.

—Pero ¡seguirán ahí, y la noche termina mañana! —dijo Steve—. Tienen que quedarse.

No había forma de salir de allí sin que todo saliera a la luz. Y no iba a ser yo la primera en romper la baraja, no mientras aún quedase una mínima esperanza de salir. Había mucha gente alrededor. Giramos a la izquierda al salir del despacho de Steve Newlin. Con él caminando apresuradamente detrás de nosotros, Polly a nuestra derecha y Sarah abriendo el camino, recorrimos el pasillo. Cada vez que pasábamos ante una puerta abierta, alguien decía: «Steve, ¿puedo hablar contigo un momento?», o «¡Steve,

Ed dice que tenemos que cambiar la redacción de esto!».
Pero, aparte de un guiño o un leve temblor en su sonrisa,
no era capaz de captar ninguna reacción en Steve Newlin
ante esas constantes solicitudes.

Me preguntaba cuánto duraría ese movimiento si qui-
tábamos de en medio a Steve. Casi de inmediato me aver-
goncé de haberlo pensado, pues de verdad se me había
pasado por la cabeza su muerte. Empezaba a pensar que
Sarah o Polly podrían ocupar su puesto si se les permitía.
Ambas parecían estar hechas de acero.

Todos los despachos estaban abiertos de par en par
y proyectaban un aspecto inocente, si es que podía juzgar-
se como tal la premisa sobre la que se había fundado la
organización. Todos ellos parecían estadounidenses normales, aunque puede que más estereotipados de lo normal,
e incluso había unos cuantos que no eran caucásicos.

Y había uno que no era humano.

Pasamos junto a una diminuta y delgada mujer hispana por el pasillo, y sus ojos destellaron cuando cruzamos las miradas. Capté una firma mental que sólo había
sentido una vez. La otra ocasión fue con Sam Merlotte.
Aquella mujer, al igual que Sam, era una cambiante, y sus
grandes ojos se abrieron como platos cuando notó la rá-
faga de «diferencia» que emanaba de mi ser. Traté de re-
tener su mirada y, por un momento, nos miramos mutua-
mente, yo tratando de enviarle un mensaje y ella tratando
de no recibirlo.

—¿Les he dicho que la primera iglesia que ocupó
este lugar se construyó a principio de los años sesenta?
—estaba diciendo Sarah, mientras la pequeña mujer seguía su recorrido por el pasillo a paso ligero. Miró hacia

atrás por encima del hombro y volví a toparme con sus ojos. Los suyos estaban asustados. Los míos lanzaban un grito de auxilio.

—No —dije, sorprendida por el súbito giro de la conversación.

—Sólo un poco más —nos guió Sarah— y habremos visto toda la iglesia.

Llegamos a la última puerta del pasillo. La correspondiente al ala opuesta que conducía al exterior. Desde fuera, parecía que ambas alas eran exactamente iguales. Evidentemente, mis observaciones eran erróneas. Pero aun así…

—Sin duda es un lugar muy grande —dijo Hugo de forma agradable. La ambigüedad de sus emociones parecía reducirse. De hecho, ya no daba la impresión de estar en absoluto preocupado. Sólo alguien sin ningún sentido psíquico podría no sentirse preocupado por aquello.

Ése era Hugo. Ni el más mínimo sentido psíquico. Parecía bastante interesado cuando Polly abrió la última puerta, la que estaba al fondo del pasillo. Debía conducir al exterior.

Pero, en vez de ello, conducía hacia abajo.

6

—¿Saben? Tengo un poco de claustrofobia —dije al instante—. No sabía que tantos edificios de Dallas contaban con sótano, pero he de decir que no me apetece mucho verlo —me aferré al brazo de Hugo y traté de esbozar una sonrisa encantadora y humilde.

El corazón de Hugo latía como un tambor de lo asustado que estaba. Juro que estaba aterrado. La visión de esas escaleras había vuelto a erosionar de alguna manera su calma. ¿Qué le ocurría? A pesar del miedo, no paraba de darme golpecitos suaves en el hombro mientras sonreía con aire de disculpa hacia nuestros anfitriones.

—Creo que tenemos que irnos —murmuró.

—Sin embargo, creo que deberían ver lo que tenemos en el sótano. Lo cierto es que tenemos un refugio antiaéreo —dijo Sarah, a punto de estallar en risas—. Y está totalmente equipado, ¿no es así, Steve?

—Sí, hay todo tipo de cosas ahí abajo —convino Steve. Aún parecía relajado, afable y asistido de autoridad, aunque yo había dejado de ver nada benigno en esas cualidades. Dio un paso adelante y, como estaba detrás de mí, tuve que hacer lo propio para evitar que me tocara, lo cual no me apetecía en absoluto.

—Vamos —dijo Sarah, entusiasmada—. Apuesto a que Gabe está ahí. Steve puede bajar para ver qué es lo que quería mientras nosotros visitamos el resto de la instalación —bajó por las escaleras tan rápidamente como había recorrido el pasillo, meneando el trasero de una forma que hubiera hallado encantadora de no haberme encontrado al borde del horror.

Polly nos hizo un gesto para que pasáramos delante de ella, así que le hicimos caso. Yo seguía adelante con la farsa porque Hugo parecía absolutamente convencido de que no le harían ningún daño. Lo captaba con toda claridad. El temor que había sentido antes se había desvanecido. Era como si se hubiera resignado a algún programa preestablecido y su ambigüedad se hubiese evaporado. En vano deseé que fuera más fácil de leer. Me centré en Steve Newlin, pero lo que me encontré en él fue un denso muro de autocomplacencia.

Continuamos bajando por las escaleras a pesar de que había reducido mi ritmo peldaño a peldaño. Sabía que Hugo estaba convencido de que él volvería a subir por esas escaleras: después de todo era una persona civilizada. Todas ellas eran personas civilizadas.

Hugo era incapaz de imaginarse que le pudiera ocurrir algo irreparable porque era un estadounidense blanco de clase media con educación universitaria, como todos los que nos acompañaban escaleras abajo.

Yo no compartía tal convicción. Yo no era una persona completamente civilizada.

Aquél fue un pensamiento nuevo e interesante, pero, al igual que muchas de mis ideas de esa tarde, tuve que apartarlo para explorarlo en mi tiempo libre. Si es que volvía a disfrutar de tiempo libre.

En la base de las escaleras había otra puerta, a la que Sarah llamó siguiendo un código. Tres golpes rápidos, espacio, dos rápidos, memoricé. A continuación se escuchó ruido de cerrojos.

Gabe, el del corte militar, abrió la puerta.

—Eh, habéis traído visita —dijo alegremente—. ¡Qué bien lo vamos a pasar!

Llevaba el polo perfectamente metido bajo sus Dockers, las zapatillas Nike nuevas e impolutas, y estaba muy bien afeitado. Apostaría a que hacía cincuenta abdominales todas las mañanas. Había una corriente subyacente de excitación en cada uno de sus movimientos y gestos. Por algún motivo, Gabe estaba realmente entusiasmado.

Traté de «leer» la zona en busca de vida, pero estaba demasiado nerviosa para concentrarme.

—Me alegro de que hayas venido, Steve —dijo Gabe—. Mientras Sarah enseña el refugio a nuestros visitantes, quizá puedas echarle un vistazo a la habitación de los huéspedes —indicó con un gesto de la cabeza la puerta que había a la derecha del estrecho pasillo de cemento. Había otra puerta en el extremo, y una más a la izquierda.

Odiaba aquel sitio. Había alegado claustrofobia para salir de allí. Ahora que me habían obligado a bajar las escaleras, estaba descubriendo que de verdad la tenía. El olor rancio, la intensidad de la luz artificial y la sensación de encierro… Lo odiaba todo. No quería seguir allí. Me empezaron a sudar las palmas de las manos. Sentía como si tuviera los pies anclados al suelo.

—Hugo —susurré—. No quiero seguir aquí —había muy poco dramatismo en la desesperación de mi voz. No me gustó escucharla, pero estaba ahí.

—De verdad necesita volver arriba —dijo Hugo a modo de disculpa—. Si no les importa, subiremos y les esperaremos arriba.

Me volví con la esperanza de que funcionara, pero me topé con el rostro de Steve. Ya no sonreía.

—Creo que vosotros dos tenéis que esperar en esa otra habitación hasta que acabe con un asunto. Después hablaremos —su voz no admitía discusión alguna, y Sarah abrió la puerta para revelar una pequeña estancia con dos sillas y dos catres.

—No —dije—. No puedo hacerlo —y empujé a Steve con todas mis fuerzas. Soy muy fuerte desde que tomé sangre de vampiro, y, a pesar de su tamaño, logré que se tambaleara. Me deslicé escaleras arriba tan rápidamente como pude, pero una mano me agarró del tobillo y caí de plano. Los bordes de los peldaños me golpearon por todas partes: en el pómulo izquierdo, los pechos, las caderas y la rodilla izquierda. Me dolió tanto que tuve que reprimir un grito.

—Vamos, señorita —dijo Gabe mientras me ponía de pie.

—¿Cómo…? ¿Cómo has podido hacerle tanto daño? —Hugo estaba encendido, genuinamente enfadado—. Vinimos aquí dispuestos a unirnos a vuestro grupo, ¿y así es como nos tratáis?

—Dejad de fingir —aconsejó Gabe, y me retorció el brazo tras la espalda antes de que me hubiera recuperado de la caída. Me quedé sin aliento por el dolor mientras me lanzaba hacia la habitación, no sin antes arrancarme la peluca de la cabeza. Hugo entró detrás de mí, aunque trataba de emitir un «¡No!». Luego cerraron la puerta.

Y se oyó el cerrojo.

Y se acabó.

—Sookie —dijo Hugo—, tienes una buena herida en el pómulo.

—No fastidies —murmuré débilmente.

—¿Te duele mucho?

—¿Tú qué crees?

Se lo tomó al pie de la letra.

—Creo que tienes magulladuras y puede que una contusión. ¿Te has roto algún hueso?

—No, salvo uno o dos —dije.

—Está claro que no estás tan malherida como para abandonar el sarcasmo —dijo Hugo. Estaba segura de que se hubiese sentido mejor si se hubiera enfadado conmigo, y me pregunté por qué. Pero no me devané demasiado los sesos. Me dio la impresión de saberlo.

Estaba echada sobre uno de los catres con un brazo cruzado sobre la cara, tratando de mantener algo de privacidad y pensar un poco. No podíamos escuchar lo que estaba pasando fuera, en el pasillo. Por un momento pensé que había oído una puerta al abrirse y algunas voces amortiguadas, pero eso fue todo. Esos muros se habían construido para soportar una explosión nuclear, así que supuse que el silencio venía de serie.

—¿Tienes reloj? —le pregunté a Hugo.

—Sí, son las cinco y media.

Aún quedaban dos horas largas hasta que los vampiros se despertasen.

Dejé que el silencio se adueñara del aire. Cuando estuve segura de que Hugo, al que tanto me costaba leer, se había vuelto a refugiar en sus pensamientos, abrí mi mente y escuché con suma concentración.

«Esto no debía haber sido así, no me gusta, pero seguro que todo sale bien, ¿qué pasa si necesitamos ir al baño?, no me la voy a sacar delante de ella, aunque puede que Isabel nunca se entere. Debí imaginármelo después de lo de la chica de anoche, ¿cómo salir de aquí y seguir ejerciendo el Derecho?, si empiezo a distanciarme pasado mañana puede que se alivie la cosa…»

Apreté mi brazo contra los ojos hasta que me dolió para reprimir las ganas de levantarme, agarrar una silla y dejar inconsciente a Hugo Ayres de un golpe. Por el momento, no alcanzaba a comprender del todo mi telepatía, como tampoco lo hacía la Hermandad, o no me habrían dejado allí encerrada con él.

O quizá Hugo era tan prescindible para ellos como lo era para mí. Exactamente igual que para los vampiros; estaba deseando decirle a Isabel que su juguete de testosterona era un traidor.

Aquello aquietó mi sed de sangre. Cuando caí en lo que Isabel le haría a Hugo, me di cuenta de que no encontraría una auténtica satisfacción al presenciarlo. De hecho, me aterraría y me pondría enferma.

Sin embargo, parte de mí pensaba que se merecía lo que le cayese.

¿A quién le debía lealtad este abogado en conflicto?

Sólo había un modo de averiguarlo.

Me incorporé, dolida, y apoyé la espalda contra la pared. Sabía que me curaría con bastante rapidez (de nuevo gracias a la sangre de vampiro), pero no dejaba de ser humana y me sentía como una piltrafa. Notaba que tenía la cara llena de heridas, y estaba casi convencida de que tenía fracturado el pómulo. El lado izquierdo de la cara se estaba hinchando a buen ritmo. Pero no tenía las piernas rotas. Si surgía la oportunidad, aún podría salir corriendo; eso era lo más importante.

En cuanto lo tuve delante y estuve tan cómoda como las instalaciones me lo iban a permitir, dije:

—Hugo, ¿cuánto hace que eres un traidor?

Se puso más rojo que un tomate.

—¿Traicionar a quién? ¿A Isabel o a la especie humana?

—Tú mismo.

—Traicioné a la especie humana cuando me puse del lado de los vampiros en un tribunal. De haber tenido la menor idea de lo que eran… Acepté el caso a ciegas porque creí que sería un desafío legal interesante. Siempre me he dedicado a los derechos civiles, y estaba convencido de que los vampiros debían tener los mismos que las demás personas.

Habló el señor Cloaca.

—Claro —dije.

—Pensaba que negarles el derecho a vivir dondequiera que les apeteciera era antiamericano —prosiguió Hugo con tono amargo y abatido.

Todavía no sabía lo que era una buena razón para estar amargado.

—Pero ¿sabes qué, Sookie? Los vampiros no son americanos. Ni siquiera son negros, ni asiáticos, ni indios. No son rotarios, ni baptistas. Sólo son vampiros. Ése es su color, su religión y su nacionalidad.

Bueno, eso es lo que ocurre cuando una minoría queda soterrada durante siglos. ¡Vaya con el genio!

—Por aquel entonces creía que Stan tenía derecho a vivir donde quisiera, ya fuera Green Valley Road o el mismísimo Bosque de los Cien Acres, como cualquier americano. Así que lo defendí contra la asociación vecinal y gané. Estaba muy orgulloso de mí mismo. Luego conocí a Isabel y me acosté con ella una noche, convencido de que era una experiencia muy atrevida, y de que me sentiría como un gran hombre, un intelectual emancipado.

Lo miré sin parpadear ni decir una sola palabra.

—Como sabes, el sexo es genial, es lo mejor. Era su esclavo y nunca había suficiente. Mi trabajo se resintió. Empecé a ver a los clientes sólo por las tardes porque era incapaz de despertarme por la mañana. No podía atender mis citas del juzgado por las mañanas. No podía dejar a Isabel después de anochecer.

Sonaba al relato de un alcohólico. Hugo se había vuelto adicto al sexo vampírico. El concepto me pareció tan fascinante como repelente.

—Empecé haciendo trabajillos de poca monta que me encontraba ella. Durante este mes he estado yendo a la casa para hacer las labores domésticas con tal de estar cerca de Isabel. Cuando me pidió que acudiese al comedor con el cuenco de agua, me sentí emocionado. No por la nimia tarea, ¡soy abogado, por el amor de Dios!, sino porque la Hermandad me había llamado. Me habían pedido que averiguara cualquier cosa sobre lo que tenían planeado hacer los vampiros de Dallas. Cuando me llamaron, estaba enfadado con Isabel. Nos peleamos por la forma que tenía de tratarme. Así que me pillaron receptivo. Escuché que tu nombre surgía entre Stan e Isabel, así que se lo referí a la Hermandad. Tienen a un tipo que trabaja en Anubis Air. Averiguó cuándo llegaba el vuelo de Bill y trataron de raptarte para saber qué querían de ti los vampiros. Para saber qué harían para recuperarte. Cuando entré con el cuenco de agua, escuché que Stan o Bill te llamaban por tu nombre, por lo que supe que no consiguieron atraparte en el aeropuerto. Sentí que al menos tenía algo que contarles, algo con lo que compensarles por perder el micrófono que había colocado en la sala de conferencias.

—Traicionaste a Isabel —dije—. Y me has traicionado a mí también, a pesar de que soy tan humana como tú.

—Tienes razón —dijo sin mirarme a los ojos.

—¿Y qué me dices de Bethany Rogers?

—¿La camarera?

Se había quedado atascado.

—La camarera muerta —maticé.

—Se la llevaron —dijo, agitando la cabeza de un lado a otro, como si en realidad estuviese diciendo «No, es imposible que hayan hecho lo que hicieron»—. Se la llevaron. Yo no sabía lo que le iban a hacer. Sabía que era la única que había visto a Farrell con Godfrey, y se lo dije. Cuando me desperté esta mañana y supe que la habían encontrado muerta, casi no me lo podía creer.

—La raptaron después de que les dijeras que había estado en casa de Stan. Después de que les dijeras que era la única testigo verdadera.

—Supongo que sí.

—Les llamaste anoche.

—Sí, tengo un móvil. Salí al patio trasero y les llamé. Me estaba arriesgando mucho; ya sabes el buen oído que

169

tienen los vampiros, pero lo hice —trataba de convencerse de que había hecho algo valiente y audaz. Llamar por teléfono desde la casa de los vampiros para señalar con el dedo a la pobre y patética Bethany Rogers, que acabó en un callejón con un disparo.

—Le dispararon después de que la traicionaras.

—Sí, lo…, lo escuché en las noticias.

—Dime quién fue, Hugo.

—Yo… No lo sé.

—Seguro que sí, Hugo. Era una testigo presencial. Y era una lección, una lección para los vampiros. «Esto es lo que haremos con la gente que trabaje para vosotros o viva de vosotros si va en contra de la Hermandad.» ¿Qué crees que harán contigo, Hugo?

—Les he ayudado —dijo, sorprendido.

—¿Quién más lo sabe?

—Nadie.

—¿Entonces quién moriría? El abogado que ayudó a Stan Davis a vivir donde quería.

Hugo se quedó sin palabras.

—Si eres tan importante para ellos, ¿cómo es que estás en esta habitación conmigo?

—Porque, hasta ahora, no sabías lo que había hecho —señaló—. Hasta ahora quedaba la posibilidad de que me dieras más información que pudieran usar contra ellos.

—Entonces, ahora que sé lo que eres, te dejarán salir, ¿verdad? ¿Por qué no lo intentas? Preferiría estar sola.

Justo en ese momento se abrió una pequeña apertura en la puerta. Ni siquiera me había dado cuenta de que había una, tan ocupada que estaba centrándome en el pasillo. Apareció una cara por el hueco, que mediría unos veinticinco por veinticinco centímetros.

La cara me resultó familiar.

—¿Cómo lo lleváis ahí dentro? —preguntó un sonriente Gabe.

—Sookie necesita que la vea un médico —dijo Hugo—. No se queja, pero creo que tiene roto el pómulo —añadió con tono de reproche—. Y sabe que estoy con la Hermandad, así que ya me puedes dejar salir.

No sabía lo que Hugo pensaba que estaba haciendo, pero traté de parecer lo más abatida posible. No me costó mucho.

—Tengo una idea —dijo Gabe—. Me aburro un poco aquí abajo, y no creo que ni Steve, ni Sarah, ni siquiera Polly bajen en un buen rato. Tenemos aquí a otro prisionero que quizá se alegre de verte, Hugo. Farrell. Lo conociste en la casa de los Malditos, ¿recuerdas?

—Sí —dijo Hugo. No parecía muy contento con el giro de la conversación.

—Imagina lo contento que se va a poner de verte. Además es gay, un maricón chupasangre. Estamos a tanta profundidad que se ha despertado temprano. Así que había pensado que podría meterte con él mientras me divierto un poco con la traidora humana que tienes al lado —Gabe me dedicó una sonrisa que me dio náuseas.

La cara de Hugo era un poema. Un auténtico poema. Se me pasaron muchas cosas por la mente; cosas pertinentes que decir. Pero prescindí del dudoso placer. Necesitaba ahorrar energía.

Se me pasó por la cabeza uno de los dichos favoritos de mi abuela mientras contemplaba el bello rostro de Gabe.

—Auque la mona se vista de seda, mona se queda —murmuré, e inicié el doloroso proceso de ponerme de pie para defenderme. Puede que no tuviera las piernas rotas, pero mi rodilla izquierda estaba muy fastidiada. Me sentía hecha una piltrafa y abotargada.

Me preguntaba si Hugo y yo podríamos con Gabe cuando abriese la puerta, pero en cuanto lo hizo vi que llevaba una pistola y un objeto negro de aspecto amenazador que identifiqué como un paralizador.

—¡Farrell! —llamé. Si estaba despierto, me oiría; era un vampiro.

Gabe dio un respingo y me miró, sorprendido.

—¿Sí? —dijo una voz profunda desde una de las puertas del pasillo. Oí el tintineo de cadenas mientras el vampiro se movía. Obviamente serían de plata, de lo contrario habría podido arrancar la puerta de sus bisagras.

—¡Nos ha mandado Stan! —grité antes de que Gabe me retorciera el brazo por la espalda con la mano que sostenía la pistola. Me puso contra la pared con tanta fuerza que mi cabeza rebotó. Hice un ruido terrible; no llegaba a grito, pero era demasiado alto para ser un mero quejido.

—Cierra el pico, zorra —gritó Gabe. Estaba apuntando a Hugo con el arma mientras mantenía el paralizador a escasos centímetros de mí—. Y tú, abogado, ahora vas a salir al pasillo, y no te acerques a mí, ¿me has oído?

Con el rostro empapado en sudor, Hugo se deslizó junto a Gabe hacia el pasillo. Me estaba costando tomar nota de lo que ocurría, pero me di cuenta de que, en el estrecho espacio en el que Gabe tenía que maniobrar, pasó muy cerca de Hugo de camino a la celda de Farrell. Cuando consideré que estaba lo bastante lejos para conseguir escapar, le dijo a Hugo que cerrara la puerta de mi celda. A pesar de los frenéticos gestos de mi cabeza, lo hizo.

No creo que Hugo siquiera me viese. Estaba completamente abstraído. Todo se estaba desmoronando en su interior, sus pensamientos estaban sumidos en un caos. Le había hecho un favor al decirle a Farrell que nos enviaba Stan, lo cual, en el caso de Hugo, resultaba un poco eufemístico, pero estaba tan asustado, desilusionado o avergonzado que apenas daba señales de enterarse de nada. Teniendo en cuenta su profunda traición, me sorprendí a mí misma por haberlo hecho siquiera. Si no le hubiera cogido de la mano y no hubiera visto las imágenes de sus hijos, me habría callado.

—No te va a pasar nada, Hugo —dije. Su cara, blanca de pánico, volvió a aparecer fugazmente en el ventanuco aún abierto, y enseguida desapareció. Oí cómo se abría una puerta, un tintineo de cadenas y cómo se volvía a cerrar.

Gabe había metido a Hugo en la celda de Farrell. Respiré hondo varias veces y muy deprisa, hasta que sentí que podía hiperventilarme. Cogí una de las sillas, una de plástico con las patas metálicas, de las que hay a montones en las iglesias, los mítines y las aulas. La sostuve como si fuese una domadora de leones, con las patas hacia el frente. Era todo lo que se me ocurría que podía hacer. Pensé en Bill, pero aquello era muy doloroso. Pensé en mi hermano, Jason, y deseé que estuviera allí conmigo. Había pasado mucho tiempo desde la última vez que tuve ese anhelo con Jason.

La puerta se abrió. Gabe ya estaba sonriendo cuando entró. Era una sonrisa lasciva que irradiaba el hedor de su alma a través de la boca y los ojos. Ésa era su idea de pasar un buen rato.

—¿Crees que esa sillita te va a salvar? —preguntó.

No estaba de humor para charlas y no me apetecía escuchar sus retorcidos pensamientos. Me encerré en mí misma, contuve todas mis fuerzas, me preparé.

Se había enfundado la pistola, pero mantenía el paralizador en la mano. Tan confiado estaba que lo puso en una pequeña funda de cuero que le colgaba del cinturón por el lado izquierdo. Agarró las patas de la silla y empezó a tirar bruscamente de un lado a otro.

Cargué.

Tan inesperada fue la fuerza de mi contraataque, que casi lo saco por la puerta. Sin embargo, en el último segundo, logró torcer la silla por las patas de forma que no cupiera por el estrecho acceso. Permaneció apoyado contra el muro del otro lado del pasillo, jadeando, con el rostro enrojecido.

—Zorra —siseó, y volvió a por mí, y esta vez con la intención de arrancarme la silla de las manos de un tirón. Pero, como ya dije antes, he tomado sangre de vampiro, y no se lo permití. Tampoco le dejé que me pusiera las manos encima.

Sin que yo lo viera, había desenfundado el paralizador y, rápido como una serpiente, trató de deslizarlo entre la silla y, finalmente, acabó tocándome en el hombro.

No me desmayé, que era lo que él esperaba, pero sí caí de rodillas, sosteniendo aún la silla. Mientras trataba de averiguar qué me había pasado, consiguió quitarme la silla de un tirón y me empujó de espaldas.

Apenas podía moverme, pero podía gritar y cerrarme de piernas férreamente, y eso hice.

—¡Cállate! —gritó. En cuanto me tocó, supe con certeza que me quería inconsciente. Sabía que disfrutaría violándome mientras estuviera desmayada. De hecho, ésa era su mayor fantasía.

—No te gustan las mujeres despiertas —jadeé—, ¿verdad? —deslizó una mano entre los dos y me arrancó la blusa.

Oí la voz de Hugo gritando, como si eso fuese a servir de algo. Mordí a Gabe en el hombro.

Me volvió a llamar zorra, calificativo que ya estaba perdiendo la gracia. Se había desabrochado los pantalones y ahora trataba de subirme la falda. Me alegré fugazmente de haber traído una bien larga.

—¿Temes que se quejen si están despiertas? —grité—. ¡Déjame, apártate de mí! ¡Apártate, apártate, apártate!

Al fin conseguí despertar los brazos. En un momento estarían recuperados de la sacudida eléctrica. Arqueé las palmas de las manos y, mientras le gritaba, empecé a golpearle en las orejas.

Él rugió y se echó atrás, echándose las manos a la cabeza. Estaba tan lleno de rabia que la derramaba sobre mí; sentía como si me estuviese bañando en furia. Entonces supe que me mataría si podía, fuesen cuales fuesen las consecuencias a las que habría de enfrentarse. Traté de rodar hacia un lado, pero me tenía atrapada con las piernas. Me quedé mirando mientras su mano derecha formaba un puño, que se me antojó tan grande como un canto rodado. Con la sensación de que la suerte ya estaba echada, contemplé el arco del puño a medida que descendía hacia mi cara, consciente de que eso me noquearía y de que todo se habría acabado…

Pero no ocurrió.

Gabe se incorporó de golpe, los pantalones bajados y el pene fuera. El puñetazo sólo golpeó el aire, mientras sus zapatos caían sobre mis piernas.

Un hombre bajo lo tenía agarrado en volandas. Una segunda ojeada me reveló que más tenía de adolescente que de hombre. Un adolescente muy antiguo.

Era rubio y no llevaba camiseta. Sus brazos y su pecho estaban cubiertos con tatuajes azules. Gabe gritaba y pataleaba, pero el otro chico permanecía tranquilo, su expresión vacía de emociones, hasta que Gabe se serenó. Cuando se calló, el chico transformó su presa en una especie de abrazo de oso, rodeándole la cintura mientras permanecía colgado hacia delante.

El chico bajó la mirada para observarme sin mostrar emoción alguna. Tenía la blusa medio arrancada y el sujetador roto por el centro.

—¿Estás herida? —preguntó el chico, casi de mala gana.

Podía presumir de salvador, aunque no era de los entusiastas.

Me incorporé, lo cual tuvo más de gesta de lo que pueda parecer. Me llevó bastante rato. Temblaba violentamente debido al shock emocional. Cuando me levanté del todo, estuve exactamente a la altura del chico. En años humanos, parecía haber tenido dieciséis cuando se convirtió en vampiro. No había forma de saber cuántos hacía de aquello. Debía de ser más antiguo que Stan e Isabel. Su inglés era nítido, pero con un fuerte acento. No tenía la menor idea de dónde provendría. Puede que su idioma original ya ni siquiera se hablara. Qué solitaria sensación debía de ser.

—Me pondré bien —le aseguré—. Gracias —traté de volver a abrocharme la blusa, aún quedaban unos cuantos botones, pero las manos me temblaban demasiado. En todo caso, no estaba interesado en verme desnuda. Tanto le daba. Sus ojos no mostraban emoción alguna.

—Godfrey —dijo Gabe con voz correosa—. Godfrey, ella intentaba escapar.

Godfrey lo zarandeó y Gabe se calló.

Así que era Godfrey, el vampiro que había visto a través de los ojos de Bethany; los únicos ojos que recordaban haberlo visto en el Bat's Wing aquella noche. Los ojos que ya no veían nada.

—¿Qué pretendes hacer? —le pregunté con voz tranquila.

Los ojos azul pálido de Godfrey parpadearon. No lo sabía.

Se hizo los tatuajes cuando estaba vivo, y eran muy extraños. Símbolos cuyo significado se había perdido siglos atrás, de eso estaba segura. Probablemente cualquier estudioso daría un colmillo por echar un ojo a esos tatuajes. Afortunada de mí, tenía la oportunidad de contemplarlos gratis.

—Por favor, deja que me marche —dije con toda la dignidad que pude aunar—. Me matarán.

—Pero te relacionas con vampiros —dijo.

Mis ojos deambularon de un lado a otro, como si tratase de deducir qué insinuaba.

—Eh —dije, dubitativa—, tú también eres un vampiro, ¿no es así?

—Mañana expiaré mi pecado en público —dijo Godfrey—. Mañana daré la bienvenida al amanecer. Por primera vez en mil años, volveré a ver el sol. Y después veré el rostro de Dios.

Vale.

—Si ésa es tu elección… —dije.

—Sí.

—Pero no la mía. No quiero morir —le eché un vistazo a Gabe, cuyo rostro estaba bastante azul. En su agitación, Godfrey le estaba apretando demasiado. No estaba segura de si debía advertírselo.

—Te relacionas con vampiros —me acusó Godfrey, y volví a clavarle la mirada. Sabía que más me valdría no volver a disipar mi concentración.

—Estoy enamorada —dije.

—De un vampiro.

—Sí, Bill Compton.

—Todos los vampiros están malditos, y todos deberían ver el amanecer. Somos una mancha, un borrón en la faz de la Tierra.

—Y esta gente… —dije, apuntando hacia arriba para indicar que me refería a la Hermandad—. ¿Son ellos mejores, Godfrey?

El vampiro parecía incómodo e infeliz. Me di cuenta de que se moría de hambre. Tenía las mejillas casi cóncavas, tan blancas como el papel; de tan eléctrico, el pelo rubio parecía flotarle alrededor de la cabeza y sus ojos se asemejaban a dos canicas azules en contraste con su palidez.

—Al menos son humanos, forman parte del plan de Dios —dijo tranquilamente—. Los vampiros somos una abominación.

—Y aun así has sido más amable conmigo que este humano —el cual estaba muerto, me percaté al mirar de refilón su cara. Procuré no dar un respingo y me volví a centrar en Godfrey, que resultaba mucho más importante para mi futuro.

—Pero tomamos la sangre de los inocentes —dijo, clavando sus ojos azul pálido en los míos.

—¿Quién es inocente? —pregunté retóricamente, con la esperanza de que no sonara demasiado a Poncio Pilato preguntando cuál era la verdad cuando lo sabía muy bien.

—Los niños —afirmó Godfrey.

—Oh, ¿te has… alimentado de niños? —dije, tapándome la boca con la mano.

—He matado niños.

Durante un buen rato no se me ocurrió nada que decir. Godfrey seguía ahí de pie, mirándome con tristeza, manteniendo al olvidado Gabe entre sus brazos.

—¿Qué fue lo que te detuvo? —pregunté.

—Nada podría detenerme, nada salvo la muerte.

—Lo lamento —dije, sin sentirlo mucho. Él estaba sufriendo y lo lamentaba de verdad. Pero, de haber sido humano, habría dicho que se merecía la silla eléctrica sin pensarlo dos veces.

—¿Cuánto falta para el anochecer? —pregunté sin saber qué más decir.

Godfrey no tenía reloj, por supuesto. Supuse que estaba despierto únicamente porque se encontraba en un subterráneo y porque era muy antiguo.

—Una hora —contestó.

—Por favor, deja que me marche. Si me ayudas, podré salir de aquí.

—Pero se lo dirás a los vampiros. Ellos atacarán y no podré ver el amanecer.

179

—¿Por qué esperar a la mañana? —pregunté, repentinamente irritada—. Sal. Hazlo ahora.

Se quedó perplejo. Soltó a Gabe, que cayó al suelo. Godfrey ni siquiera le dedicó una mirada.

—La ceremonia está planeada para el amanecer, y habrá muchos creyentes presenciándola —explicó—. Farrell también será llevado para ver el amanecer.

—¿Y qué papel voy a desempeñar yo en todo esto?

Se encogió de hombros.

—Sarah quería ver si los vampiros intercambiarían a uno de los suyos por ti. Steve tenía otros planes. Él quería atarte a Farrell, de modo que, cuando empezara a arder, te quemaras con él.

Me sentía aturdida. No porque Steve Newlin hubiese tenido la idea, sino porque pensase que aquello sería del agrado de su congregación, porque eso es lo que pensaba. Newlin era mucho más fanático de lo que me había imaginado.

—¿Crees que a toda esa gente le gustaría ver cómo se ejecuta a una joven sin ningún tipo de juicio previo? ¿Que pensarían que es una ceremonia religiosa válida? ¿Crees que las personas que han planeado esta horrible muerte para mí son realmente religiosas?

Por vez primera pareció ensombrecerle la duda.

—Incluso para los humanos parece un poco extremo —convino—. Pero Steve pensó que sería una poderosa declaración de intenciones.

—Hombre, y tanto que sería poderosa. Diría claramente: «Estoy mal de la azotea». No me cabe duda de que este mundo está lleno de gente mala y vampiros terribles, pero no me creo que la mayoría de la gente de este país, o de Texas, considere que ver arder hasta la muerte entre gritos a una mujer sea edificante.

Godfrey parecía dudar. Sabía que estaba formulando ideas que ya se le habían pasado por la cabeza, ideas que se había negado a sí mismo.

—Han llamado a los medios de comunicación —dijo. Era como la protesta de una novia que, a pesar de sentir dudas en el último minuto, diera más importancia a que las invitaciones ya se hubieran enviado.

—Estoy segura de ello. Pero será el fin de su organización, te lo digo desde ya. Te lo repito: si de verdad quieres mostrar tus intenciones de esa manera, di un gran «Lo siento», sal de la iglesia y quédate en un descampado. Dios te estará mirando, te lo prometo. De Él es de quien deberías preocuparte.

Admito que aquello provocó en él una pugna interior.

—Han preparado una túnica blanca especial para que me la ponga —dijo, lo que, siguiendo con el símil, sonaba a «Pero ya me he comprado el vestido y he reservado la iglesia».

—Pues sí que estamos apañados. Si estamos discutiendo por la ropa, es que no estás muy convencido. Apuesto a que te echarás atrás.

Definitivamente había perdido el norte de mi objetivo. Me arrepentí de lo que dije mientras me salían las palabras por la boca.

—Ya veremos —dijo con firmeza.

—No quiero verlo, y menos si estoy atada a Farrell cuando eso ocurra. No soy mala y no quiero morir.

—¿Cuándo estuviste en una iglesia por última vez? —me estaba retando.

—Hace una semana. También comulgué —jamás me alegré tanto de haber ido a la iglesia, pues era incapaz de mentir al respecto.

—Oh —Godfrey parecía atónito.

—¿Lo ves? —sentí que le robaba toda su herida majestuosidad con ese argumento, pero, qué demonios, no quería morir calcinada. Quería que apareciera Bill, lo deseaba de un modo tan intenso que tal vez mi anhelo le abriera de par en par su ataúd. Si tan sólo pudiera decirle lo que estaba pasando...

—Vamos —dijo Godfrey, extendiendo la mano.

No quise darle la oportunidad de reconsiderar su postura, no después de ese largo debate, así que le cogí de la mano y sorteé el cadáver de Gabe de camino al pasillo. Me extrañaba el ominoso silencio de Farrell y Hugo pero, para ser sincera, estaba demasiado asustada como para preguntar qué había sido de ellos. Pensé que si lograba escapar podría rescatarlos de alguna manera.

Godfrey olió la sangre de mi cuerpo y su rostro se empapó de deseo. Conocía esa mirada. Pero estaba vacía de lujuria. Mi cuerpo le importaba un bledo. La relación entre la sangre y el sexo es muy poderosa para los vampiros, así que me consideré muy afortunada por que lo tuviese superado. Incliné mi cara hacia él en gesto de cortesía. Tras un prolongado titubeo, lamió las gotas de sangre que manaban de mi mejilla rota. Cerró los ojos por un segundo, saboreando el fluido, y luego nos dirigimos hacia las escaleras.

Con mucha ayuda de Godfrey conseguí salvar el empinado obstáculo. Usó su mano libre para introducir la combinación de la puerta y abrirla.

—Hace tiempo que estoy aquí, en la celda del fondo —explicó con una voz que apenas se podría calificar de perturbación del aire.

El pasillo estaba despejado, pero en cualquier momento podía asomar alguien de uno de los despachos. A Godfrey eso no parecía quitarle el sueño, pero a mí sí, y era mi libertad lo que estaba en juego. No oí a nadie. Al parecer, todo el mundo se había marchado a sus casas para prepararse para la noche blanca, y los invitados aún no habían empezado a llegar. Algunas de las puertas de los despachos estaban cerradas, y sus ventanas eran la única forma que tenía la luz del sol de penetrar en el pasillo. Debía de estar lo suficientemente oscuro como para que Godfrey se sintiera a gusto, pensé, pues ni siquiera se sobresaltó. Una brillante luz artificial se escapaba por debajo de la puerta del despacho principal.

Nos dimos prisa, o al menos yo lo intenté, pero mi pierna izquierda no me estaba ayudando mucho. No estaba segura de hacia qué puerta se estaba dirigiendo Godfrey. Quizá iba hacia las puertas dobles que había visto antes en la parte posterior del santuario. Si podía llegar sin problemas hasta allí, no tendría que atravesar el ala opuesta del edificio. No sabía lo que haría una vez estuviese en el exterior, pero estar fuera sin duda sería mucho mejor que seguir dentro. Justo al llegar a la penúltima puerta de despacho a la izquierda, desde donde había salido la pequeña mujer hispana, se abrió la puerta del despacho de Steve. Nos quedamos paralizados. El brazo de Godfrey parecía una banda de hierro rodeándome la cintura. Polly salió, aún encarada hacia el despacho. Apenas nos encontrábamos a un par de metros.

—… hoguera —estaba diciendo.

—Oh, creo que ya he tenido suficiente —dijo la dulce voz de Sarah—. Si todo el mundo respondiera a las invitaciones, lo sabríamos seguro. No me puedo creer que a la gente le cueste tanto contestar. ¡Es tan desconsiderado después de que se lo hayamos puesto tan fácil para decir si iban a asistir o no!

Un debate sobre la etiqueta. Dios, ojalá pudiera escribir a la señora Buenos Modales para que me aconsejara en una de sus columnas sobre esta peculiar situación. *Me he colado sin invitación en la fiesta de una pequeña iglesia y me marché sin despedirme. ¿Estoy obligada a escribir una nota de agradecimiento o bastaría con enviar unas flores?*

Polly empezó a girar la cabeza. Sabía que de un momento a otro se percataría de nuestra presencia. Apenas se estaba gestando ese pensamiento, cuando Godfrey me empujó hacia las sombras de un despacho vacío.

—¡Godfrey! ¿Qué haces aquí arriba? —Polly no parecía asustada, aunque tampoco muy contenta. Era más bien como si se hubiese topado con el jardinero en el salón de casa poniéndose cómodo.

—He venido para ver si tengo que hacer algo más.

—¿No es terriblemente temprano para que estés despierto?

—Soy muy antiguo —dijo educadamente—. Los antiguos no necesitamos dormir tanto como los jóvenes.

Polly se rió.

—Sarah —dijo alegremente—, ¡Godfrey se ha despertado!

La voz de Sarah sonó más cercana cuando habló:

—¡Hola, Godfrey! —dijo con un tono igual de alegre—. ¿Estás emocionado? ¡Seguro que sí!

Estaban hablando con un vampiro de mil años como si fuese un crío en vísperas de su cumpleaños.

—Tu túnica está lista —dijo Sarah—. ¡Todo viento en popa!

—¿Qué pasaría si hubiera cambiado de idea? —preguntó Godfrey.

Hubo un largo silencio. Traté de respirar muy lenta y silenciosamente. Cuanto más se acercara la hora del anochecer, más probabilidades imaginaba que tendría de salir de aquélla.

Ojalá pudiese hacer una llamada… Eché un vistazo al escritorio del despacho. Había un teléfono. Me preguntaba si su uso me delataría al encenderse la luz de la línea correspondiente en los demás aparatos. Además, concluí, haría demasiado ruido.

—¿Has cambiado de opinión? ¿Será posible? —preguntó Polly. Estaba claramente exasperada—. Fuiste tú quien acudió a nosotros, ¿recuerdas? Tú nos hablaste de tu vida de pecado, de la vergüenza que sentías al matar niños y… todo lo demás. ¿Ha cambiado algo de eso?

—No —dijo Godfrey, con aire meditabundo—. Nada de eso ha cambiado. Pero no veo la necesidad de incluir a ningún humano en mi sacrificio. De hecho, creo que habría que dejar que Farrell hallara su propia paz con Dios. No deberíamos obligarlo a inmolarse.

—Esto tenemos que hablarlo con Steve —le dijo Polly a Sarah en tono bajo.

Después sólo escuché a Polly, por lo que deduje que Sarah había vuelto al despacho para llamar a Steve.

Una de las luces del teléfono se encendió. Así que, efectivamente, estaban conectados. Se habrían enterado si hubiese usado alguna de las otras líneas. Puede que en un segundo.

Polly trataba de hacer entrar en razón a Godfrey. Godfrey, a su vez, no hablaba demasiado, y no tenía la menor idea de lo que se le estaba pasando por la cabeza. Me mantuve apretada contra la pared del despacho, impotente, esperando que a nadie se le ocurriese pasar, que nadie bajara al sótano y diera la alarma, que Godfrey no volviese a cambiar de parecer.

«Socorro», me dije a mí misma. ¡Ojalá pudiera pedir socorro de esa manera, a través de mi otro sentido!

El destello de una idea prendió en mi mente. Traté de permanecer tranquila, si bien las piernas aún me temblaban por el shock, y la cara y la rodilla me dolían horrores. Quizá sí podía llamar a alguien: a Barry, el botones. Era un telépata, como yo. Él podría oírme. O eso esperaba, puesto que nunca había intentado algo así —bueno, en realidad, nunca había conocido a otro telépata—. Traté desesperadamente de ubicarme con respecto a Barry, dando por sentado que estaba en el trabajo. Era más o menos la misma hora a la que habíamos llegado desde Shreveport, así que quizá tuviese una oportunidad. Visualicé mi situación en el mapa, la cual ya conocía por haberla consultado con Hugo (si bien ahora ya sabía que sólo estaba fingiendo no saber dónde se encontraba el Centro de la Hermandad), y asumí que nos encontrábamos al suroeste del hotel Silent Shore.

Me encontraba en un nuevo terreno de la mente. Auné toda la energía de la que pude echar mano y traté de juntarla mentalmente, en una especie de bola. Por un momento me sentí completamente ridícula, pero cuando pensé en liberarme de ese sitio y esa gente, comprendí que tenía muy poco que perder sintiéndome así. Proyecté mis pensamientos hacia Barry. No resulta fácil explicar cómo lo hice exactamente, pero lo conseguí. Sabía que conocer su nombre y el sitio donde se encontraba ayudaría.

Decidí empezar tranquila. «Barry, Barry, Barry, Barry, Barry…»

—«¿Qué quieres?» —estaba aterrado. No le había pasado nada parecido antes.

—«Yo tampoco había hecho esto antes» —le dije, con la esperanza de que sonara reconfortante—. «Necesito ayuda, estoy en un gran aprieto.»

—«¿Quién eres?»

Vale, eso ayudaría, tonta de mí.

—«Soy Sookie, la rubia que llegó anoche con el vampiro castaño. La suite de la tercera planta.»

—«¿La de las tetas grandes? Oh, disculpa.»

Al menos se había disculpado.

—«Sí, la de las tetas grandes y el novio.»

—«Bueno, ¿y qué pasa?»

Ahora todo esto suena muy claro y organizado, pero no eran palabras. Era como si ambos nos estuviéramos enviando telegramas e imágenes emocionales.

Traté de pensar cómo explicar mi problema.

—«Ve a ver a mi vampiro en cuanto se despierte.»

—«¿Y luego?»

—«Dile que estoy en peligro. Peligropeligropeligropeligro…»

—«Vale, lo cojo. ¿Dónde?»

—«Iglesia» —supuse que aquello sería un buen atajo para referirme al Centro de la Hermandad. No se me ocurría ninguna forma de dárselo a entender a Barry.

—«¿Sabe dónde?»

—«Sabe dónde. Dile que baje las escaleras.»

—«¿Eres de verdad? No sabía que hubiera nadie más.»

—«Soy de verdad. Ayúdame, por favor.»

Podía sentir un confuso manojo de emociones recorriendo la mente de Barry a toda velocidad. Tenía miedo de hablar con un vampiro, le asustaba que sus jefes descubrieran que tenía «una cosa rara en el cerebro» y le emocionaba que hubiese alguien más como él. Pero, sobre todo, le preocupaba esa parte de él que llevaba tanto tiempo asombrándolo y asustándolo a la par.

Todas esas sensaciones me eran familiares.

—«Está bien, comprendo» —le dije—. «No te lo pediría si no me fueran a matar.»

El miedo volvió a atenazarle. Miedo por su responsabilidad en todo aquello. Nunca debí de haber añadido esa frase.

Y luego, de alguna manera, erigí una frágil barrera entre los dos, insegura de lo que Barry iba a hacer.

Mientras estuve concentrada en Barry, habían seguido pasando cosas en el pasillo. Cuando volví a escuchar de nuevo, Steve ya había regresado. Él también trataba de ser razonable y positivo con Godfrey.

—Bien, Godfrey —estaba diciendo—, si no querías hacerlo sólo tenías que decirlo. Te comprometiste, todos lo hicimos, y todos hemos seguido adelante con la expectativa de que mantuvieras tu palabra. Va a haber mucha gente decepcionada si no cumples con tu compromiso en la ceremonia.

—¿Qué haréis con Farrell? ¿Y con Hugo y la rubia?

—Farrell es un vampiro —dijo Steve, en un tono de voz dulce y razonable—. Hugo y la mujer son criaturas de los vampiros. Ellos también deberían perecer bajo el sol, atados a un vampiro. Es la suerte que han escogido en la vida, y deberían ser consecuentes con ella hasta la muerte.

—Soy un pecador, y soy consciente de ello, así que cuando muera mi alma irá con Dios —dijo Godfrey—. Pero Farrell no lo sabe. Cuando muera, no tendrá la misma oportunidad. Del mismo modo, el hombre y la mujer no han tenido la oportunidad de arrepentirse por sus pecados. ¿Acaso es justo matarlos y condenarlos al infierno?

—Tenemos que ir a mi despacho —dijo Steve con determinación.

Me di cuenta de que eso era precisamente lo que Godfrey había estado buscando desde el principio. Oí ruidos de pasos.

—Después de ti —murmuró Godfrey con gran cortesía.

Quería ser el último para poder cerrar la puerta tras de sí.

Al fin pude sentir el pelo seco, liberada del peso del sudor que lo había empapado. Me colgaba sobre los hombros a mechones separados, pues me lo había estado desenredando en silencio durante la conversación. Era una curiosa actividad que emprender mientras se estaba debatiendo mi destino, pero debía mantenerme ocupada. Entonces me metí cuidadosamente en el bolsillo las horquillas, recorrí con los dedos el desastre enmarañado y me dispuse a deslizarme fuera de la iglesia.

Me asomé con cuidado por la puerta. Sí, el despacho de Steve estaba cerrado. Salí de puntillas del oscuro despacho, giré a la izquierda y me dirigí hacia la puerta que daba al santuario. Giré el pomo con mucho cuidado y la puerta se abrió. El santuario estaba sumido en la penumbra. Apenas entraba luz por las enormes vidrieras para permitirme recorrer el lateral sin tropezarme con las hileras de bancos.

Entonces escuché voces, cada vez más fuertes, procedentes del ala opuesta. Las luces del santuario se encendieron. Me eché al suelo y me deslicé bajo uno de los bancos. Entró un grupo familiar, con todos sus miembros hablando en voz alta. La cría estaba sollozando porque se estaba perdiendo algún programa de televisión por tener que asistir a la asquerosa noche blanca.

Eso le valió un azote en el trasero, o a eso sonó. Su padre le dijo que debía sentirse afortunada por tener la oportunidad de presenciar una magnífica demostración del poder de Dios. Iba a contemplar la salvación en directo.

Incluso dadas mis circunstancias, me puse a discrepar en silencio. Me preguntaba si el padre comprendería realmente que su líder planeaba que la congregación presenciara la calcinación a muerte de dos vampiros, mientras al menos uno de ellos estaba atado a una humana que también acabaría quemada viva. Me preguntaba qué impacto tendría aquella «magnífica demostración del poder de Dios» en la salud mental de la cría.

Para mi desgracia, empezaron a apilar sus sacos de dormir contra la pared del lado opuesto del santuario mientras seguían hablando. Al menos esa familia se comunicaba. Además de la niña llorona había dos niños mayores, un chico y una chica, y, como buenos hermanos que eran, se estaban peleando como perros y gatos.

Un par de zapatos planos rojos trotaron junto el extremo de mi fila de bancos y desapareció por la puerta que conducía al ala de Steve. Me preguntaba si el grupo del despacho seguía debatiendo.

Los pies volvieron a aparecer al cabo de unos segundos, esta vez a un ritmo más acelerado. También me hice preguntas acerca de eso.

Aguardé unos cinco minutos más, pero no ocurrió nada.

En adelante, habría cada vez más gente. Era ahora o nunca. Rodé fuera del banco y me levanté. Por suerte, todos estaban distraídos con sus tareas cuando me incorporé. Anduve a paso ligero hacia las puertas dobles de la parte posterior de la iglesia. Por su repentino silencio supe que me habían visto.

—Hola —gritó la madre, incorporándose junto a su saco de dormir de intenso azul. Su expresión reflejaba mucha curiosidad—. Debes de ser nueva en la Hermandad. Me llamo Francie Polk.

—Sí —grité, tratando de sonar alegre—. ¡Tengo prisa! ¡Nos vemos luego!

Empezó a acercarse.

—¿Te has hecho daño? —preguntó—. Disculpa, pero tienes un aspecto horrible. ¿Eso es sangre?

Me miré la blusa. Tenía unas pocas manchas a la altura del pecho.

—Me he caído —dije, tratando de sonar dolida—. Necesito ir a casa para curarme esto y cambiarme de ropa. ¡Enseguida vuelvo!

Pude ver la duda en la cara de Francie Polk.

—Hay un botiquín en el despacho. ¿Por qué no me dejas que vaya y te lo traiga? —preguntó.

«Porque no quiero que lo hagas.»

—Mira, es que también tengo que ponerme otra blusa —alegué. Arrugué la nariz para mostrar lo poco apropiado que me parecía llevar una blusa manchada durante toda la noche.

Otra mujer apareció por las mismas puertas a las que yo tan desesperadamente quería llegar y se quedó parada, escuchando la conversación. Sus ojos negros no paraban de ir de mí a la determinada Francie.

—¡Hola, guapa! —dijo con un fuerte acento, y la pequeña mujer hispana, la cambiante, me dio un abrazo. Yo procedo de una cultura del abrazo, y se lo devolví automáticamente. Mientras estábamos abrazadas, me propinó un significativo pellizco.

—¿Cómo estás? —pregunté con alegría—. Ha pasado mucho tiempo.

—Oh, ya sabes, igual que siempre —contestó. Me miró con ojos cautos. Su pelo era de un castaño muy oscuro, casi negro, y era fosco y abundante. Tenía la piel del color de un caramelo lechoso y pecas oscuras. Sus exuberantes labios estaban pintados de un llamativo fucsia y sus dientes eran grandes y destellaban de blanco cada vez que me sonreía. Miré hacia sus pies. Llevaba zapatos planos rojos.

—Oye, acompáñame fuera mientras me fumo un cigarrillo —me dijo.

Francie Polk parecía más satisfecha.

—Luna, ¿es que no ves que tu amiga tiene que ir a un médico? —dijo, cargando sus palabras de moralidad.

—Sí que tienes algunos golpes y magulladuras —dijo Luna, examinándome—. ¿Te has vuelto a caer por las escaleras, chica?

—Ya lo sabes, mamá siempre me lo decía: «Caléndula, eres más torpe que un elefante».

—Ay, tu madre —dijo Luna, meneando la cabeza con aire de disgusto—. ¡Como si eso fuese a hacerte menos torpe!

—¿Y qué le vamos a hacer? —dije, encogiéndome de hombros—. ¿Nos disculpas, Francie?

—Claro que sí —dijo—. Os veré luego, supongo.

—Claro que sí —dijo Luna—. No me lo perdería por nada del mundo.

Y así salí de la sala de reuniones del Centro de la Hermandad del Sol, de la mano de Luna. Me afané en mantener un paso regular para que Francie no me viera cojear y aumentaran más sus sospechas.

—Gracias a Dios —dije cuando estuvimos fuera.

—Supiste lo que era —dijo ella rápidamente—. ¿Cómo es posible?

—Tengo un amigo cambiante.

—¿Quién?

—No es de aquí. Y no te lo diré sin su consentimiento.

Me observó, evaporada al instante toda pretensión de amistad.

—Vale, lo respeto —dijo—. ¿Qué haces aquí?

—¿Por qué quieres saberlo?

—Acabo de salvarte el culo.

Tenía razón, mucha razón.

—Vale, soy telépata y el líder de los vampiros de tu zona me contrató para averiguar qué había sido de un vampiro desaparecido.

—Eso está mejor. Pero no es el líder de mí área. Soy una sob, pero de ninguna manera una maldita vampira. ¿Qué vampiro estás buscando?

—No tengo por qué decírtelo.

Arqueó las cejas.

—No.

Abrió la boca, como si fuese a gritar.

—Grita si quieres. Hay cosas que no pienso decir. ¿Qué es eso de sob?

—Un ser sobrenatural. Ahora me vas a escuchar —dijo Luna. En ese momento estábamos atravesando el aparcamiento, mientras los coches empezaban a llegar regularmente desde la carretera. Lanzó muchas sonrisas y saludos, y yo traté al menos de parecer contenta. Pero la cojera ya no era disimulable y tenía la cara más hinchada que una puta, como diría Arlene.

Por Dios que, de repente, sentí una honda nostalgia por volver a casa. Pero aparté ese sentimiento para centrarme en Luna, quien obviamente tenía cosas que contarme.

—Diles a los vampiros que nosotros tenemos este sitio vigilado...

—¿«Nosotros», quiénes?

—Los cambiantes de la zona metropolitana de Dallas.

—¿Estáis organizados? ¡Oye, eso es genial! Tendré que decírselo a... mi amigo.

Cerró los ojos en un gesto de desesperación. Era evidente que mi intelecto no le había impresionado.

—Escucha, amiguita, diles a los vampiros que en cuanto la Hermandad sepa de nuestra existencia nos acosará a nosotros también. Y no tenemos intención de integrarnos. Preferimos seguir ocultos toda la eternidad. Estúpidos vampiros. Nosotros vigilaremos a la Hermandad.

—¿Si la vigiláis tan bien, cómo es posible que no hayáis contactado con los vampiros para decirles que Farrell está retenido en el sótano? ¿Y qué me dices de Godfrey?

—Bueno, Godfrey quiere matarse, así que no es asunto nuestro. Él acudió a la Hermandad, y no al revés. Casi se mean en los pantalones de la alegría que les dio una vez se recuperaron de la conmoción de estar compartiendo casa con uno de los malditos.

—¿Y qué hay de Farrell?

—No sabía quién estaba ahí abajo —admitió Luna—. Sabía que habían capturado a alguien, pero aún no estoy precisamente en el círculo más íntimo, así que no tuve forma de saber quién era. Hasta le hice la pelota todo lo que pude a ese capullo de Gabe, pero no sirvió de nada.

—Te alegrarás de saber que Gabe ha muerto.

—¡Vaya! —sonrió genuinamente por primera vez—. Eso sí que son buenas noticias.

—Y esto es el resto: tan pronto como pueda contactar con los vampiros, vendrán aquí a por Farrell. Así que, si estuviese en tu lugar, no volvería a la Hermandad esta noche.

Se mordió el labio inferior durante un instante. Estábamos ya en un extremo del aparcamiento.

—De hecho —dije—, sería ideal que me acercaras al hotel.

—Bueno, no tengo por vocación facilitarte la vida —espetó, recuperando su faceta de tía dura—. He de volver a esa iglesia antes de que se esparza la mierda, y sacar unos documentos. Pero piensa en esto, chica. ¿Qué van a hacer los vampiros con Godfrey? ¿Lo dejarán vivir? Es un pederasta y un asesino en serie. Ha matado a tanta gente que ya ni se puede llevar la cuenta. No puede parar, y lo sabe.

Así que la iglesia tenía su lado bueno… Daba a vampiros como Godfrey la oportunidad de suicidarse en público.

—Quizá deberían retransmitirlo por televisión de pago —dije.

—Lo harían si pudieran —dijo Luna seriamente—. Todos esos vampiros, aunque quieran integrarse, pueden ser en realidad bastante despiadados con cualquiera que pretenda fastidiarles los planes. Y Godfrey no está siendo precisamente de ayuda para ellos.

—No puedo resolver los problemas de todo el mundo, Luna. Por cierto, mi verdadero nombre es Sookie. Sookie Stackhouse. En fin, he hecho lo que podía. He cumplido con la tarea para la que me han contratado, y ahora tengo que volver para informar. Viva o muera Godfrey. Y mi impresión es que morirá.

—Más te vale tener razón —dijo con aire fatalista.

No llegaba a imaginar por qué iba a ser culpa mía que Godfrey cambiara de opinión. Simplemente había cuestionado el camino que había elegido, pero quizá ella estuviera en lo cierto. Tal vez yo tuviera alguna responsabilidad en todo ello.

Era simplemente demasiado para mí.

—Adiós —dije, y empecé a cojear por lo que quedaba de aparcamiento hacia la carretera. No había llegado muy lejos cuando escuché revuelo y gritos desde la iglesia y todas las luces exteriores se encendieron. El repentino destello me cegó.

—Quizá no vuelva a la Hermandad después de todo. No sería buena idea —dijo Luna desde la ventanilla de un Subaru Outback. Me lancé como pude al asiento del copiloto y salimos disparadas hacia la salida más cercana que daba a la autovía. Me abroché el cinturón sin pensarlo.

Pero si nosotras nos habíamos movido a toda prisa, otros lo habían hecho con aún más celeridad. Varios vehículos familiares se estaban situando para bloquear las salidas del aparcamiento.

—Mierda —dijo Luna.

Permanecimos detenidas un instante, mientras ella pensaba qué hacer.

—Nunca me dejarán salir, aunque te ocultemos de alguna manera. Y tampoco puedo dejarte en la iglesia: podrían registrar el aparcamiento con facilidad —Luna se mordía el labio con más intensidad—. Oh, a la mierda con el trabajo —exclamó, y volvió a arrancar el Outback. Al principio condujo con parsimonia, tratando de atraer la menor atención posible—. Esta gente no sabría lo que es la religión aunque les diera una patada en el culo —dijo. Cerca de la iglesia, Luna condujo sobre el bordillo que separaba el aparcamiento del césped, y luego sobre el césped, rodeando la zona de juegos infantiles, y me descubrí sonriendo de oreja a oreja, por mucho que me doliera la cara.

—¡Toma ya! —grité cuando golpeamos uno de los aspersores. Cruzamos casi al vuelo el patio frontal de la iglesia, comprobando que, por puro pasmo, nadie nos estaba siguiendo. Pero los más testarudos se organizaron en un minuto. El resto, la gente que no asumía los métodos más extremos de la Hermandad, iba a despertar esa noche de su letargo con un jarro de agua helada.

Luna miró por el retrovisor y dijo:

—Han desbloqueado las salidas y alguien nos está persiguiendo.

Nos mezclamos en el tráfico por la carretera que pasaba frente a la iglesia, otra autovía de cuatro carriles, donde nos recibieron con una sonata de claxon merced a nuestra repentina irrupción en la circulación.

—Joder —dijo Luna, reduciendo a una velocidad más razonable sin perder de vista el retrovisor—. Está demasiado oscuro. No sabría decir qué faros son los que nos persiguen.

Me pregunté si Barry habría avisado a Bill.

—¿Tienes un teléfono móvil? —le pregunté.

—Está en mi bolso, junto al carné de conducir, que, por cierto, sigue en mi despacho de la iglesia. Por eso supe que te habías escapado. En el despacho te olí. Sabía que te habían herido, así que salí a echar un vistazo. Cuando me di cuenta de que no te encontraría fuera, volví a entrar. Hemos tenido mucha suerte de que guardara las llaves del coche en el bolsillo.

Que Dios bendiga a los cambiantes. No me alegraba lo del móvil, pero no tenía remedio. De repente me pregunté dónde estaría el mío. Probablemente en algún despacho de la Hermandad del Sol. Al menos había sacado mi carné de identidad.

—¿No deberíamos parar en una cabina o en una comisaría?

—¿Y qué va a hacer la policía si les llamas? —preguntó Luna con la voz alentadora de quien conduce a una niña hacia la sabiduría.

—¿Ir a la iglesia?

—¿Y qué crees que pasará allí, chica?

—Pues le preguntarán a Steve por qué tenía retenida a una humana.

—Sí, ¿y qué dirá él?

—No sé.

—Dirá: «Nunca hemos retenido a ninguna prisionera. Se enzarzó en una disputa con Gabe, un empleado, y acabó matándolo. ¡Arréstenla!».

—¿Eso crees?

—Sí, eso creo.

—¿Y qué pasa con Farrell?

—Si los polis se meten en esto, ten por seguro que en la iglesia habrá alguien listo para ir al sótano y clavarle una estaca. Para cuando lleguen, adiós Farrell. Y tal vez ocurra lo mismo con Godfrey si no les apoya. Pero seguro que no se resistiría. Ese Godfrey quiere morir.

—¿Y Hugo, entonces?

—¿Crees que Hugo podrá explicar cómo acabó encerrado en un sótano? No sé lo que diría ese capullo, pero no será la verdad. Lleva meses con una doble vida y ya no sabe dónde tiene la cabeza.

—Entonces, no podemos decírselo a la policía. ¿A quién podemos recurrir?

—Tengo que llevarte con tu gente. No necesitas conocer a la mía. No quieren salir a la luz, ¿comprendes?

199

—Claro.

—Tú misma tienes que ser un bicho raro, ¿eh? Mira que reconocernos.

—Sí.

—¿Y qué eres? No eres vampira, eso está claro. Tampoco eres una de los nuestros.

—Soy telépata.

—¡Telépata! ¡No jodas! Buhhh, buhhh —dijo Luna, imitando el típico sonido de un fantasma.

—No soy más rara que tú —contesté, sintiendo que me podía permitir ser un poco irritante.

—Lo siento —dijo sin creerse sus propias palabras—. Vale, éste es el plan...

Pero no conseguí escuchar cuál era su plan porque en ese momento nos golpearon por detrás del coche.

Lo siguiente que supe era que estaba colgando boca abajo de mi cinturón de seguridad. Una mano trataba de tirar de mí. Reconocí las uñas; era Sarah. La mordí.

La mano se retiró con un grito.

—Sin duda ha perdido la cabeza —oí que Sarah parloteaba con su dulce voz con otra persona, alguien, deduje, que no estaba relacionado con la iglesia. Sabía que tenía que actuar.

—No le haga caso. Ella nos golpeó con su coche —grité—. No deje que me toque.

Miré a Luna, cuyo pelo tocaba ahora el techo del coche. Estaba despierta, pero no decía nada. No paraba de retorcerse, y supuse que trataba de liberarse de su cinturón de seguridad.

Había muchas voces hablando fuera del coche, casi todas ellas beligerantes.

—Ya se lo he dicho, es mi hermana y está borracha —le estaba diciendo Polly a alguien.

—Es mentira. Exijo que me hagan las pruebas de alcoholemia ahora mismo —dije con la voz más digna que pude emitir, habida cuenta de que estaba conmocionada y colgando boca abajo—. Llamen a la policía inmediatamente, por favor, y a una ambulancia también.

Si bien Sarah empezó a farfullar algo, una voz grave de hombre la interrumpió:

—Señora, no parece que quiera que esté con ella. Y me parece que tiene unos argumentos bastante convincentes.

Por la ventanilla apareció la cara del hombre. Estaba arrodillado e inclinado de lado para mirar al interior.

—He llamado a emergencias —dijo la voz grave. Tenía el pelo desgreñado, lucía una barba incipiente y pensé que era guapísimo.

—Por favor, quédese hasta que lleguen —le rogué.

—Aquí estaré —prometió antes de que su cara desapareciera.

Había más voces ahora. Sarah y Polly se estaban poniendo chillonas. Habían golpeado nuestro coche. Había muchos testigos. Su insistencia en desempeñar el papel de hermanas no cuajaba muy bien en el gentío. Además, intuí que había dos hombres de la Hermandad con ellas cuyo comportamiento invitaba a todo menos a la cordialidad.

—Pues entonces nos marchamos —dijo Polly, la ira prendida en la voz.

—No, ustedes se quedan —intervino mi maravilloso y beligerante salvador—. Hay que arreglar el tema de los seguros.

—Así que es eso —dijo una voz masculina mucho más joven—. No queréis pagar por los arreglos de su coche. ¿Y qué pasa si están heridas? ¿Acaso no tendréis que pagar el hospital también?

Luna había logrado desabrocharse y se retorció al caer sobre el techo del coche, que ahora era el suelo. Con una flexibilidad que no pude sino envidiar logró sacar la cabeza por la ventanilla abierta y empezó a apoyar los pies contra cualquier cosa que pudiera encontrar. Poco a poco logró deslizarse fuera del vehículo. Uno de los puntos de apoyo resultó ser mi hombro, pero ni siquiera miré. Era necesario que una de las dos se liberase.

Hubo exclamaciones fuera cuando Luna hizo su aparición, y luego le oí decir:

—Vale, ¿quién de vosotros iba conduciendo?

Varias voces repicaron a la vez, unas diciendo que uno, otras diciendo que otro, pero todas conscientes de que Sarah, Polly y sus esbirros eran los responsables y Luna la víctima. Había tanta gente alrededor que, cuando llegó otro coche de la Hermandad, no hubo forma de que nos pusieran un dedo encima. Que Dios bendiga a los mirones americanos, pensé. Estaba sentimental.

El auxiliar médico que acabó sacándome del coche era el chico más mono que había visto en mi vida. Según la etiqueta identificativa que llevaba, se llamaba Salazar.

—Salazar —dije sólo para cerciorarme de que era capaz de decirlo. Tuve que pronunciarlo con cuidado.

—Sí, ése soy yo —dijo mientras levantaba mi párpado para comprobar el ojo—. Se ha dado un buen golpe, señorita.

Empecé a decirle que me había hecho alguna de esas heridas antes del accidente de coche, pero entonces escuché que Luna decía:

—Mi agenda salió despedida del salpicadero y le dio en la cara.

—Sería mejor que mantuviera el salpicadero despejado, señora —dijo otra voz, con tono nasal.

—Lo sé, agente.

¿Agente? Traté de girar la cabeza y lo que obtuve fue una reprimenda de Salazar.

—Quédese quieta hasta que termine de examinarla —me advirtió con aspereza.

—Vale —dije al cabo de un momento—. ¿Ha llegado la policía?

—Así es, señorita. Dígame, ¿qué le duele?

Recorrimos toda la lista de preguntas de rigor, a la mayoría de las cuales pude dar respuesta.

—Creo que se pondrá bien, señorita, pero es necesario que la llevemos a usted y a su amiga al hospital para asegurarnos —Salazar y su compañera, una mujer caucásica de complexión grande, no admitirían discusión al respecto.

—Oh —dije ansiosa—. No creo que necesitemos ir al hospital, ¿no crees, Luna?

—Claro que sí —dijo, sorprendida—. Hay que hacerte una radiografía, cariño. Ese pómulo tuyo no tiene muy buena pinta.

—Oh —estaba un poco aturdida por ese giro de los acontecimientos—. Bueno, si tú lo dices.

—Claro que sí.

Así que Luna caminó hacia la ambulancia y a mí me subieron en una camilla con ruedas. Encendieron las sirenas y arrancamos. Lo último que vi antes de que cerraran las puertas fue a Polly y a Sarah hablando con un agente de policía muy alto. Ambas parecían muy molestas. Eso estaba bien.

El hospital era como todos los hospitales. Luna se pegó a mí como una lapa. Nos metieron en el mismo cubículo y una enfermera vino después para recabar aún más detalles. Entonces, Luna dijo:

—Dígale al doctor Josephus que Luna Garza y su hermana están aquí.

La enfermera, una joven afroamericana, miró a Luna, dubitativa.

—Está bien —dijo, antes de marcharse sin perder tiempo.

—¿Cómo has hecho eso? —pregunté.

—¿Conseguir que una enfermera deje de rellenar informes? Pedí que nos trajeran a este hospital adrede. Tenemos gente en cada hospital de la ciudad, pero me consta que nuestro hombre aquí es el mejor.

—¿Nuestro?

—Nosotros. Los de la Doble Estirpe.

—Oh.

Los cambiantes. No veía la hora de contarle a Sam todo aquello.

—Soy el doctor Josephus —dijo una voz tranquila. Alcé la cabeza para ver que un hombre discreto de pelo canoso había accedido al cubículo corriendo las cortinas. Padecía una calvicie incipiente y tenía una nariz afilada, sobre la que reposaban unas gafas de montura metálica. Sus ojos, aumentados por las lentes, eran azules y me parecieron atentos.

—Soy Luna Garza, y ella es mi amiga, Caléndula —dijo Luna, como si fuese una persona diferente. De hecho, la miré para asegurarme de que era la misma Luna—. La mala fortuna nos ha unido esta noche en el cumplimiento de nuestro deber.

El médico me miró con desconfianza.

—Es de fiar —dijo Luna con gran solemnidad. No quería arruinar el momento con una risa tonta, pero no pude evitar morderme un carrillo.

—Necesitas que te hagan una radiografía —dijo el médico después de mirarme la cara y examinar la grotesca hinchazón de la rodilla. Presentaba varias abrasiones y magulladuras, eso era todo.

—Entonces habrá que hacerlas lo antes posible y buscar una forma segura de salir de aquí —dijo Luna con una voz que no admitía discusión.

Ningún servicio hospitalario fue nunca más rápido. Supuse que el doctor Josephus formaba parte del consejo de administración. O quizá fuese el jefe de personal. Trajeron una máquina de radiografías portátil, me hicieron unas cuantas y, a los pocos minutos, el doctor Josephus me dijo que tenía una pequeña fisura en el pómulo que se curaría sola. También me daba la posibilidad de ponerme en manos de un cirujano plástico en cuanto hubiese remitido la inflamación. Me prescribió unos analgésicos, me dio muchos consejos, una bolsa de hielo para ponérmela en la cara y otra para la rodilla que definió como «dislocada».

Al cabo de diez minutos nos dispusimos a abandonar el hospital. Luna empujaba mi silla de ruedas y el doctor Josephus nos guiaba por una especie de túnel de servicio. Nos cruzamos con un par de empleados que entraban en el edificio. Parecía gente de pocos recursos, de esos que tienen trabajos mal pagados, como celadores o cocineros de hospital. Me costaba creer que el altivo doctor Josephus hubiera atravesado antes ese túnel, pero parecía saber adónde iba, y ninguno de los empleados pareció sorprenderse por su presencia. Cuando llegamos al final del túnel, empujó una pesada puerta de metal.

Luna Garza le hizo un regio gesto de cabeza.

—Muchas gracias —dijo y me empujó hacia la noche. Fuera había un gran coche viejo aparcado. Era granate, o quizá marrón oscuro. Mirando un poco más en derredor, deduje que nos encontrábamos en un callejón. Había grandes contenedores de basura alineados contra la pared, y vi un gato saltando sobre algo (no quise saber qué) entre dos contenedores. Cuando la puerta silbó al cerrarse herméticamente detrás de nosotros, el callejón permaneció en silencio. Sentí que el miedo volvía a adueñarse de mí.

Estaba increíblemente cansada de tener miedo.

Luna fue hacia el coche, abrió la puerta trasera y dijo algo a quienquiera que estuviera dentro. Fuese cual fuese la respuesta, la enfadó. Insistió en otro idioma.

Hubo una discusión.

Luna volvió a mí a grandes zancadas.

—Hay que vendarte los ojos —dijo, segura de que aquello me ofendería sobremanera.

—No pasa nada —dije, indicando con un gesto de la mano lo trivial que me parecía el asunto.

—¿No te importa?

—No. Lo comprendo, Luna. A todos nos gusta preservar nuestra intimidad.

—Está bien —volvió rápidamente al coche y regresó con un pañuelo de seda verde y azul brillante en la mano. Me vendó como si fuéramos a jugar a ponerle el rabo al burro y ató cuidadosamente el pañuelo detrás de mi cabeza.

—Escucha —me dijo al oído—. Esos dos son duros, ten cuidado.

Perfecto, me apetecía estar más aterrada.

Me empujó hasta el coche y me ayudó a subirme. Supongo que regresaría a la puerta con la silla para que alguien la recogiera. Al poco tiempo, se metió en el coche por el otro lado.

Había dos presencias en los asientos delanteros. Las palpé mentalmente, con mucha delicadeza, y descubrí que ambas eran cambiantes. Al menos su cerebro emitía ese colorido, el estampado rabioso semiopaco que percibía en Luna y Sam. Sam, mi jefe, a menudo se transforma en collie. Me preguntaba cuáles eran las preferencias de Luna. En cuanto a los otros dos, había una diferencia, una especie de pesadez rítmica. Su perfil mental parecía sutilmente diferente, no del todo humano.

Durante unos minutos reinó un silencio absoluto, mientras el coche salía del callejón y atravesaba la noche.

—El hotel Silent Shore, ¿verdad? —preguntó la conductora con una voz que parecía un gruñido. Entonces me di cuenta de que casi era luna llena. Demonios. Tenían que cambiar en luna llena. Quizá por eso Luna había actuado con esa rebeldía en la Hermandad cuando empezó a anochecer. La salida de la luna la había alterado.

—Sí, por favor —contesté educadamente.

—Comida que habla —apuntó el copiloto. Su voz se parecía más si cabe a un gruñido.

Eso no me gustó nada, pero no se me ocurrió cómo responder. Por lo que se veía, tenía tanto que aprender acerca de los cambiantes como de los vampiros.

—Cerrad el pico vosotros dos —intervino Luna—. Ésta es mi invitada.

—No es más que comida para cachorros —insistió el copiloto. Ese tío empezaba a caerme realmente mal.

—A mí me huele más a hamburguesa —dijo la conductora—. Tiene un par de arañazos, ¿verdad, Luna?

—Le estáis dando todo un recital de nuestro grado de civilización —espetó Luna—. Controlaos un poco. Ya ha tenido una noche asquerosa, y, encima, se ha roto un hueso.

Y eso que aún me quedaba noche por delante. Aparté la bolsa de hielo que sostenía en la cara. Hay un límite de frío extremo que una puede soportar en la cavidad nasal.

—¿Por qué demonios tendría que mandar el maldito Josephus a unos hombres lobo? —me dijo Luna al oído entre dientes. Pero yo sabía que lo habían escuchado; Sam lo oía todo, y no era, ni de lejos, tan poderoso como un hombre lobo. Al menos eso era lo que yo pensaba. A decir verdad, hasta ese momento no había estado segura de que existieran los hombres lobo.

—Supongo —dije con tacto y de manera que se me oyera bien— que pensaría que serían ideales para defendernos si nos volvían a atacar.

Sentí cómo las criaturas que viajaban delante aguzaban el oído. Puede que literalmente.

—Nos las estábamos apañando bien —contestó Luna, indignada. Se removía sobre su asiento como si se hubiera tomado una docena de tazas de café.

—Luna, nos golpearon y nuestro coche acabó volcando. Hemos estado en urgencias. ¿A qué te refieres con «apañando bien»?

Entonces me vi obligada a responder a mi propia pregunta:

—Eh, perdóname, Luna. De no haber sido por ti, esa gente me habría matado. No es culpa tuya que nos hayan hecho volcar.

—¿Habéis tenido jaleo esta noche? —preguntó el copiloto con tono más cívico. Estaba deseando meterse en una pelea. No sabía si todos los hombres lobo eran tan enérgicos como ése, o si era una cuestión de carácter.

—Sí, con la jodida Hermandad —dijo Luna, lustrando sus palabras con orgullo—. Tenían a esta chica metida en una celda. En una mazmorra.

—No jodas —dijo la conductora. Mostraba la misma hiperactividad en su… Bueno, yo diría «aura» a falta de un término mejor.

—No jodo —dije con firmeza—. Por cierto, donde vivo, trabajo para un cambiante —añadí, para dar algo más de conversación.

—¿En serio? ¿A qué se dedica?

—Tiene un bar. Es el dueño.

—¿Y estás lejos de casa?

—Demasiado lejos —dije.

—¿Y esta murcielaguilla te ha salvado la vida esta noche de verdad?

—Sí —estaba siendo absolutamente sincera al respecto—. Luna me ha salvado la vida —¿hablarían literalmente? ¿Acaso Luna se transformaba realmente en...? Oh, Dios.

—Vaya, vaya con Luna —al parecer, había un leve grado de respeto añadido en esa voz gruñona.

A Luna le halagó el elogio, como era lógico, y me dio unas palmadas en la mano. Sumidos en un silencio más agradable, avanzamos durante unos cinco minutos más.

—Ya estamos cerca del Silent Shore —dijo entonces la conductora.

Lancé un largo suspiro de alivio.

—Hay un vampiro esperando en la entrada.

Casi me arranqué el pañuelo de los ojos, antes de darme cuenta de que sería algo bastante arriesgado.

—¿Qué aspecto tiene?

—Es muy alto, rubio. Buena mata de pelo. ¿Amigo o enemigo?

Tuve que pensármelo.

—Amigo —dije, tratando de no sonar titubeante.

—Ñam, ñam —dijo la conductora—. ¿Saldría conmigo también?

—Ni idea. ¿Quieres preguntárselo?

Luna y el copiloto hicieron sonidos burlones.

—¡No puedes salir con un fiambre! —protestó Luna—. Venga, Deb... ¡Mujer!

—Oh, vale —dijo la conductora—. Algunos de ellos no están tan mal. Me acerco a la acera, bomboncito.

—Se refiere a ti —me dijo Luna al oído.

Nos detuvimos y Luna se inclinó hacia mí y abrió la puerta. Cuando salí con la ayuda de Luna, escuché una exclamación procedente de la acera. En un abrir y cerrar de ojos, Luna cerró de un portazo. El coche lleno de cambiantes se alejó haciendo chirriar las ruedas. Desapareció en la densa noche, arrastrando un aullido tras de sí.

—¿Sookie? —dijo una voz familiar.

—¿Eric?

Andaba a tientas con los ojos vendados, pero Eric agarró el pañuelo por detrás y tiró de él. Me había agenciado así un pañuelo precioso, aunque un poco manchado. La fachada del hotel, con sus sobrias y pesadas puertas, destacaba iluminada en medio de la oscuridad nocturna, dotando a Eric de una notable palidez. Vestía un traje a rayas convencional.

Me alegré de verle. Me cogió del brazo para que dejara de tambalearme y me miró de arriba abajo con una expresión inescrutable. Eso se les daba bien a los vampiros.

—¿Qué te ha pasado? —preguntó.

—Me… Bueno, es difícil de explicar rápidamente. ¿Dónde está Bill?

—Lo primero que hicimos fue ir a la Hermandad del Sol para sacaros de allí. Pero, mientras estábamos de camino, supimos por uno de los nuestros, que es policía, que estabais implicadas en un accidente y que os habían llevado a un hospital. Así que él se dirigió hacia allí, donde averiguó que habíais salido por cauces poco usuales. Nadie le dijo nada, y tampoco tenía forma de amenazarlos —Eric parecía sumamente frustrado. El hecho de tener que vivir dentro de la legalidad humana era una constante irritación para él, aunque disfrutaba plenamente de sus beneficios—. Y luego perdimos tu rastro por completo. El botones sólo te escuchó una vez mentalmente.

—Pobre Barry. ¿Está bien?

—Es unos cientos de dólares más rico y está bastante contento al respecto —dijo Eric con sequedad—. Ahora sólo necesitamos a Bill. Nos has dado un disgusto, Sookie —se sacó un teléfono móvil del bolsillo y marcó un número. Tras un rato bastante largo, alguien respondió.

—Bill, está aquí. La han traído unos cambiantes —me miró—. Está magullada pero puede caminar —escuchó un poco más—. ¿Tienes tu llave, Sookie? —preguntó.

Hurgué en el bolsillo de la falda, donde había metido el rectángulo de plástico hacía un millón de años.

—Sí —dije, apenas capaz de creer que algo había salido bien—. ¡Oh, espera! ¿Han encontrado a Farrell?

Eric alzó la mano indicando que enseguida me atendería.

—Bill, la subiré y empezaré a curarla —sus hombros se pusieron rígidos—. Bill —dijo con un tinte de amenaza en su tono—. Está bien. Adiós —se volvió hacia mí como si no se hubiera producido la interrupción.

—Sí, Farrell está a salvo. Asaltaron la Hermandad.

—Hay… ¿Hay muchos heridos?

—La mayoría de ellos estaban demasiado asustados como para acercarse. Se desperdigaron y volvieron a casa. Farrell estaba en una celda subterránea con Hugo.

—Ah, sí, Hugo. ¿Qué ha sido de él?

Mi tono tuvo que ser de mucha curiosidad, porque Eric me miró de reojo mientras avanzábamos hacia el ascensor. Caminaba a mi ritmo, y yo cojeaba notablemente.

—¿Quieres que te lleve? —me preguntó.

—No creo que haga falta. He llegado bien hasta aquí —habría aceptado la misma oferta de parte de Bill al

212

instante. Barry me saludó con la mano desde el mostrador de recepción. Habría corrido hacia mí de no haber estado junto a Eric. Le devolví lo que esperaba que fuese una mirada significativa para indicarle que hablaríamos más tarde. Entonces sonó el timbre del ascensor, se abrió la puerta y los dos subimos. Eric pulsó el botón del piso y se apoyó contra la pared de espejo frente a mí. Mientras lo observaba, no fui capaz de sostener la mirada en mi propio reflejo.

—Oh, no —dije, absolutamente horrorizada—. Oh, no —el pelo se me había quedado chafado por la peluca. Al intentar adecentarlo más tarde con los dedos, el resultado había sido el completo desastre que estaba presenciando. Mis manos fueron en su auxilio, impotente y dolorosamente, y mi boca se estremeció con lágrimas reprimidas. Y eso que el pelo era lo que mejor estaba. Tenía magulladuras visibles por todo el cuerpo, desde meros rasguños a heridas más serias. No quería imaginar qué había en las partes que no estaban a la vista. Parte de mi cara estaba hinchada y descolorida, tenía un corte en medio de la magulladura de mi mejilla, había perdido la mitad de los botones de la blusa, mi falda estaba rasgada y echada a perder y mi brazo derecho estaba surcado de esquirlas ensangrentadas.

Empecé a llorar. Tenía un aspecto tan espantoso que quebró lo que me quedaba de moral.

Eric tuvo el detalle de no reírse, aunque es posible que le apeteciera hacerlo.

—Sookie, con un baño y ropa limpia te repondrás enseguida —dijo, como si le estuviera hablando a una niña. A decir verdad, no me sentía muy adulta en ese instante.

—La mujer lobo dijo que eras muy mono —comenté entre sollozos. Salimos del ascensor.

—¿Mujer lobo? Sí que has tenido aventuras esta noche, Sookie —me agarró como si fuese un montón de ropa y me apretó contra su pecho. Le mojé con lágrimas y mocos la maravillosa chaqueta del traje, y su camisa blanca dejó de estar inmaculada.

—Oh, lo siento —me aparté y lo miré. Traté de arreglarlo con el pañuelo.

—No llores más —dijo precipitadamente—. Tan sólo deja de llorar y no me importará llevar esto a la lavandería. Ni siquiera me importará comprarme un traje nuevo.

Me pareció bastante divertido que Eric, el temido señor de los vampiros, se pusiese nervioso ante una mujer llorando. Reí disimuladamente entre los sollozos residuales.

—¿Qué te hace tanta gracia? —preguntó.

Agité la cabeza.

Deslicé la llave en la cerradura y entré en mi habitación.

—Si quieres te ayudo a entrar en la bañera —se ofreció Eric.

—Oh, no será necesario —un baño era lo que más me apetecía en el mundo, eso y no tener que volver a ponerme esa ropa nunca más, pero no pensaba bañarme delante de Eric.

—Seguro que eres una perita en dulce desnuda —dijo Eric, tratando de levantarme los ánimos.

—Ya lo sabes, soy tan sabrosa como un gran bocadito de nata —dije, sentándome con cuidado en una silla—. Aunque ahora mismo me siento más como una *boudain* —la *boudain* es una salchicha cajún hecha con todo tipo de cosas, ninguna de ellas elegante. Eric arrastró otra silla y depositó mi pierna encima para mantener elevada la rodilla. Le puse encima la bolsa de hielo y cerré los ojos. Eric llamó a recepción para que le subieran unas pinzas, un cuenco y una serie de ungüentos asépticos, además de una silla de ruedas. Todo llegó al cabo de unos diez minutos. El personal era muy eficiente.

Había un pequeño escritorio junto a una de las paredes. Encendimos la lámpara. Tras restregarme el brazo con un paño húmedo, Eric empezó a retirar las esquirlas clavadas. Eran diminutos trozos de cristal de la ventanilla del Outback de Luna.

—Si fueses una chica normal, usaría mi glamour y no sentirías esto —comentó—. Sé valiente.

Dolía de mil demonios, hasta el punto de que las lágrimas me surcaron la cara durante todo el proceso. Me costó lo mío mantener el silencio.

Por fin escuché otra llave que abría la puerta y abrí los ojos. Bill me miró, puso una mueca de dolor y observó lo que Eric estaba haciendo. Asintió a modo de aprobación hacia Eric.

—¿Cómo ha ocurrido? —preguntó, dedicándome la más leve de las caricias en el rostro. Acercó una tercera silla y se sentó. Eric continuó con su trabajo.

Empecé a explicárselo. Estaba tan cansada que a veces me fallaba la voz. Cuando llegué a la parte de Gabe, me faltó el juicio de quitarle hierro al asunto. Bill contenía su temperamento con una disciplina inquebrantable. Me levantó la blusa con dulzura para comprobar el sujetador destrozado y las magulladuras del pecho a pesar de la presencia de Eric. Él también miró, por supuesto.

—¿Qué le pasó a ese Gabe? —preguntó Bill con gélida tranquilidad.

—Está muerto —contesté—. Godfrey lo mató.

—¿Viste a Godfrey? —dijo Eric, inclinándose hacia delante. No había dicho una palabra hasta ese momento. Había terminado de curarme el brazo. Restregó una solución antibiótica por toda su superficie como si estuviese curando una piel de bebé irritada por el pañal.

—Tenías razón, Bill. Él fue quien raptó a Farrell, aunque no sé los detalles. Y Godfrey impidió que Gabe me violara. Aunque tengo que decir que no me he librado de algunos lametones.

—No presumas tanto —dijo Bill con una leve sonrisa—. Así que está muerto —continuó, aunque no parecía satisfecho.

—Godfrey se portó al detener a Gabe y ayudarme a escapar, sobre todo dado que lo único que le preocupaba era ver el amanecer. ¿Dónde está ahora?

—Salió corriendo y se perdió en la noche durante nuestro ataque a la Hermandad —explicó Bill—. Ninguno de nosotros fue capaz de echarle el guante.

—¿Qué ha pasado con la Hermandad?

—Te lo contaré, Sookie, pero será mejor que nos despidamos de Eric. Te lo contaré mientras te baño.

—Está bien —accedí—. Buenas noches, Eric. Gracias por los remiendos.

—Creo que eso ha sido lo esencial —le dijo Bill a Eric—. Si hay algo más, iré a verte a tu habitación más tarde.

—Bien —Eric me miró con los ojos entornados. Me lamió un par de veces mientras me curaba el brazo. El sabor parecía haberle intoxicado—. Que descanses, Sookie.

—Ah —dije, abriendo mucho los ojos de repente—. Le debemos una a los cambiantes.

Los dos vampiros se quedaron mirándome.

—Bueno, puede que vosotros no, pero yo sí.

—Bien, seguro que pondrán alguna reclamación sobre la mesa —predijo Eric—. Esos cambiantes nunca hacen un favor gratis. Buenas noches, Sookie, me alegro de que no te hayan matado o violado —esbozó una rápida sonrisa y recuperó su aspecto habitual.

—Muchas gracias —dije, volviendo a cerrar los ojos—. Buenas noches.

Cuando la puerta se cerró detrás de Eric, Bill me cogió en brazos de la silla y me llevó al baño. Era tan grande como todos los cuartos de baño de hotel, pero la bañera era adecuada. Bill la llenó de agua caliente y me quitó la ropa con mucho cuidado.

—Tírala a la basura, Bill —le dije.

—Sí, quizá haga eso también —dijo mientras volvía a repasar mis magulladuras, apretando los labios en una fina línea.

—Algunas de ellas son de la caída por las escaleras y otras del accidente de coche —expliqué.

—Si Gabe no estuviera muerto lo buscaría para matarlo yo mismo —dijo Bill, más bien para sí—. Me tomaría mi tiempo —me levantó con la misma facilidad que si fuese un bebé y me metió en la bañera. Empezó a limpiarme con una esponja y una pastilla de jabón.

—Tengo el pelo hecho un desastre.

—Sí, pero podremos encargarnos de él por la mañana. Necesitas dormir.

Empezando por la cara, Bill me frotó con suavidad por todo el cuerpo. El agua se tiñó de suciedad y sangre seca. Comprobó meticulosamente el estado de mi brazo para asegurarse de que Eric se había deshecho de todas las esquirlas. Luego vació la bañera y la volvió a llenar mientras yo tiritaba. A la segunda, acabé limpia. Después de quejarme por el pelo una segunda vez, dio su brazo a torcer. Me mojó la cabeza y me aplicó champú al cabello, enjuagándolo cuidadosamente. No hay mejor sensación en el mundo que sentirse limpia de pies a cabeza después de haber estado asquerosamente sucia, disfrutar de una cama con sábanas limpias y poder dormir en ella sintiéndose segura.

—Cuéntame lo que pasó en la Hermandad —le dije mientras me llevaba a la cama—. Quédate conmigo.

Bill me metió bajo las sábanas y se tumbó a mi lado. Deslizó su brazo bajo mi cabeza y se acercó un poco más. Coloqué la frente contra su pecho cuidadosamente y empecé a frotárselo.

—Cuando llegamos, aquello parecía un hormiguero sumido en el caos —dijo—. El aparcamiento estaba lleno de coches y gente, y seguían llegando para pasar esa... ¿noche sin dormir?

—Noche blanca —murmuré, volviéndome lentamente del lado derecho para acurrucarme contra él.

—Hubo jaleo cuando llegamos. Casi todos ellos se metieron en sus coches y salieron tan rápido como les permitió el tráfico. Su líder, Newlin, trató de impedirnos la entrada al vestíbulo de la Hermandad... Apuesto a que fue una iglesia en su día. Nos dijo que estallaríamos en llamas si entrábamos porque estábamos malditos —bufó—. Stan lo levantó y lo apartó. Entramos en la iglesia con Newlin y su mujer correteando detrás de nosotros. Ninguno de nosotros estalló en llamas, lo cual parece que conmocionó bastante a la gente.

—Estoy segura —murmuré hacia su pecho.

—Barry nos dijo que cuando se comunicó contigo tuvo la sensación de que estabas «abajo»; por debajo del nivel del suelo. Creyó captar la palabra «escaleras». Éramos seis: Stan, Joseph Velasquez, Isabel y otros. Nos llevó unos seis minutos eliminar todas las posibilidades y encontrar las escaleras.

—¿Qué hicisteis con la puerta? Recuerdo que tenía unos buenos cerrojos.

—La arrancamos de los goznes.

—Oh —bueno, está claro que eso suponía la forma más rápida de entrar.

—Pensaba que seguías ahí abajo, por supuesto. Cuando encontré la habitación con el muerto de los pantalones bajados… —hizo una larga pausa—, estuve seguro de que habías estado ahí. Aún podía olerte en el aire. Tenía una mancha de sangre, la tuya, y descubrí más rastros. Estaba muy preocupado.

Le di unas palmadas. Me sentía demasiado cansada y débil como para hacerlo más vigorosamente, pero era el único consuelo que le podía ofrecer en ese momento.

—Sookie —dijo con mucho cuidado—. ¿Hay algo más que quieras contarme?

Estaba demasiado somnolienta como para saber a qué se refería.

—No —dije con un bostezo—. Creo que ya conté todas mis aventuras antes.

—Pensé que como Eric estaba antes en la habitación te habrías reservado algo.

Finalmente escuché caer el segundo zapato. Le besé en el pecho, encima del corazón.

—Godfrey llegó a tiempo.

Hubo un prolongado silencio. Miré hacia arriba para ver la cara de Bill, pétrea como la de una estatua. Sus negras pestañas destacaban asombrosamente en contraste con su palidez. Sus ojos oscuros parecían pozos sin fondo.

—Cuéntame el resto —dije.

—Avanzamos por el refugio subterráneo y encontramos la habitación más grande, junto a una amplia zona llena de suministros, comida y armas, donde resultaba obvio que habían mantenido a otro vampiro.

Yo no había visto esa parte del refugio, y tenía claro que no iba a volver para visitar lo que me había perdido.

—En la segunda celda encontramos a Farrell y a Hugo.

—¿Hugo estaba vivo?

—Apenas —Bill me besó la frente—. Afortunadamente para Hugo, a Farrell le gusta el sexo con hombres más jóvenes.

—Quizá por eso lo escogió Godfrey para el secuestro cuando decidió dar ejemplo con otro pecador.

Bill asintió.

—Eso es lo que dijo Farrell. Pero había pasado mucho tiempo sin sangre ni sexo. Tenía hambre en todos los sentidos. Sin las esposas de plata, Hugo lo habría… Lo habría pasado mal. A pesar de estar esposado con plata en muñecas y tobillos, Farrell fue capaz de alimentarse de Hugo.

—¿Sabías que Hugo era el traidor?

—Farrell escuchó vuestra conversación.

—¿Cómo…? Oh, vale, el oído de los vampiros. Tonta de mí.

—Farrell también quiso saber qué le hiciste a Gabe para que gritara.

—Le golpeé en las orejas —repetí el gesto de la mano para mostrárselo.

—Farrell estaba encantado. Ese tal Gabe era de los que disfrutaban ejerciendo su poder sobre los demás. Sometió a Farrell a muchas humillaciones.

—Farrell tiene suerte de no ser una mujer —dije—. ¿Dónde está Hugo ahora?

—En un lugar seguro.

—¿Seguro para quién?

—Seguro para vampiros. Lejos de los medios de comunicación. Les gustaría demasiado su historia.

—¿Qué van a hacer con él?

—Eso lo decidirá Stan.

—¿Recuerdas el trato que teníamos con Stan? Si, gracias a mí, se descubren pruebas de culpabilidad de humanos, no se les puede matar.

Era evidente que Bill no tenía ganas de seguir debatiendo ese punto. Su expresión se volvió seria.

—Sookie, será mejor que duermas. Hablaremos de ello cuando despiertes.

—Pero, para entonces, puede que haya muerto.

—¿Por qué te importa tanto?

—¡Porque ése fue el trato! Sé que Hugo es un cabrón, y le odio, pero no puedo evitar que me dé pena; y no creo que pueda vivir con la conciencia tranquila sabiendo que tuve que ver con su muerte.

—Sookie, seguirá vivo cuando despiertes. Hablaremos de ello entonces.

Sentí que el sueño tiraba de mí, como una ola de un surfista. Costaba creer que sólo fueran las dos y media de la noche.

—Gracias por venir a por mí.

Tras una pausa, Bill dijo:

—Primero no estabas en la Hermandad, sólo había rastros de tu sangre y un violador muerto. Cuando supe que no estabas en el hospital, que te habían sacado de allí como por arte de magia…

—¿Mmmmh?

—Me asusté mucho. Nadie sabía dónde podías estar. De hecho, mientras estuve allí hablando con la enfermera que te admitió, tu nombre desapareció de la pantalla del ordenador.

Me quedé impresionada. Esos cambiantes estaban organizados hasta límites impresionantes.

—Quizá debería enviarle a Luna unas flores —dije, apenas capaz de pronunciar las palabras.

Bill me besó. Fue un beso muy agradable, y eso fue lo último que recuerdo.

7

Me di la vuelta con dificultad y miré el reloj luminoso que había sobre la mesilla. Aún no había amanecido, pero no faltaba mucho. Bill ya estaba en su ataúd: la tapa estaba echada. ¿Por qué me había despertado? Medité al respecto.

Tenía que hacer algo. Una parte de mí estaba asombrada por mi propia estupidez mientras me ponía unos shorts, una camiseta y unas sandalias. Tenía peor aspecto en el espejo, el cual sólo miré de refilón. Me peiné dándole la espalda. Para mi asombro y placer, mi bolso estaba sobre una mesa del salón. Alguien lo había sacado del local de la Hermandad la noche anterior. Metí mi llave de plástico y recorrí tortuosamente los pasillos silenciosos.

Barry ya había acabado su turno, y su sustituto estaba demasiado bien entrenado como para preguntarme cómo demonios andaba por ahí con el aspecto de que me hubiera arrollado un tren. Me consiguió un taxi y le dije al conductor adónde quería ir. Éste me miró a través del retrovisor.

—¿No preferiría ir a un hospital? —sugirió, incómodo.

—No. Ya he estado —aquello apenas lo dejó más tranquilo.

—Esos vampiros la están maltratando. ¿Por qué sigue frecuentándolos?

—Esto me lo han hecho humanos —dije—, no vampiros.

Seguimos adelante. No había mucho tráfico, al ser una hora tan temprana de un domingo por la mañana. Apenas nos llevó un cuarto de hora volver al mismo sitio donde había estado la noche anterior, el aparcamiento de la Hermandad.

—¿Puede esperarme? —le pregunté al conductor. Rondaba los sesenta años, tenía el pelo canoso y le faltaba un diente. Vestía una camisa de cuadros con corchetes en lugar de botones.

—Supongo que sí —dijo. Sacó un *western* de Louis L'Amour de debajo del asiento y se encendió una pequeña luz para leer.

Bajo el destello de las luces de sodio, el aparcamiento no mostraba signos de lo ocurrido la noche anterior. Sólo quedaban un par de vehículos, que supuse sus dueños habrían dejado allí entonces. Probablemente uno fuese de Gabe. Me preguntaba si Gabe tenía familia; esperaba que no. Por una parte porque, dado que era un sádico tremendo, les habría dado una vida miserable y por otra porque tendrían que vivir el resto de sus vidas preguntándose cómo y por qué había muerto. ¿Qué harían ahora Steve y Sarah Newlin? ¿Les quedarían suficientes miembros en la Hermandad para seguir adelante? Era de esperar que las provisiones y las armas siguieran en la iglesia. Quizá se estaban preparando para el Apocalipsis.

Una figura emergió de entre las sombras de la iglesia. Era Godfrey. Seguía con el pecho desnudo, y aparentando ser un muchacho de dieciséis años. Sólo el aspecto extraño de sus tatuajes y sus ojos desmentían los argumentos que lanzaba su cuerpo.

—He venido a mirar —dije cuando llegó a mi altura, aunque quizá habría sido más apropiado decir que iba a dar testimonio.

—¿Por qué?

—Te lo debo.

—Soy una criatura maligna.

—Así es —eso no admitía discusión—. Pero hiciste algo bueno. Me salvaste de Gabe.

—¿Al matar a otro ser humano? Mi conciencia apenas hace la diferencia. Han sido tantos. Al menos te ahorré cierta humillación.

Su voz se aferró a mi corazón. El resplandor que se encendía en el horizonte aún era tan débil que las luces de seguridad del aparcamiento seguían encendidas. Aquel destello iluminaba su jovencísimo rostro.

De repente, de forma absurda, empecé a llorar.

—Qué bien —dijo Godfrey, su voz ya remota—. Alguien me llora en mi final. No me lo habría esperado —retrocedió hasta una distancia segura.

Y entonces amaneció.

Cuando volví al taxi, el taxista guardó su libro.

—¿Se ha incendiado algo por allí? —preguntó—. Creo haber visto humo. Casi me bajo para ver lo que estaba pasando.

—Ya se ha apagado —dije.

No paré de frotarme la cara durante un kilómetro aproximadamente. Luego, me limité a mirar por la ventanilla mientras el amanecer empezaba a dibujar el perfil de la ciudad.

De regreso al hotel, volví a la habitación, me quité los shorts, me metí en la cama y, como si me estuviese preparando para un largo periodo de vigilia, me sumí en un profundo sueño.

Bill me despertó al anochecer a su manera favorita. Me había levantado la camiseta y su pelo oscuro me acariciaba el pecho. Era, por así decirlo, como despertarse en mitad del acto sexual. Su boca lamía con mucha dulzura uno de los que, en su opinión, eran los pechos más bonitos del mundo. Tenía mucho cuidado con los colmillos, que estaban completamente extendidos. Aquélla era la única manifestación de su excitación.

—¿Crees que podrías hacerlo, disfrutar con esto, si tengo mucho, pero que mucho cuidado? —me susurró al oído.

—Si me tratas como si estuviera hecha de cristal —murmuré, sabiendo que podía.

—Pero esto no tiene el tacto del cristal —dijo, moviendo dulcemente la mano—. Está tibio y húmedo.

Boqueé, sin aliento.

—¿Tanto lo sientes? ¿Te he hecho daño? —su mano se movía con más determinación.

—Bill —fue todo lo que pude decir. Puse mis labios sobre los suyos y su lengua inició un baile familiar.

—Túmbate de lado —susurró—. Yo me ocuparé de todo.

Y vaya que si lo hizo.

—¿Qué hacías medio vestida? —preguntó más tarde. Se había levantado para coger una botella de sangre de la nevera de la habitación y la había calentado en el microondas. No había tomado una sola gota de la mía en consideración a mi estado.

—Fui a ver morir a Godfrey.

Sus ojos brillaron al mirarme.

—¿Qué?

—Godfrey ha visto el amanecer —esa frase, que en su momento me había parecido embarazosamente melodramática, fluyó de forma natural desde mi boca.

Hubo un largo silencio.

—¿Cómo sabías que lo haría? ¿Cómo supiste dónde?

Me encogí de hombros tanto como se puede hacer tumbada en una cama.

—Supuse que se ceñiría al plan original. Parecía muy seguro de ello. Y me salvó la vida. Era lo mínimo que podía hacer.

—¿Mostró coraje?

Mis ojos se encontraron con los de Bill.

—Murió con mucho valor. Estaba deseando irse.

No tenía la menor idea de lo que estaba pasando por la cabeza de Bill.

—Tenemos que ver a Stan —dijo—. Tenemos que decírselo.

—¿Por qué tenemos que volver a verle? —de no haber sido una mujer tan madura, habría hecho pucheros. Dadas las circunstancias, Bill me dedicó una de esas miradas suyas.

—Tienes que contarle tu parte para que quede convencido de que hemos cumplido con nuestro servicio. Además, está el asunto de Hugo.

227

Eso bastó para amargarme. Me encontraba tan dolorida que la idea de llevar más ropa de la necesaria sobre la piel me ponía enferma, así que escogí un vestido sin mangas pardo de punto y deslicé con cuidado los pies en las sandalias. Ése fue todo mi atuendo. Bill me peinó y me puso los pendientes, pues me incomodaba levantar los brazos. Decidió que también necesitaría una cadena de oro. Parecía que iba a acudir a una fiesta del pabellón de mujeres maltratadas. Bill pidió un coche de alquiler. Cuando lo trajeron al aparcamiento subterráneo, yo aún no tenía ni idea. Ni siquiera sabía quién se había encargado de ello. Bill condujo. Esa vez no miré por la ventanilla. Ya estaba harta de Dallas.

Cuando llegamos a la casa de Green Valley Road tenía el mismo aspecto tranquilo que hacía dos noches. Pero cuando entramos vi que estaba atestada de vampiros. Habíamos llegado en medio de la fiesta de bienvenida de Farrell, que estaba en el salón con el brazo alrededor de un guapo muchacho que apenas tendría los dieciocho. Farrell tenía una botella de TrueBlood cero negativo en la mano, y su acompañante una coca-cola. El vampiro parecía casi tan sonrosado como el chico.

Lo cierto es que Farrell nunca me había visto, así que estuvo encantado de conocerme. Vestía de los pies a la cabeza con artículos del Oeste. No me habría sorprendido escuchar el tintineo de unas espuelas mientras se inclinaba sobre mi mano.

—Eres tan maravillosa —dijo con extravagancia, agitando la botella de sangre sintética— que si me gustara acostarme con mujeres recibirías todas mis atenciones durante una semana. Sé que piensas que las magulladuras te otorgan un aspecto terrible, pero no hacen sino aflorar tu belleza.

No pude evitar reírme. No sólo estaba caminando como si tuviese ochenta años, sino que encima tenía la cara negra y azulada por el lado izquierdo.

—Bill, eres un vampiro afortunado —dijo Farrell.

—Soy muy consciente de ello —repuso Bill, sonriente, aunque algo frío.

—Es valiente y preciosa.

—Gracias, Farrell. ¿Dónde está Stan? —decidí romper ese ciclo de elogios. No sólo incomodaba a Bill, sino que el joven acompañante de Farrell se estaba poniendo demasiado curioso. Mi intención era relatar la historia una vez más, y sólo una.

—Está en el comedor —dijo el joven vampiro, el mismo que había traído a la pobre Bethany la otra vez. Debía de ser Joseph Velasquez. Mediría alrededor de 1,70, y su ascendencia hispana le confería la tez tostada y los ojos negros de un capo mafioso, mientras que su naturaleza vampírica le otorgaba una mirada a prueba de parpadeos y la inmediata disposición a hacer daño. No dejaba de escrutar la habitación en busca de problemas. Supuse que era una especie de jefe de seguridad del redil—. Se alegrará de veros.

Observé a los vampiros y a los escasos humanos que ocupaban las amplias salas de la casa. No vi a Eric. Me pregunté si habría vuelto a Shreveport.

—¿Dónde está Isabel? —le pregunté a Bill en voz baja.

—Está siendo castigada —dijo en voz demasiado baja como para escucharle. No quería hablar de forma que se oyera, y si Bill pensaba que eso era una buena idea, yo sabía que debía callarme—. Ha traído un traidor al redil y tiene que pagar un precio por ello.

—Pero…

—Shhh.

Accedimos al comedor para descubrir que estaba tan atestado como el salón. Stan ocupaba la misma silla y vestía las mismas ropas que la última vez que lo vimos. Cuando entramos se levantó y, desde ese momento, comprendí que aquel gesto debía de tener por intención distinguirnos con cierto rango de importancia.

—Señorita Stackhouse —dijo formalmente, estrechándome la mano con mucho cuidado—. Bill —Stan me examinó con la mirada sin que el azul pálido de sus ojos se perdiera un solo detalle de mis heridas. Había remendado sus gafas con papel adhesivo. Stan cuidaba cada detalle de su disfraz. Pensé que le mandaría un protector de bolsillos por Navidad.

—Por favor, cuéntame qué te pasó ayer. No omitas nada —dijo Stan.

Aquello me recordó sobremanera a Archie Goodwin informando a Nero Wolfe.*

—Aburriré a Bill —comenté con la esperanza de sortear el relato.

—A Bill no le molestará aburrirse un momento.

No admitía discusión. Suspiré y empecé por cuando Hugo me recogió en el Silent Shore. Traté de dejar a Barry fuera de la historia, pues no sabía cómo se sentiría si

---

* Nero Wolfe es un detective de ficción creado por el escritor Rex Stout, comparable en su relación con Archie Goodwin a Sherlock Holmes y Watson. (N. del T.)

los vampiros de Dallas sabían de él. Me limité a referirme a él como «un botones del hotel». Evidentemente, podrían averiguar de quién se trataba si lo deseaban.

Cuando llegué a la parte en la que Gabe metió a Hugo en la celda de Farrell e intentó violarme, mis labios se tensaron en una rígida mueca. Tenía la cara tan tirante que pensé que se me rompería.

—¿Por qué hace eso? —le preguntó Stan a Bill, como si yo no estuviese allí.

—Cuando está tensa… —dijo Bill.

—Oh —Stan me miró más pensativo si cabe. Empecé a recogerme el pelo en una coleta. Bill me pasó una goma que llevaba en el bolsillo y, con una considerable incomodidad, me agarré el pelo en una tirante madeja para poder rodearlo tres veces con la goma.

Cuando le conté a Stan la ayuda que me habían prestado los cambiantes, se inclinó hacia delante. Quería saber más de lo que estaba contando, pero yo no estaba dispuesta a dar ningún nombre. Se mostró profundamente meditabundo después de que le refiriera el momento en el que me dejaron en el hotel. No sabía si incluir a Eric o no, así que lo omití por completo. Se suponía que él era de California. Recuerdo que en mi relato conté que subí a la habitación para esperar a Bill.

Y luego le conté lo de Godfrey.

Para mi asombro, Stan parecía incapaz de asimilar su muerte. Me hizo repetir la historia. Se removió en su silla para mirar hacia otra parte mientras se lo contaba. Mientras nos observaba, Bill me hizo una caricia reconfortante. Cuando Stan se volvió de nuevo hacia nosotros, se estaba secando los ojos con un pañuelo manchado de rojo. Así que era cierto que los vampiros podían llorar. Tanto como que sus lágrimas eran de sangre.

Lloré con él. Godfrey merecía la muerte por los siglos de abusos y asesinatos de niños. Me pregunté cuántos humanos habría en la cárcel por crímenes que había cometido el vampiro. Pero Godfrey me había ayudado, y había llevado sobre los hombros una terrible carga de culpabilidad y dolor que yo nunca había conocido.

—Qué determinación y coraje —dijo Stan, admirado. No era en absoluto el pesar lo que impulsaba sus palabras, sino una sincera admiración—. Hace que llore —lo dijo de tal manera que supe que con ello pretendía rendirle tributo—. Después de que Bill identificara a Godfrey la otra noche, he realizado algunas pesquisas y he averiguado que pertenecía a un redil de San Francisco. Sus compañeros allí se entristecerán al escuchar esto. Y también lo de su traición a Farrell. Pero su valor a la hora de mantener la palabra, ¡su determinación a la hora de cumplir con su plan! —aquello parecía superar a Stan.

Me dolía todo. Rebusqué en el bolso para encontrar un frasquito de Tylenol y me eché dos en la mano. A un gesto de Stan, el joven vampiro me trajo un vaso de agua.

—Gracias —le dije, sorprendiéndolo.

—Gracias a ti por tus esfuerzos —dijo Stan de forma algo abrupta, como si de repente hubiera recordado sus modales—. Has cumplido con la tarea que te encomendamos y mucho más. Gracias a ti hemos encontrado y liberado a Farrell a tiempo, y lamento que hayas sufrido tantos daños en el proceso.

Aquello parecía una despedida a gritos.

—Disculpe —dije, deslizándome sobre la silla hacia delante. Bill hizo un movimiento repentino detrás de mí, pero lo ignoré.

Stan alzó sus finas cejas ante mi temeridad.

—¿Sí? Enviaremos tu cheque a tu representante en Shreveport, en cumplimiento con nuestro acuerdo. Por favor, quedaos con nosotros esta noche mientras celebramos el regreso de Farrell.

—Nuestro acuerdo estipulaba que si mis descubrimientos implicaban a un humano, éste no sería castigado por vampiros, sino que sería entregado a la policía. Para que lo juzgue un tribunal. ¿Dónde está Hugo?

Los ojos de Stan saltaron de mi rostro para centrarse en Bill, que seguía detrás de mí. Parecía preguntarle silenciosamente por qué no controlaba mejor a su humana.

—Hugo e Isabel están juntos —dijo Stan crípticamente.

No quería ni imaginarme qué quiso decir. Pero sentía que el honor me obligaba a llegar hasta el fondo.

—¿Eso quiere decir que no va a cumplir con el acuerdo? —dije a sabiendas de que era todo un desafío a Stan.

Debería existir la expresión «Orgulloso como un vampiro». Todos lo son, y yo había pellizcado a Stan en su parcelita de orgullo. La insinuación de su falta de honor lo enfureció. Su expresión se volvió tan temible que casi me encogí. Al cabo de unos segundos, parecía haberse despojado de lo poco de humano que le quedaba. Sus labios se retrajeron para mostrar los dientes, los colmillos se extendieron y su cuerpo se encorvó y pareció alargarse.

Se incorporó al cabo de un momento y, con un gesto seco de la mano, me indicó que lo acompañara. Bill me ayudó a levantarme y seguí a Stan mientras nos adentrábamos más en la casa. Debía de haber unos seis dormitorios, y todos con la puerta cerrada. De una de las habitaciones manaba el inconfundible sonido del sexo. Me sentí aliviada cuando la pasamos de largo. Subimos por unas escaleras, lo cual me resultó bastante tortuoso. Stan no miraba atrás ni reducía el paso. Subía los peldaños a la misma velocidad que caminaba. Se detuvo ante una puerta que se parecía a las demás. La abrió, se apartó y me indicó con un gesto que pasara.

No quería hacerlo, ni por asomo. Pero era necesario. Avancé y miré dentro.

Aparte de la moqueta azul que cubría todo el suelo, el lugar estaba vacío de todo complemento. Isabel estaba encadenada a un lado de la habitación, con plata, por supuesto. Hugo, también encadenado, estaba en el otro extremo. Ambos estaban despiertos y miraron hacia la puerta.

Isabel me hizo un gesto con la cabeza, como si nos hubiéramos encontrado en un centro comercial, aunque estaba totalmente desnuda. Vi que tenía las muñecas y los tobillos vendados para evitar que la plata la quemara, si bien las cadenas la mantendrían debilitada.

Hugo también estaba desnudo. Era incapaz de apartar los ojos de Isabel. Apenas me miró para ver quién era antes de devolver la mirada a Isabel. Procuré no sentirme abochornada, tan nimia me parecía tal consideración, pero creo que era la primera vez en mi vida que veía a otros adultos desnudos, aparte de Bill.

—Ella no puede alimentarse con él a pesar de estar hambrienta —dijo Stan—. Él no puede tener sexo con ella, a pesar de ser adicto. Éste será su castigo durante meses. ¿Qué harían con Hugo en un tribunal humano?

Lo pensé. ¿Qué había hecho Hugo que pudiera considerarse realmente imputable?

Había engañado a los vampiros de Dallas permaneciendo en su redil durante meses bajo falsas pretensiones. O sea, que prácticamente se había enamorado de Isabel pero había traicionado a sus compañeros. Hmmm, no había ley que castigara eso.

—Puso un micrófono en el comedor —dije. Eso era ilegal. Al menos eso pensaba yo.

—¿Cuánto tiempo podría pasar en la cárcel por eso? —preguntó Stan.

Buena pregunta. Suponía que no mucho. Algunos jurados podrían llegar incluso a pensar que poner escuchas en el escondite de un vampiro estaría hasta justificado. Mi suspiro fue respuesta suficiente para Stan.

—¿Por qué otra cosa se podría castigar a Hugo? —preguntó.

—Me llevó a la Hermandad, engañada… No es ilegal. Me… Bueno, él…

—Exacto.

La enamorada mirada de Hugo nunca se apartaba de Isabel.

Hugo había causado y apoyado un acto maligno, del mismo modo que Godfrey los había perpetrado.

—¿Durante cuánto tiempo los mantendrán aquí? —pregunté.

Stan se encogió de hombros.

—Tres o cuatro meses —dijo—. Alimentaremos a Hugo, por supuesto, pero no a Isabel.

—¿Y entonces?

—Lo desencadenaremos a él primero. Tendrá un día de ventaja.

Bill apretó su mano en mi cintura. No quería que hiciera más preguntas.

Isabel me miró e hizo un gesto con la cabeza, como si con ello pretendiera decir que le parecía adecuado.

—Está bien —dije, alzando las palmas en el aire—. Está bien —y me di la vuelta para bajar lenta y cuidadosamente por las escaleras.

Quizá yo había perdido cierta integridad, pero juro por mi vida que no se me ocurría ninguna otra forma de solucionarlo. Cuanto más pensaba en ello, más confusa me sentía. No estoy acostumbrada a enfrentarme a encrucijadas morales. Algunas cosas pueden hacerse, y otras no se deben hacer.

Pues, al parecer, había una zona gris. Ahí caían algunas cosas, como acostarme con Bill aunque no estuviéramos casados, o decirle a Arlene que le sentaba bien un vestido, cuando en realidad le sentaba fatal. Lo cierto es que no podía casarme con Bill. Era ilegal. Pero tampoco es que me lo hubiera pedido.

Mis pensamientos vagaron alrededor de la miserable pareja que seguía en el dormitorio del piso superior. Para mi asombro, sentía más lástima por Isabel que por Hugo. Hugo, al fin y al cabo, era quien había cometido la acción. A Isabel sólo se le podía culpar de negligencia.

Tuve mucho tiempo para recorrer callejones mentales sin salida de ese tipo, pues Bill se lo estaba pasando de miedo en la fiesta. Yo sólo había estado una o dos veces en una fiesta mixta de vampiros y humanos, y seguía resultando una mezcla incómoda, aun después de dos años de vampirismo reconocido legalmente. Beber abiertamente, o sea, chupar sangre de humanos es del todo ilegal, y por lo que yo presencié en el cuartel general de los vampiros de Dallas esa ley se acataba estrictamente. De vez en cuando veía alguna pareja desaparecer en el piso de arriba, pero todos los humanos parecían regresar intactos. Lo sé porque los conté.

Bill llevaba tantos meses integrado que para él resultaba todo un regalo poder congeniar con otros vampiros. Así se pasó el rato, hablando con uno u otro sobre los recuerdos del Chicago de los años veinte, o sobre las oportunidades de inversión en diversos grupos empresariales vampíricos por todo el mundo. Yo estaba tan débil físicamente que me resultaba un alivio poder sentarme en un mullido sofá, observando todo mientras daba esporádicos sorbos a mi cóctel. El camarero era un joven agradable, y nos pasamos un buen rato hablando de bares. Aunque debería estar disfrutando mejor de mi tiempo de ocio para un día que no tenía que atender mesas en el Merlotte's, en realidad no me habría importado en absoluto ponerme el uniforme y servir unas copas. No estaba acostumbrada a los grandes cambios en mi rutina.

Entonces, una chica, puede que algo más joven que yo, se sentó junto a mí. Resultó ser la que salía con el vampiro que hizo las veces de jefe de seguridad, Joseph Velasquez, quien había acompañado a Bill hasta el Centro de la Hermandad la noche anterior. Su nombre era Trudi Pfeiffer. Trudi tenía el pelo dispuesto en púas de intenso rojo, piercings en la nariz y la lengua y lucía un maquillaje macabro, que incluía unos labios pintados de negro. Me dijo, orgullosa, que el color exacto era Putrefacción de Sepulcro. Sus vaqueros eran de un talle tan bajo que me pregunté cómo sería capaz de levantarse y sentarse. Quizá los llevase así para mostrar el anillo que le atravesaba el ombligo. El top era también muy corto. Era la misma vestimenta que me había puesto yo la noche en que la ménade me había hecho parecer incluso más pálida que ella. Había mucho de Trudi a la vista.

Al hablar con ella, no resultaba tan extravagante como su apariencia daba a entender. Trudi estudiaba en la universidad. Descubrí, escuchando de forma legítima, que consideraba que salir con Joseph era tentar a la bicha. Por bicha, supuse, se referiría a sus padres.

—Hasta preferirían que saliese con un negro —me dijo, orgullosa.

Traté de parecer apropiadamente impresionada.

—Detestan a los muertos que siguen caminando, ¿eh?

—Oh, no sabes cómo —dijo varias veces, acompañando la frase con un extravagante meneo de las uñas pintadas de negro. Bebía Dos Equis—. Mi madre siempre dice que por qué no podré salir con alguien que respire —ambas nos reímos.

—¿Y cómo lo lleváis tú y Bill? —agitó las pestañas de arriba abajo rápidamente para denotar la importancia de la pregunta.

—¿Te refieres a...?

—¿Cómo es en la cama? Joseph es jodidamente increíble.

No puedo decir que me sorprendiera, pero sí que me supuso cierta desilusión. Me encerré en mi mente durante un momento.

—Me alegro por ti —dije finalmente. De haberse tratado de mi buena amiga Arlene, quizá lo habría acompañado de un guiño y una sonrisa, pero no me apetecía hablar de mi vida sexual con una completa desconocida, y menos aún me apetecía conocer los detalles de su Joseph.

Trudi se levantó para buscar otra cerveza y se quedó de charla con el barman. Cerré los ojos, al tiempo aliviada y preocupada. Una vez más, el sofá se hundía a mi lado. Miré a la derecha para ver quién era mi nuevo compañero. Eric. Genial.

—¿Cómo estás? —preguntó.

—Mejor de lo que aparento —mentí.

—¿Has visto a Hugo e Isabel?

—Sí —dije, mirando mis manos replegadas sobre el regazo.

—Es apropiado, ¿no crees?

Pensé que Eric pretendía provocarme.

—Sí, en cierto modo —dije—. Siempre que Stan mantenga su palabra.

—Espero que no le dijeras eso —Eric parecía divertirse.

—No. No con tantas palabras. Sois todos tan condenadamente orgullosos.

Pareció sorprendido.

—Sí, supongo que es verdad.

—¿Has venido sólo para controlarme?

—¿Hasta Dallas?

Asentí.

—Sí —se encogió de hombros. Vestía una camisa de bonitos motivos azules y tonos café, y el gesto hizo que los hombros parecieran enormes—. Es la primera vez que te alquilamos. Quería asegurarme de que las cosas iban bien sin necesidad de recurrir a la oficialidad.

—¿Piensas que Stan sabe quién eres?

La idea pareció interesarle.

—No es descabellado —dijo al fin—. Probablemente él habría hecho lo mismo en mi lugar.

—¿Crees que será posible que, de ahora en adelante, me dejes tranquila en mi casa con Bill? —pregunté.

—No. Eres demasiado útil —dijo—. Además, espero que cuanto más nos veamos mejor sea la impresión que tengas de mí.

—¿Crees en los milagros?

Se rió, pero sus ojos estaban clavados en mí insinuando un nuevo trabajo. Demonios.

—Estás especialmente apetecible con ese diminuto vestido y nada debajo —dijo Eric—. Si dejaras a Bill y vinieras a mí por tu propia voluntad, él lo aceptaría.

—Pero eso no ocurrirá —dije, y entonces algo se asomó al borde de mi consciencia.

Eric empezó a decirme algo, pero le puse la mano sobre la boca. Moví la cabeza de lado a lado, tratando de aguzar la recepción; es la mejor forma que tengo de explicarlo.

—Ayúdame a levantarme —dije.

Sin decir una palabra, Eric se levantó y me ayudó a incorporarme con suavidad. Fruncí el ceño.

Estaban por todas partes. Rodeaban la casa.

Sus mentes estaban exaltadas. Si Trudi no hubiera estado cacareando hasta hacía un momento, me habría percatado de ellos mientras rodeaban la casa.

—¡Eric! —dije, tratando de captar todos los pensamientos posibles, escuchando una cuenta atrás. ¡Oh, Dios!—. ¡Al suelo! —grité con todas mis fuerzas.

Todos los vampiros obedecieron.

Fue entonces cuando la Hermandad abrió fuego y cuando murieron los humanos.

8

Trudi estaba a un metro de mí. Un tiro de escopeta la había partido por la mitad.

Su pelo teñido de rojo adquirió una tonalidad más intensa. Sus ojos, abiertos pero ya ciegos, me miraban fijamente. Chuck, el barman, sólo estaba herido, pues la propia barra le había protegido de los proyectiles.

Eric estaba echado encima de mí. Dada mi lamentable condición, aquello era de lo más doloroso, así que empecé a empujarle. Luego pensé que si le había alcanzado alguna bala, lo más probable era que sobreviviera. Sin embargo, no sería ése mi caso. Así que acepté su protección, agradecida, durante los horribles minutos que duró la primera oleada del ataque, cuando rifles, escopetas y pistolas descargaban plomo una y otra vez sobre la mansión.

Cerré los ojos instintivamente mientras duró el estallido. Se rompieron cristales, los vampiros rugieron y los humanos gritaron. El sonido me asedió al tiempo que las ondas cerebrales desbocadas impactaban en mí. Cuando empezó a calmarse, miré a los ojos de Eric. Aunque pareciera mentira, estaba excitado. Me sonrió.

—Sabía que, de alguna manera, acabaría teniéndote debajo —dijo.

242

—¿Es que quieres que me enfade para olvidar lo aterrada que estoy?

—No, simplemente aprovecho la oportunidad.

Me removí para tratar de salir de debajo de él.

—Oh, repite eso, me ha encantado —me dijo.

—Eric, la chica con la que estaba hablando hace un momento está a menos de un metro y le falta parte de la cabeza.

—Sookie —dijo, repentinamente serio—, llevo varios siglos muerto. Estoy acostumbrado. Ella no se ha ido del todo. Aún queda una chispa. ¿Quieres que la traiga de vuelta?

Estaba conmocionada, muda. ¿Cómo iba a tomar yo una decisión así?

Y, mientras pensaba en ello, dijo:

—Se ha ido.

Mientras lo contemplaba, el silencio se hizo absoluto. El único ruido de la casa provenía de los sollozos del novio de Farrell, que presionaba con las dos manos sobre su muslo enrojecido. Desde fuera nos llegaron los sonidos de coches partiendo a la carrera por la calle. El ataque había terminado. Me costaba tanto respirar como determinar qué hacer a continuación. Estaba convencida de que había algo que debía hacer.

Aquello fue lo más cercano a la guerra que había conocido jamás.

La estancia estaba inundada con los gritos de los supervivientes y los aullidos de rabia de los vampiros. Trozos de relleno de los sofás y las sillas flotaban en el aire como la nieve. Los cristales rotos lo cubrían todo, y el calor de la noche se fue adueñando de la casa. Muchos de los vampiros ya estaban de pie y disponiéndose a la persecución, Joseph Velasquez entre ellos.

—Ya no hay excusa para seguir así —dijo Eric con un suspiro poco creíble, y se apartó de mí. Se miró a sí mismo—. Siempre se me fastidian las camisas cuando estoy cerca de ti.

—Joder, Eric —me puse de rodillas rápida y torpemente—. Estás sangrando. Te han dado. ¡Bill! ¡Bill! —el pelo se me agitaba sobre los hombros cada vez que giraba la cabeza, buscando por la habitación. La última vez que lo había visto estaba hablando con una vampira de pelo negro y un pronunciado flequillo en forma de V. Diría que se parecía a Blancanieves. Ahora, de pie, repasé el suelo y la encontré revolcada cerca de una ventana. Le sobresalía algo del pecho. Un tiro de escopeta había alcanzado la ventana y algunas astillas habían aterrizado en la habitación. Una de ellas le había atravesado el pecho y la había matado. No había rastro de Bill, ni entre los vivos ni entre los muertos.

Eric se quitó la camisa empapada y se miró el hombro.

—La bala se ha quedado dentro, Sookie —dijo con los dientes apretados—. Sorbe y sácamela.

—¿Qué? —dije, boquiabierta.

—Si no me la sacas, mi carne se curará con la bala dentro. Si eres tan escrupulosa, ve a buscar un cuchillo y corta.

—Pero no puedo hacerlo.

Tenía una pequeña navaja en mi diminuto bolso de fiesta, pero no me acordaba de dónde lo había dejado y era incapaz de ordenar mis pensamientos.

Apretó los dientes.

—He recibido una bala por ti. Tú puedes sacármela. No eres ninguna cobarde.

Me obligué a mantenerme en calma. Empleé su camisa desahuciada a modo de paño. La hemorragia se estaba deteniendo, y podía ver la bala a través de la carne desgarrada. De haber tenido las uñas tan largas como las de Trudi, habría podido sacarla, pero mis dedos eran pequeños y torpes y tenía las uñas cortas. Suspiré, resignada.

La frase «comer plomo» adquirió toda una nueva dimensión mientras me inclinaba sobre el hombro de Eric.

Eric lanzó un largo quejido mientras succionaba, y sentí cómo la bala saltaba a mi boca. Tenía razón. Era imposible manchar la alfombra más de lo que ya lo estaba, así que, aunque me sentí como una auténtica criminal, escupí la bala al suelo con toda la sangre que había acumulado en la boca. Sin embargo, fue inevitable que tragara parte de ella. Su hombro ya se estaba curando.

—Esta habitación apesta a sangre —susurró.

—Ay, madre —dije, mirando hacia arriba—, ha sido lo más asqueroso…

—Tienes los labios ensangrentados —me cogió la cara con ambas manos y me besó.

Es difícil no corresponder cuando un maestro del beso te está plantando uno. Podría haberme abandonado al disfrute (a disfrutarlo más, se entiende), de no haber estado tan preocupada por Bill. Porque, afrontémoslo, los flirteos con la muerte tienen ese efecto. Una quiere reafirmar el hecho de que está viva. Si bien los vampiros en realidad no lo están, al parecer no son más inmunes a ese síndrome que los propios humanos, y la libido de Eric estaba al rojo vivo debido a la sangre que inundaba la estancia.

Pero yo seguía preocupada por Bill y me sentía conmocionada por la violencia. Así que, tras un largo instante sumida en la tarea de olvidar el horror que me rodeaba, me aparté. Los labios de Eric eran los que ahora estaban ensangrentados. Se relamió lentamente.

—Busca a Bill —dijo con voz espesa.

Volví a mirar su hombro y vi que el agujero había empezado a cerrarse. Cogí la bala de la moqueta. Estaba empapada en sangre. La envolví en un jirón de la camisa de Eric. En ese momento se me antojó un buen recuerdo. En realidad no sé en qué estaba pensando. Los heridos y los muertos seguían jalonando el suelo de la estancia, pero la mayoría de los que seguían con vida estaban recibiendo la ayuda de otros humanos o de dos vampiros que no se habían apuntado a la persecución.

Se empezaron a oír sirenas en la distancia.

La preciosa puerta principal estaba completamente astillada y agujereada. Me quedé a un lado para abrirla, sólo por si quedaba algún justiciero rezagado en la parte frontal, pero no ocurrió nada. Oteé el panorama desde el marco de la puerta.

—¿Bill? —llamé—. ¿Estás bien?

Entonces volvió deambulando por el jardín, con un aspecto ciertamente sonrosado.

—Bill —dije, sintiéndome vieja, marchita y descolorida. Un deslucido horror, que no era más que una profunda decepción, se apoderó de mis entrañas.

Se detuvo.

—Nos han disparado y han matado a algunos —dijo. Sus colmillos brillaron, a juego con su excitación.

—Acabas de matar a alguien.

—Para defendernos.

—Para vengarte.

En ese momento, para mí había una clara diferencia entre los dos conceptos. Bill parecía desconcertado.

—Ni siquiera esperaste para ver si me encontraba bien —dije. Cuando se es vampiro, nunca se deja de serlo. Los tigres no se pueden cambiar las rayas del pelaje. No se puede enseñar nuevos trucos a un perro viejo. Había escuchado todas las advertencias que todo el mundo me había dicho con el acento cálido y arrastrado de mi tierra.

Me volví y regresé a la casa, sorteando las manchas de sangre y el desastroso caos, como si presenciara tales cosas todos los días. Algunas de las que vi ni siquiera quedaron registradas en mi mente, hasta la semana siguiente, cuando mi cerebro de repente regurgitó todo lo que había contemplado: puede que un primer plano de un cráneo destrozado, o una arteria que no paraba de chorrear sangre. Lo que más me importaba en ese momento era dar con mi bolso. Lo encontré en el segundo lugar donde lo busqué. Mientras Bill ayudaba a los heridos para no tener que hablar conmigo, salí de esa casa, me metí en el coche de alquiler y, a pesar de mi ansiedad, emprendí la marcha. Estar en aquella casa era mucho más terrorífico que el tráfico de la ciudad. Salí del lugar justo antes de que se presentara la policía.

Tras recorrer unas cuantas manzanas, aparqué frente a una biblioteca y saqué un mapa de la guantera. Aunque me llevó el doble de tiempo de lo que hubiera sido normal, pues tenía el cerebro tan embotado que apenas funcionaba, me hice una idea de cómo llegar al aeropuerto.

Y hacia allí me dirigí. Seguí los carteles que ponían «COCHES DE ALQUILER», aparqué el vehículo donde debía, dejé las llaves dentro y me marché. Conseguí un billete para el siguiente avión hacia Shreveport, que saldría al cabo de una hora. Di las gracias a Dios por contar con mi propia tarjeta de crédito.

Como no lo había hecho nunca antes, me llevó unos minutos aprender cómo se manejaba un teléfono público. Tuve suerte de dar con Jason, quien dijo que me recogería en el aeropuerto.

Por la mañana temprano ya estaba en casa y metida en la cama.

No empecé a llorar hasta el día siguiente.

9

Bill y yo ya habíamos discutido otras veces. Ya en otras ocasiones había acabado harta, cansada del rollo vampírico que había tenido que asimilar para adaptarme y asustada de profundizar cada vez más en él. A veces tan sólo me apetecía estar en compañía de humanos durante un rato.

Así que, durante tres semanas, eso es lo que hice. No llamé a Bill y él tampoco me llamó a mí. Sabía que había regresado de Dallas porque había dejado mi maleta en el porche. Al deshacerla, descubrí un estuche de joyería de terciopelo negro en un bolsillo lateral. Deseé haber tenido la fuerza de no abrirlo, pero no fue así. En el interior había un par de pendientes de topacio y una nota que ponía: «A juego con tu vestido marrón». Se refería a lo que me puse la última noche que estuve en el cuartel general de los vampiros. Le saqué la lengua al estuche y fui con el coche hasta su casa aquella noche para dejarlo en su buzón. Ahora que por fin se había decidido a comprarme un regalo, yo se lo devolvía.

Ni siquiera traté de «pensarme las cosas». Supuse que mi mente se aclararía y entonces sabría lo que hacer.

Lo que sí hice fue leer los periódicos. Los vampiros de Dallas y sus amigos humanos eran ahora mártires, lo cual probablemente fuera del sumo agrado de Stan. Se pregonaba la «Masacre de Dallas a media noche» en todas las revistas como el mejor ejemplo de odio y criminalidad. Se presionaba a los legisladores para que aprobaran todo tipo de leyes que jamás llegarían a plasmarse sobre el papel, pero que hacían que algunas personas se sintiesen mejor con tal perspectiva; leyes que proporcionarían protección federal a los edificios propiedad de vampiros, leyes que permitirían a los vampiros ocupar ciertos puestos electos (aunque nadie había sugerido aún que un vampiro pudiera presentarse al Senado de los Estados Unidos o ejercer como representante). Hubo incluso una moción en el Congreso de Texas que pretendía designar a un vampiro como verdugo oficial del Estado. A fin de cuentas, dijo el senador Garza en su momento: «La muerte por mordedura de vampiro es presuntamente indolora, y el vampiro se nutre de ella».

Tenía algo que decirle al señor Garza: las mordeduras de vampiro sólo eran placenteras por voluntad del propio vampiro. Si no te seduce antes, una mordedura de vampiro en toda regla, en oposición al típico chupetón, duele horrores.

Me preguntaba si el senador Garza tendría algo que ver con Luna, pero Sam me dijo que el apellido Garza era tan común entre los estadounidenses con ascendencia mexicana como Smith entre los de ascendencia inglesa.

Sam no me preguntó por qué lo quería saber. Eso hizo que me sintiera un poco desamparada, porque estoy acostumbrada a sentirme valorada por él. Pero andaba preocupado esos días por asuntos del trabajo y otros que no lo eran tanto. Arlene dijo que estaba convencida de que salía con alguien, lo cual era toda una novedad, al menos hasta donde cualquiera de nosotros era capaz de recordar. Fuese quien fuese, ninguno de nosotros la había visto, lo cual era de por sí extraño. Traté de hablarle de los cambiantes de Dallas, pero siempre me sonreía y encontraba alguna excusa para hacer otra cosa.

Un día, mi hermano Jason se dejó caer por casa a la hora de comer. No fue precisamente como cuando mi abuela estaba viva. Ella solía atestar la mesa con un gran almuerzo, y luego, para cenar, nos tomábamos unos cuantos sándwiches. Por aquel entonces, Jason se pasaba muy a menudo; la abuela era una excelente cocinera. Yo me las arreglé para ofrecerle unos sándwiches de carne y una ensalada de patatas (aunque no le dije que era de la tienda), y tuve la suerte de que me quedara algo de té de melocotón.

—¿Qué os pasa a ti y a Bill? —preguntó de golpe, una vez hubo acabado de comer. Se le había dado muy bien tragarse las preguntas de vuelta del aeropuerto.

—Me he enfadado con él —le dije.

—¿Por qué?

—Rompió una promesa que me había hecho —dije. Jason se esforzaba por actuar como el hermano mayor. Debería aceptar su preocupación en lugar de enfadarme. No era la primera vez que se me pasaba por la cabeza que quizá yo era muy temperamental. Bajo algunas circunstancias, al menos. Bloqueé firmemente mi sexto sentido para poder escuchar solamente lo que Jason me decía.

—Lo han visto por Monroe.

Respiré profundamente.

—¿Iba acompañado?

—Sí.

—¿Con quién?

—No te lo vas a creer. Con Portia Bellefleur.

No me habría sorprendido tanto si Jason me hubiese dicho que Bill estuvo con Hillary Clinton (aunque Bill era demócrata). Me quedé mirando a mi hermano como si acabase de anunciarme que él era Satanás. Lo único que teníamos en común Portia y yo era el lugar de nacimiento, los órganos femeninos y el pelo largo.

—Bueno —dije llanamente—, no sé si cabrearme o reírme. ¿Qué piensas tú?

Porque si alguien sabía de las cosas de hombres y mujeres, ése era Jason. Al menos lo sabía desde el punto de vista de los hombres.

—Es todo lo contrario que tú —dijo con un aire pensativo impropio de él—. En todo lo que se me pueda ocurrir. Es muy educada, proviene de lo que creo que tú llamarías clase aristocrática y es abogada. Además, su hermano es poli. Y van a oír conciertos de música clásica y todo ese rollo.

Las lágrimas se agolparon en mis ojos. Si Bill me lo hubiera pedido, habría ido a oír música clásica con él.

—Por el otro lado, tú eres lista, eres guapa y estás dispuesta a adaptarte a sus cosillas —no estaba del todo segura de a qué se refería Jason con eso, y creí preferible no preguntar—. Pero está claro que nosotros no tenemos nada de aristocráticos. Tú trabajas en un bar y tu hermano con una cuadrilla en la carretera —dijo Jason con una sonrisa torcida.

—Llevamos aquí el mismo tiempo que los Bellefleur —dije, tratando de no sonar hosca.

—Eso lo sabemos tú y yo. Bueno, y seguro que Bill también lo sabe, porque estaría ya vivo por aquel entonces —era muy cierto.

—¿Qué ha pasado con la causa contra Andy? —pregunté.

—No se han presentado cargos en su contra todavía, pero los rumores sobre el rollo del club sexual vuelan con fuerza por toda la ciudad. A Lafayette le encantaba irse de la lengua y es evidente que habló de ello con bastante gente. Dicen que, dado que la primera regla del club es mantener la boca cerrada, Lafayette recibió lo suyo por culpa de su entusiasmo.

—¿Y tú qué opinas?

—Creo que si alguien ha montado un club del sexo en Bon Temps, debería haberme llamado —dijo, muy serio.

—Tienes razón —dije, de nuevo estupefacta por lo sensato que podía llegar a ser Jason—. Deberías ser el primero de la lista —¿por qué no se me habría ocurrido antes? No es sólo que Jason tuviera fama de haber calentado muchas camas ajenas, sino que, además, era muy atractivo y no estaba casado—. Lo único que se me ocurre —dije con lentitud— es que Lafayette era gay, como bien sabes.

—¿Y?

—Y puede que ese club, si existe, sólo acepte a gente a la que le vaya ese tema.

—Puede que hayas dado en el clavo —me dijo Jason.

—Así es, señor Homófobo.

Jason sonrió y se encogió de hombros.

—Todo el mundo tiene un punto débil —admitió—. Además, como ya sabes, llevo tiempo saliendo con Liz.

No es de las que comparten una servilleta, así que imagínate un novio.

Tenía razón. La familia de Liz era famosa por llevar eso de «ni prestar ni tomar prestado» hasta el extremo.

—Eres de lo que no hay, hermanito —dije, centrándome en sus defectos, más que en los de la familia de Liz—. Hay muchas cosas peores que ser gay.

—¿Como por ejemplo?

—Ladrón, traidor, asesino, violador…

—Vale, vale, ya pillo la idea.

—Espero que sí —dije. Nuestras diferencias me apesadumbraban. Pero quería a Jason; era todo lo que me quedaba.

Vi a Bill con Portia esa misma noche. Los atisbé a ambos en el coche de Bill, en dirección a Claiborne Street. Portia tenía la cabeza vuelta hacia Bill. Iban hablando. Él miraba al frente, impertérrito, según pude ver. Ellos no me vieron. Yo venía del cajero automático, de camino al trabajo.

Que te lo cuenten y verlos son cosas muy diferentes. Sentí un abrumador acceso de ira. Comprendí cómo se sintió Bill al ver a sus amigos morir. Tenía ganas de matar a alguien. Pero no estaba segura de a quién.

Andy se pasó por el bar esa noche. Se sentó en la zona de Arlene. Me alegré, porque tenía mal aspecto. Lucía barba de varios días y llevaba la ropa arrugada. Se dirigió hacia donde yo estaba de camino a la salida y pude sentir cómo olía a alcohol.

—Llévate al vampiro —dijo. Su voz estaba rebosante de rabia—. Llévate al maldito vampiro y que deje a mi hermana en paz.

No supe qué decirle. Simplemente me lo quedé mirando hasta que salió tambaleándose del bar. Pensé que en ese momento la gente no se sorprendería tanto por el hallazgo de un cadáver en su coche como unas semanas atrás.

La noche siguiente libré, y la temperatura cayó en picado. Era viernes, y de repente me cansé de estar sola. Decidí asistir al partido de fútbol nocturno del instituto. Es un pasatiempo típico en Bon Temps, y los partidos son objeto de exhaustivos debates a lo largo del lunes en todas las tiendas. La retransmisión del partido se emite dos veces en la televisión local, momento en que las jóvenes promesas se cotizan a la baja y reciben más sentimiento de lástima que otra cosa.

Pero una no puede ir a un partido despeinada.

Me sujeté el pelo que me cubría la cara hacia atrás con una goma y el resto lo pasé por el rizador, de modo que pude cubrirme los hombros de rizos. Ya no quedaba rastro de mis magulladuras. Me maquillé del todo, hasta me perfilé los labios. Me puse unos pantalones negros y un suéter negro y rojo. Lo acompañé con las botas negras de cuero y unos pendientes de aro dorados. Para ocultar la goma del pelo, también me puse un lazo rojo y negro (premio para quien adivine los colores de nuestro instituto).

—Perfecto —me dije, contemplando el resultado en el espejo—. Jodidamente perfecto —cogí la chaqueta negra y el bolso y conduje hasta la ciudad.

Las gradas estaban llenas de gente que conocía. Una docena de voces me llamaron, una docena de personas me dijeron lo mona que estaba, y el único problema era que… me sentía muy desgraciada. En cuanto me di cuenta de eso, me clavé una sonrisa a la cara y me puse a buscar a alguien con quien sentarme.

—¡Sookie! ¡Sookie! —Tara Thornton, una de mis pocas amigas del instituto, me llamaba desde las gradas más altas. Gesticulaba frenéticamente. Yo le respondí con una sonrisa y empecé a ascender, intercambiando breves conversaciones por el camino. Mike Spencer, el director de la funeraria, estaba allí, con sus atuendos vaqueros favoritos, así como la buena amiga de mi abuela, Maxine Fortenberry, y su nieto Hoyt, que era colega de Jason. Vi a Sid Matt Lancaster, el anciano abogado, embutido en ropa junto a su mujer.

Tara se sentaba junto a su novio, Benedict Tallie, a quien, inevitable y lamentablemente, llamaban Huevos. Con ellos estaba el mejor amigo de Benedict, J.B. du Rone. Cuando vi a J.B. la alegría me volvió al cuerpo, al tiempo que se me liberaba la libido reprimida. J.B. era tan guapo que podría protagonizar la portada de una novela romántica. Por desgracia, el conjunto no iba acompañado de un cerebro, tal como descubrí en nuestras pasadas citas. A menudo pensé que no necesitaba poner escudo mental alguno mientras estaba con J.B., dado que no tenía pensamientos que leer.

—Hola, ¿cómo estáis chicos?

—¡Genial! —dijo Tara, con su expresión festiva—. ¿Cómo estás tú? ¡Hace siglos que no te veo! —tenía el pelo cortado al estilo paje, y su carmín era tan agresivo que podría haber provocado un incendio. Vestía de blanco y negro, con un pañuelo rojo al cuello para mostrar los colores de su equipo. Huevos y ella compartían bebida de uno de los vasos de cartón que se venden en el estadio. Estaba cargada; podía oler el bourbon desde donde estaba.

—Córrete, J.B., así me siento contigo —propuse con una sonrisa.

—Claro, Sookie —dijo, feliz por volver a verme. Ése era uno de los encantos de J.B. Los otros consistían en unos dientes blancos perfectos, una nariz absolutamente recta, una cara tan masculina como bella que invitaba a estrujarle los mofletes, un pecho amplio y una fina cintura. Bueno, puede que no fuese tan fina como antaño, pero es que J.B. era humano, y eso estaba genial. Me senté entre Huevos y J.B. Huevos se volvió hacia mí con sonrisa despreocupada.

—¿Quieres un trago, Sookie?

No suelo beber mucho ya que presencio las consecuencias del alcohol a diario.

—No, gracias —dije—. ¿Qué tal te va, Huevos?

—Bien —dijo tras pensárselo. Había bebido más que Tara. Había bebido demasiado.

Hablamos sobre amigos y conocidos comunes hasta el inicio del partido, tras lo cual éste fue el único tema de conversación. El partido en un sentido muy amplio, pues todos los partidos de los últimos cincuenta años permanecían en la memoria colectiva de Bon Temps, y éste no se libró de comparaciones con los demás, al igual que sus jugadores. Incluso me permití disfrutar de la ocasión, tanto había desarrollado ya mis escudos mentales. Podía fingir que la gente era justo lo que decía ser al no escuchar ninguno de sus pensamientos.

J.B. se fue acercando más y más al cabo de una ducha de cumplidos sobre mi pelo y mi figura. Su madre le había enseñado desde jovencito que una mujer apreciada es una mujer feliz, y una filosofía tan sencilla como ésa había mantenido a J.B. a flote durante algún tiempo.

—¿Te acuerdas de esa médico del hospital, Sookie? —me preguntó de repente, durante el segundo cuarto.

—Sí, la doctora Sonntag. Era viuda —era joven para ser viuda, pero más aún para ser médico. Yo se la presenté a J.B.

—Estuvimos saliendo —comentó pensativo.

—Eh, eso es genial —o eso esperaba. Tenía la impresión de que a la doctora Sonntag le vendría muy bien lo que J.B. tenía que ofrecer, y J.B. necesitaba…, bueno, necesitaba a alguien que cuidara de él.

—Pero luego la trasladaron a Baton Rouge —me dijo. Parecía un poco afligido—. Supongo que la echo de menos.

La Seguridad Social pública había adquirido nuestro pequeño hospital, y los médicos de urgencias venían para cumplir turnos rotatorios de cuatro meses. Su brazo me apretó los hombros.

—Pero me alegro horrores de verte —me aseguró.

Bendito sea.

—J.B., podrías ir a Baton Rouge a verla —sugerí—. ¿Por qué no lo haces?

—Es médico. No tiene mucho tiempo libre.

—Lo sacará por ti.

—¿Tú crees?

—A menos que sea una completa estúpida —le dije.

—Quizá lo haga. Hablé con ella por teléfono la otra noche. Me dijo que ojalá estuviese allí.

—Pues ahí tienes una pista bastante clara, J.B.

—¿Tú crees?

—Por supuesto.

Parecía más alegre.

—Pues creo que mañana conduciré hasta Baton Rouge —volvió a hablar. Me dio un beso en la mejilla—. Haces que me sienta bien, Sookie.

—Lo mismo te digo, J.B. —le di un pico en los labios, uno rápido.

Luego vi a Bill, agujereándome con la mirada.

Él y Portia estaban sentados en la sección de gradas contigua, cerca del campo. Se había vuelto y miraba hacia arriba.

De haberlo planeado, no podría haber salido mejor. Era un momento fantástico para fastidiarle.

Pero salió fatal.

Yo le quería.

Aparté la mirada y sonreí a J.B., mientras mis anhelos me empujaban a reunirme con Bill bajo los estrados y tirármelo allí y ahora. Deseaba que me bajara los pantalones y se pusiera por detrás. Quería que me hiciese gemir.

Estaba tan conmocionada conmigo misma, que no supe qué hacer. Sentí cómo me sonrojaba. Era incapaz siquiera de sonreír.

Al cabo de un minuto, aquello me pareció hasta gracioso. Me habían criado de la forma más convencional posible, dada mi tara. Naturalmente, al ser capaz de leer las mentes (y, de niña, no podía controlar todo lo que absorbía), había aprendido las cosas de la vida bastante pronto. Y lo cierto es que el sexo siempre me había parecido muy interesante, si bien la tara que me había servido para aprender tantas cosas al respecto desde el punto de vista teórico, me había impedido poner dichas ideas en práctica. A fin de cuentas, es muy difícil implicarse en una relación sexual cuando sabes que tu pareja desearía que fueses Tara Thornton, por poner un ejemplo, o cuando quisiera que tú te acordaras de llevar un condón, por no decir cuando surgieran las críticas sobre tu cuerpo. Para tener éxito sexualmente, lo que hay que hacer es concentrarse exclusivamente en lo que está haciendo tu pareja, y no distraerse con lo que está pensando.

Con Bill, era incapaz de escuchar nada. Y él era tan experimentado, tan dulce, tan absolutamente afanado en hacerlo bien. Al parecer, estaba tan enganchada como Hugo.

Seguí sentada durante el resto del partido, sonriendo y asintiendo cuando consideraba que era oportuno, procurando no mirar hacia abajo a la izquierda y dándome cuenta de que, concluida la actuación de la banda en el descanso, no había escuchado una sola canción. Ni siquiera me había dado cuenta del pegadizo solo del primo de Tara. Mientras el gentío peregrinaba hacia el aparcamiento después de la victoria de los Hawks de Bon Temps por 28 a 18, accedí a llevar a J.B. a casa. Huevos había recuperado algo de sobriedad para entonces, así que estaba bastante segura de que él y Tara no tendrían problemas, aunque me quedé más tranquila al ver que ella cogía las llaves.

J.B. vivía cerca del centro, en un dúplex adosado. Me pidió muy gentilmente que pasara, pero le dije que tenía que irme a casa. Le di un gran abrazo y le aconsejé que llamara a la doctora Sonntag. Seguía sin conocer su nombre de pila.

Dijo que lo haría, pero nunca se sabe con J.B.

Luego tuve que parar a repostar en la única estación de servicio que permanecía abierta hasta altas horas, donde tuve una larga conversación con Derrick, el primo de Arlene, que era lo suficientemente valiente como para aceptar el turno de noche. Así que llegué a casa un poco más tarde de lo previsto.

En cuanto abrí la puerta, Bill apareció de entre las sombras. Sin decir una sola palabra, me agarró del brazo y me volvió hacia él para besarme. Al momento, estábamos apoyados contra la puerta, su cuerpo moviéndose rítmicamente contra el mío. Extendí una mano hacia atrás, para buscar el pomo a tientas. Giré la llave. Trastabillamos por la casa y me giró para encarar el sofá. Me apoyé en él con las manos y, tal como había imaginado, me bajó los pantalones y me penetró.

Solté un gemido ronco que no me recordaba haber oído nunca. Bill jadeaba de una forma igual de primitiva. No creo que yo hubiera sido capaz de articular una sola palabra. Metió las manos debajo de mi suéter y recorrió mi cuerpo soltándome también el sujetador. No era capaz de detenerse. Casi me desmayo después de correrme por primera vez.

—No —gruñió, al tiempo que yo desfallecía y él seguía empujándome. Después incrementó el ritmo hasta que casi se me saltaron las lágrimas y en ese momento, rasgó mi suéter y clavó los colmillos sobre mi hombro. Soltó un gemido profundo, grotesco y, tras unos segundos, todo acabó.

Yo jadeaba como si hubiera corrido kilómetros y él también se estremecía. Sin molestarse en volver a vestirse, me giró hacia él y acercó la cabeza a mi hombro para lamer mi pequeña herida. Una vez que dejó de sangrar y empezó a curarse, comenzó a quitarme toda la ropa, muy despacio. Me limpió por debajo y me besó por arriba.

—Hueles a él —fue lo único que dijo. Y procedió a borrar aquel olor y sustituirlo con el suyo.

Después pasamos al dormitorio y pensé por un momento que me alegraba de haber cambiado las sábanas esa mañana. Justo entonces volvió a acercar su boca a la mía.

Si había tenido alguna duda, ya no quedaba ni rastro de ella. No se estaba acostando con Portia Bellefleur. No sé qué podía tener en mente, pero no era una relación al uso. Deslizó sus brazos por debajo de mí y me acercó a él todo lo que pudo; me olisqueó el cuello, me amasó las caderas, recorrió mis muslos con sus dedos y me besó la parte posterior de las rodillas. Se bañó en mí.

—Separa las piernas, Sookie —me susurró con su fría y tenebrosa voz, y le obedecí. Reanudó la tarea, y lo hizo con dureza, como si tuviese que demostrar algo.

—Con suavidad —dije, la primera vez que pude hablar.

—No puedo. Ha pasado demasiado tiempo. La próxima vez seré más dulce, te lo prometo —dijo, recorriendo la línea de mi mandíbula con su lengua. Me rozó el cuello con sus colmillos. Colmillos, lengua, boca, dedos, hombría; era como si me estuviese haciendo el amor el demonio de Tasmania. Estaba por todas partes, y por todas pasaba muy rápido.

Cuando se desmayó encima de mí, yo estaba agotada. Se deslizó para quedarse tumbado a mi lado, con una de sus piernas sobre la mía y un brazo cruzado sobre mi pecho. Sólo le faltó haber sacado un hierro candente y haberme marcado con él, aunque eso no habría sido agradable.

—¿Estás bien? —farfulló.

—Aparte de haberme golpeado con una pared de ladrillos varias veces, muy bien —dije con desinterés.

Ambos nos quedamos dormidos, pero Bill se despertó antes, como ocurría todas las noches.

—Sookie —dijo en voz baja—. Cariño, despierta.

—Ohh —dije, recuperando la consciencia lentamente. Por primera vez en meses, me despertaba con la brumosa convicción de que todo estaba bien en el mundo. Con lento abatimiento, fui dándome cuenta de que las cosas distaban mucho de estar bien. Abrí los ojos para encontrarme los de Bill justo encima de mí.

—Tenemos que hablar —dijo, apartándome el pelo de la cara.

—Pues habla —ya estaba despierta. Lo que lamentaba no era el sexo, sino tener que discutir nuestros asuntos.

—Me dejé llevar en Dallas —dijo sin perder un minuto—. Suele pasar con los vampiros cuando se nos presenta una oportunidad de caza tan clara. Nos atacaron. Teníamos derecho a dar caza a los que quisieron matarnos.

—Eso es como volver a la anarquía —dije.

—Pero los vampiros cazamos, Sookie. Es nuestra naturaleza —dijo, muy serio—. Como los leopardos; como los lobos. No somos humanos. Podemos fingir que lo somos cuando tratamos de convivir con la gente… en tu sociedad. En ocasiones podemos recordar cómo era vivir entre vosotros, ser uno de vosotros. Pero no somos de la misma raza. Ya no estamos hechos de la misma arcilla.

Medité lo que decía. Me lo había intentado hacer ver, una y otra vez, con otras palabras, desde que nos conocimos.

O quizá desde que él me había conocido a mí, porque estaba claro que yo a él no lo conocía tanto: no con claridad, no de verdad. Por mucho que pensara que había hecho las paces con su lado oscuro, me daba cuenta de que seguía esperando que reaccionara como si fuese J.B. du Rone, Jason o el pastor de mi iglesia.

—Creo que voy haciéndome a la idea —dije—. Pero tú también tienes que entender que, a veces, no me va a gustar esa diferencia. A veces tendré que evadirme y calmarme. Lo voy a intentar, en serio. Te quiero, de verdad.

Tras prometerle encontrarme con él a medio camino de los extremos que nos separaban, recordé mi propio dolor. Le agarré del pelo, rodé sobre él para quedar encima y le clavé la mirada en los ojos.

—Y ahora dime qué haces con Portia.

Bill posó sus grandes manos sobre mis caderas mientras me lo explicaba.

—Vino a buscarme la misma noche que regresé de Dallas. Había leído lo que pasó allí y se preguntaba si conocía a alguien que hubiera estado ese día. Cuando le dije que yo mismo lo había presenciado, no te mencioné. Portia dijo que se había enterado de que algunas de las armas que se emplearon en el ataque provenían de un sitio de Bon Temps, la tienda de deportes de Sheridan. Le pregunté cómo sabía eso y me repuso que, como abogada, estaba obligada a mantener el secreto profesional. Le pregunté por qué estaba tan preocupada si no pensaba contarme nada. Me dijo que era una buena ciudadana y odiaba ver cómo otros ciudadanos eran perseguidos. Le pregunté por qué acudía a mí, y me contestó que yo era el único vampiro que conocía.

Me creí eso del mismo modo que me creería que Portia era una bailarina del vientre.

Entorné los ojos mientras procesaba la información.

—A Portia le importan un bledo los derechos de los vampiros —dije—. Quizá quiera meterse en tus pantalones, pero los derechos de los vampiros la traen al pairo.

—¿Meterse en mis pantalones? ¿Qué expresión es ésa?

—Oh, vamos, no es la primera vez que la oyes —dije, un poco sonrojada. Meneó la cabeza mientras una sonrisa se empezaba a dibujar en su cara.

—Meterse en mis pantalones —repitió muy lentamente—. Yo estaría en tus pantalones si llevaras algunos puestos —frotó con las manos hacia arriba y hacia abajo para ilustrar sus palabras.

—No empieces otra vez —le corté—. Estoy intentando pensar.

Sus manos comenzaron a presionarme las caderas para luego soltarlas, moviéndome adelante y atrás encima de él. Cada vez me resultaba más difícil pensar en esa situación.

—Bill, para —dije—. Escucha, creo que Portia quiere que la vean contigo para poder unirse al supuesto club sexual de Bon Temps.

—¿Club sexual? —dijo Bill, interesado, aunque sin dejar de hacer lo que estaba haciendo.

—Sí. ¿No te lo he dicho? Oh, Bill…, no…, Bill, aún estoy agotada del último… Oh. Oh, Dios —me agarró con la terrible fuerza de sus manos y me movió resueltamente, justo encima de su rigidez. Volvió a mecerme, hacia delante y hacia atrás—. Oh —dije, perdida en ese instante.

Empecé a ver colores flotando ante mis ojos, y entonces me meció tan deprisa que perdí el control de mi propio movimiento. Llegamos al final juntos, y así permanecimos, jadeantes, durante varios minutos.

—No deberíamos separarnos nunca más —dijo Bill.

—No sé, esto hace que casi merezca la pena.

Un pequeño temblor sacudió su cuerpo.

—No —dijo—. Esto es maravilloso, pero preferiría dejar la ciudad unos días antes que volver a pelearme contigo —abrió bien los ojos—. ¿De verdad succionaste para sacar una bala del hombro de Eric?

—Sí, me dijo que debía hacerlo antes de que la herida se cerrara con la bala dentro.

—¿Te dijo que llevaba una navaja en el bolsillo?

Me cogió por sorpresa.

—No. ¿La tenía? Y entonces ¿por qué me iba a pedir...?

Bill arqueó las cejas, como si acabara de decir algo ridículo.

—Imagina —dijo.

—¿Para que le chupase el hombro? No puede ser.

Bill mantuvo el aire escéptico.

—Oh, Bill, caí como una tonta. Espera un momento... ¡Le dispararon! Esa bala podría haberme dado a mí, pero le dio a él. Me estaba protegiendo.

—¿Cómo?

—Bueno, pues echándose encima de mí.

—Insisto en mi alegato.

No había nada antiguo en Bill en ese momento. Por otra parte, sin embargo, en su mirada sí que había una sombra de otra época.

—Pero Bill... ¿Quieres decir que es así de retorcido?

Volvió a arquear las cejas.

—Ponerse encima de mí no es algo tan alucinante —protesté— como para que alguien reciba un balazo. Caray, ¡es una locura!

—Pero te metió algo de su sangre.

—Sólo una o dos gotas. Escupí el resto —dije.

—Una o dos gotas bastan cuando se es tan antiguo como Eric.

—¿Bastan para qué?

—Ahora sabrá algunas cosas sobre ti.

—¿El qué? ¿Mi talla de ropa?

Bill sonrió. No siempre era un panorama relajante.

—No. Cosas sobre cómo te sientes. Rabia, lujuria, amor.

Me encogí de hombros.

—No le servirá de gran cosa.

—Probablemente no sea muy importante, pero ten cuidado de ahora en adelante —me advirtió Bill. Parecía hablar bastante en serio.

—Sigo sin poder creerme que alguien sea capaz de recibir un balazo sólo para que ingiera una gota de su sangre mientras le saco la bala. Es ridículo. ¿Sabes qué? Me da la impresión de que has sacado el tema para que deje de darte la brasa con lo de Portia, pero no pienso hacerlo. Sigo pensando que Portia está convencida de que, saliendo contigo, alguien le pedirá que se una al club sexual, puesto que si está dispuesta a hacérselo con un vampiro, seguro que estará dispuesta a hacérselo con cualquiera. Eso es lo que ellos creen —dije apresuradamente tras ver la cara de Bill—. Ella piensa que así podrá entrar,

267

averiguar algunas cosas, descubrir quién mató a Lafayette y que de este modo Andy quede limpio.

—Es una trama un poco complicada.

—¿Puedes rebatirla? —estaba orgullosa de haber empleado la palabra «rebatir», que figuraba en mi calendario de «La palabra del día».

—Lo cierto es que no —se quedó inmóvil, con los ojos fijos y sin parpadear, y las manos relajadas. Dado que Bill no respira, estaba completamente quieto.

Al fin parpadeó.

—Habría sido mejor que me dijera la verdad desde el principio.

—Más te vale no haberte acostado con ella —dije, admitiendo finalmente para mis adentros que la mera posibilidad casi me había cegado de celos.

—Me preguntaba cuándo me lo preguntarías —dijo con calma—. Como si yo fuera a acostarme nunca con una Bellefleur. Y no, ella tampoco tiene el menor deseo de acostarse conmigo. Incluso le cuesta fingir que estaría interesada en hacerlo en una cita futura. Portia no es buena actriz. La mayor parte del tiempo que pasamos juntos, me arrastra a búsquedas locas para localizar ese depósito de armas que se supone que la Hermandad tiene por aquí, asegurando que todos los simpatizantes de la Hermandad las ocultan.

—Entonces ¿por qué le sigues el rollo?

—Hay algo honrado en ella. Y quería ver si te ponías celosa.

—Oh, ya veo. ¿Y qué crees?

—Creo —dijo— que espero no volver a verte a menos de un metro de ese gilipollas tan guapo.

—¿J.B.? Pero si soy como su hermana —le dije.

—Olvidas que has tomado mi sangre y puedo saber lo que sientes —dijo Bill—. No creo que te sientas precisamente como su hermana.

—Y eso explicaría qué hago en esta cama contigo, ¿verdad?

—Me quieres.

Me reí hasta apretarme contra su garganta.

—Está a punto de amanecer —dijo—. He de marcharme.

—Está bien, cariño —le sonreí y él recogió su ropa—. Oye, me debes un suéter y un sujetador. Dos sujetadores. Gabe me rompió uno, por lo que podemos considerarlo un perjuicio en horas laborales. Y tú te encargaste del otro anoche, además del suéter.

—Por eso compré una tienda de ropa femenina —dijo suavemente—. Así te puedo arrancar lo que quiera si me emociono.

Me reí y volví a tumbarme. Todavía podría dormir durante un par de horas más. Aún sonreía cuando abandonó la casa. Desperté por la mañana como si me hubieran quitado de encima un peso que llevara cargando mucho tiempo (bueno, a mí me pareció mucho tiempo). Caminé con cierta cautela hacia el cuarto de baño para zambullirme en una bañera llena de agua caliente. Cuando empecé a lavarme, sentí algo en los lóbulos de las orejas. Me incorporé en la bañera y miré hacia el espejo que había encima del lavabo. Me había puesto los pendientes de topacio mientras estaba dormida.

Vaya con el señor Última palabra.

Dado que nuestra reunión fue secreta, fui yo a quien invitaron primero al club. Jamás se me habría ocurrido que eso pudiera pasar, pero cuando ocurrió, me di cuenta de que si Portia creía que sería invitada por ser vista con un vampiro, con más razón aún me lo pedirían a mí.

Para mi sorpresa y disgusto, el que sacó el tema fue Mike Spencer. Mike era el director de la funeraria y el forense de Bon Temps, y nuestra relación no siempre había sido cordial. Aun así, nos conocíamos de toda la vida y estaba acostumbrada a respetarlo; una costumbre difícil de romper. Mike vestía su uniforme de la funeraria cuando entró en el Merlotte's aquella noche, pues venía de realizar una visita profesional a la familia de la señora Cassidy. El traje negro, la camisa blanca, la corbata a rayas remetida y los zapatos lustrosos eran las señas de identidad laborales de Mike Spencer, un tipo que en realidad prefería las corbatas de lazo y las botas puntiagudas de cowboy.

Dado que Mike me saca unos veinte años, siempre lo he considerado alguien mayor, por lo que me quedé pasmada cuando me abordó. Se sentaba solo, lo cual ya era suficientemente extraordinario como para considerarse llamativo. Le serví una hamburguesa y una cerveza. Cuando me pagó, me dijo como si tal cosa:

—Sookie, algunos nos vamos a reunir en la casa del lago de Jan Fowler mañana por la noche, y nos preguntábamos si te apetecería venir.

Afortunadamente, tengo una expresión bien aleccionada. Me sentí como si la tierra se hubiese abierto bajo mis pies, y me invadió una leve náusea. Lo comprendí de inmediato, pero me costaba creerlo. Proyecté mi mente hacia él mientras mi boca decía:

—¿Has dicho «algunos»? ¿Quiénes, señor Spencer?

—Llámame Mike, Sookie —asentí, sin dejar de mirar en su mente. Oh, caramba. Qué asco—. Pues irán algunos amigos tuyos. Huevos, Portia, Tara. Los Hardaway.

Tara y Huevos… Eso sí que me sorprendió.

—¿Y de qué van esas fiestas? ¿Beber, bailar y esas cosas? —no era una pregunta poco razonable. Por mucha gente que hubiera oído que yo podía leer la mente, casi nadie se lo creía de verdad, independientemente de las pruebas que hubiesen visto de lo contrario. Mike era incapaz de creer que podía recibir las imágenes y los conceptos que flotaban en su mente.

—Bueno, perdemos un poco los papeles. Habíamos pensado que, como has roto con tu novio, te apetecería soltarte el pelo un poco.

—Puede que vaya —dije, poco entusiasmada. De nada serviría parecer ansiosa—. ¿Cuándo?

—Oh, mañana a las diez de la noche.

—Gracias por la invitación —dije, como si acabara de recordar mis modales, antes de marcharme con mi propina. Pensé furiosamente en los extraños momentos que me aguardarían el resto de mi turno.

¿Qué tendría de bueno que yo acudiera? ¿De verdad sería capaz de averiguar algo acerca del misterioso asesinato de Lafayette? Andy Bellefleur no me caía muy bien, y ahora Portia me caía aún peor, pero era injusto que culparan a Andy, que viera arruinada su reputación, por algo que no había hecho. Por otro lado, estaba claro que ninguno de los presentes en la fiesta del lago confiaría en mí lo suficiente como para revelarme ningún secreto oscuro hasta que me convirtiese en una asidua de esas fiestas, y lo cierto es que me faltaba estómago para ello. Ni siquiera estaba segura de poder aguantar una sola reunión de ésas. Lo último que me apetecía hacer era ver a mis amigos y vecinos «soltándose la melena». No me apetecía nada en absoluto.

—¿Qué te pasa, Sookie? —me preguntó Sam, que estaba tan cerca que di un respingo.

Lo miré, esperanzada en poder preguntarle cuál era su opinión. Sam era fuerte, además de listo. Nunca parecía bajar la guardia con la contabilidad, los pedidos, el mantenimiento o la planificación. Sam era un hombre autosuficiente. Me caía bien y confiaba en él.

—Sólo tengo un pequeño dilema —dije—. ¿Qué pasa, Sam?

—Anoche recibí una llamada telefónica muy interesante, Sookie.

—¿De quién?

—Una mujer de Dallas un poco chillona.

—¿En serio? —me encontré sonriendo, no con esa mueca que suelo emplear para cubrir mis nervios—. ¿Una mujer con acento mexicano, quizá?

—Eso creo. Me habló de ti.

—Está llena de energía —dije.

—Tiene muchos amigos.

—¿El tipo de amigos que a uno le gustaría tener?

—Yo ya tengo algunos buenos amigos —dijo Sam, apretándome la mano momentáneamente—. Pero siempre es bueno conocer a gente con la que compartes intereses.

—¿Así que te vas a Dallas?

—Es posible. Mientras, me ha puesto en contacto con otras personas de Ruston que también…

272

«Cambian de forma con la luna llena», terminé la frase mentalmente.

—¿Cómo te ha localizado? No le di tu nombre a propósito porque no estaba segura de si querrías que lo hiciera.

—Me localizó a través de ti —dijo Sam—. Y descubrió quién era tu jefe a través de... gente de aquí.

—¿Y cómo es que nunca te pusiste en contacto con ellos por ti mismo?

—Hasta que me hablaste de la ménade —dijo Sam—, no había imaginado que tuviera tantas cosas que aprender.

—No habrás estado con ella, ¿eh, Sam?

—He pasado unas cuantas noches en el bosque con ella, sí. Como Sam y con mi otra piel.

—Pero es maligna —farfullé.

La espalda de Sam se puso rígida.

—Es una criatura sobrenatural, como yo —dijo lisamente—. No es ni buena ni mala. Simplemente es.

—Y una mierda —no podía creer que Sam me estuviera diciendo aquello—. Si te está comiendo la cabeza con eso, entonces es que quiere algo de ti —recordé lo bella que era la ménade, al margen de las manchas de sangre, claro. Pero eso poco le importaba a Sam como cambiante, por supuesto—. Oh —dije mientras la comprensión me invadía. No es que pudiera leer la mente de Sam con claridad, al tratarse de una criatura sobrenatural, pero podía captar un cuadro general de su estado emocional, que podría resumirse como... abochornado, cachondo, resentido y cachondo—. Oh —volví a decir, algo rígidamente—. Perdóname, Sam. No quise hablar mal de alguien a quien..., a quien, eh... —me costaba decir «a quien te estás tirando», por muy apropiado que fuese—. A quien

273

aprecias —concluí sin convicción—. Estoy segura de que, una vez la conoces, es de lo más encantadora. Por supuesto, el hecho de que me cortara la espalda a rodajas quizá tenga algo que ver con mis prejuicios hacia ella. Trataré de tener una actitud más abierta —y me marché para tomar un pedido, dejando a Sam boquiabierto detrás de mí.

Dejé un mensaje en el contestador de Bill. No sabía lo que Bill tenía previsto hacer con respecto a Portia, y cabía la posibilidad de que hubiera alguien más con él cuando verificara los mensajes. Así que dije:

—Bill, me han invitado a la fiesta de mañana por la noche. Hazme saber si crees que debería ir —no me identifiqué, ya que conocía mi voz. Lo más probable es que Portia hubiera dejado un mensaje idéntico, una idea que no hacía sino enfurecerme.

Cuando volví a casa esa noche, albergaba la vaga esperanza de que Bill estuviera allí para volver a tenderme una emboscada sexual, pero tanto la casa como el jardín estaban en completo silencio. Di un respingo al notar que una luz de mi contestador parpadeaba.

—Sookie —era Bill con su voz suave—, mantente lejos del bosque. La ménade no quedó satisfecha con nuestro tributo. Eric acudirá a Bon Temps mañana por la noche para negociar con ella, y es posible que te llame. Los... otros de Dallas, los que te ayudaron, están exigiendo una ultrajante recompensa a los vampiros de allí, así que voy para allá en Anubis para reunirme con ellos y con Stan. Ya sabes dónde encontrarme.

Ay, madre. Bill no estaría en Bon Temps para ayudarme, y ya no podría hablar con él. ¿O sí? Era la una de la mañana. Llamé al número del Silent Shore que había apuntado en la agenda. Bill todavía no se había registrado, aunque su ataúd, al que el conserje se refería como su «equipaje», ya había llegado a la habitación. Dejé un mensaje que tuve que dictar tan cautelosamente, que quizá sería incomprensible.

Estaba muy cansada, dado que apenas había dormido la noche anterior, pero no tenía la menor intención de acudir a la fiesta de la noche siguiente sola. Lancé un gran suspiro y llamé a Fangtasia, el bar de vampiros de Shreveport.

—Has llamado a Fangtasia, donde los no muertos vuelven a vivir cada noche —dijo la grabación de la voz de Pam. Ella era la copropietaria—. Para conocer los horarios del bar, pulsa uno. Para reservar una fiesta, pulsa dos. Para hablar con una persona viva o un vampiro muerto, pulsa tres. Pero si tu idea era dejar una broma telefónica en nuestro contestador, ten esto claro: te encontraremos.

Pulsé el tres.

—Fangtasia —dijo Pam, como si estuviese más aburrida de lo que había estado nunca nadie.

—Hola —dije, sopesando cada tonalidad para contrarrestar el tedio—. Soy Sookie. Pam, ¿está Eric por ahí?

—Está seduciendo a los parásitos —contestó Pam. Interpreté que Eric estaba repantigado en una silla de la planta principal del bar, luciendo un aspecto tan impresionante como peligroso. Bill me había dicho que algunos vampiros estaban contratados en Fangtasia para que hicieran acto de presencia una o dos veces a la semana y que los turistas siguieran acudiendo. Eric, como propietario que era, estaba allí casi todas las noches. Había otro bar al que los vampiros iban por su propia cuenta, uno en el que los turistas nunca entrarían. Yo no he ido en mi vida porque, honestamente, ya veo bastante bar durante mis horas de trabajo.

—¿Crees que podría ponerse al teléfono?

—Está bien —gruñó—. Me han dicho que tuviste toda una aventura en Dallas —dijo mientras caminaba. No es que oyera los pasos, sino los cambios del sonido de fondo.

—Sí, fue inolvidable.

—¿Qué te pareció Stan Davis?

Hmmm.

—Es todo un personaje.

—A mí me gusta ese aspecto de bicho raro que tiene.

Me alegré de que no estuviera allí para ver la mirada de asombro que le dediqué al teléfono. Jamás habría imaginado que a Pam también le iban los chicos.

—Pues no parecía estar saliendo con nadie —le dije, esperando que sonara desenfadado.

—Ah, quizá no tarde en tomarme unas vacaciones en Dallas.

Era para mí también toda una novedad que los vampiros se interesasen así los unos en los otros. La verdad es que nunca había visto dos juntos en ese sentido.

—Aquí estoy —dijo Eric.

—Yo también estoy aquí —me divertía bastante la técnica de respuesta telefónica que gastaba Eric.

—Sookie, mi pequeña chupadora de balas —dijo con tono cálido y agradable.

—Eric, mi gran adulador.

—¿Querías algo, cielito?

—Por un lado, no soy tu cielito, y lo sabes. Por el otro, Bill me ha dicho que vendrás por aquí mañana por la noche, ¿es así?

—Sí, para meterme en el bosque y buscar a una ménade. Ha encontrado inadecuada nuestra oferta de vino gran reserva y un toro joven.

—¿Le llevasteis un toro vivo? —por un momento me quedé muerta imaginando a Eric guiando a una res a un tráiler para llevarla al límite interestatal y luego meterla entre los árboles.

—Y tanto. Pam, Indira y yo.

—¿Fue divertido?

—Sí —dijo, sonando levemente sorprendido—. Hacía siglos que no trabajaba con ganado. Pam es una chica de ciudad. A Indira le asustaba demasiado el toro como para ser de ayuda. Pero, si te apetece, la próxima vez que tenga que transportar animales te llamo y nos acompañas.

—Eso sería maravilloso, gracias —dije, bastante confiada en que nunca recibiría tal llamada—. La razón por la que te llamo es que necesito que me acompañes a una fiesta mañana por la noche.

Un largo silencio.

—¿Bill ya no es tu amante? ¿Las diferencias que surgieron en Dallas son permanentes?

—No, lo que quiero decir es que necesito un guardaespaldas para mañana por la noche, ya que Bill está en Dallas —no paraba de darme golpes en la cabeza con el borde de la mano—. Verás, es una larga historia, pero el caso es que tengo que ir a una fiesta mañana por la noche que en realidad es un poco… Bueno, es… una especie de orgía. Y necesito que alguien me acompañe por si acaso… Sólo por si acaso.

—Eso es fascinante —dijo Eric, sonando… fascinado—. Y como pasaré por allí, has pensado que quizá podría ser yo tu guardaespaldas orgiástico, ¿no?

—Puedes parecer casi humano —le dije.

—¿Es una orgía humana? ¿Excluye a vampiros?

—Es una orgía humana en la que nadie sabe que va a ir un vampiro.

—Entonces, ¿cuanto más humano parezca, menos miedo daré?

—Sí, necesito leer sus mentes. Y si les pillo pensando en una cosa concreta, podremos marcharnos —se me acababa de ocurrir una idea estupenda sobre cómo hacerles pensar en Lafayette. El problema iba a ser contárselo a Eric.

—Así que quieres ir a una orgía humana donde no seré bienvenido, ¿y quieres que nos marchemos antes de que empiece a divertirme?

—Sí —dije, casi chillando inmersa en mi ansiedad. De perdidos al río—. Y… ¿Crees que podrías fingir que eres gay?

Otro largo silencio.

—¿A qué hora quieres que esté allí? —preguntó Eric con suavidad.

—Pues, ¿a las nueve y media? Así te pongo al día.

—A las nueve y media en tu casa.

—Soy yo otra vez —dijo Pam, al aparato—. ¿Qué le has dicho a Eric? No paraba de agitar la cabeza hacia delante y hacia atrás con los ojos cerrados.

—¿Se está riendo, aunque sea un poco?

—No, que yo sepa —dijo Pam.

10

Bill no me llamó aquella noche, y yo me fui al trabajo antes de la puesta de sol del día siguiente. Me había dejado un mensaje en el contestador cuando regresé a casa para cambiarme antes de la «fiesta».

—Sookie, me ha costado mucho deducir cuál era la situación que explicabas en tu mensaje cifrado —dijo. Su voz, habitualmente calmada, se encontraba sin duda en la franja del descontento. Estaba disgustado—. Si piensas acudir a esa fiesta, no lo hagas sola, hagas lo que hagas. No merece la pena. Llévate a tu hermano o a Sam.

Bueno, había conseguido que me acompañara alguien incluso más fuerte, así que podía sentirme bastante satisfecha. Pero, por algún motivo, no creía que el hecho de que me acompañara Eric fuese a tranquilizar especialmente a Bill.

—Stan Davis y Joseph Velasquez te mandan recuerdos. Barry, el botones, también.

Sonreí. Estaba sentada en la cama, con las piernas cruzadas y únicamente una bata de baño de felpilla, escuchando los mensajes mientras me cepillaba el pelo.

—No me he olvidado de lo del viernes por la noche —dijo Bill con esa voz que siempre me provocaba escalofríos—. Nunca lo olvidaré.

—¿Qué pasó el viernes por la noche? —preguntó Eric.

Di un respingo. En cuanto estuve segura de que mi corazón se mantendría en la cavidad pectoral, salté de la cama y fui hacia él a grandes zancadas con los puños en alto.

—Ya eres mayorcito para saber que no se entra en casa de nadie sin llamar a la puerta y que te la abran. Además, ¿cuándo demonios te he invitado a pasar? —debí de hacerlo, de lo contrario Eric no podría haber cruzado el umbral.

—Cuando me pasé el mes pasado para ver a Bill. Entonces llamé —dijo Eric, esforzándose por parecer zaherido—. No respondiste y como creía haber escuchado voces, pasé. Incluso te llamé en voz alta.

—Puede que me llamaras a susurros —dije, aún furiosa—. ¡En cualquier caso, has hecho mal, y lo sabes!

—¿Qué te vas a poner para la fiesta? —preguntó Eric, desviando el tema oportunamente—. ¿Qué suele ponerse una chica buena como tú para ir a una orgía?

—No tengo ni idea —dije, desinflada por que me lo recordara—. Sé que tengo que parecer la típica tía que va a una orgía, pero nunca he estado en una y no tengo ni idea de por dónde empezar, aunque sí que se me pasa por la cabeza cómo se supone que debo acabar.

—Yo sí he estado en orgías —se ofreció.

—¿Por qué no me sorprenderá? ¿Qué sueles ponerte?

—La última vez me puse una piel de animal, pero esta vez he optado por esto.

Eric había llegado con una larga guerrera. Se la quitó de forma teatral y tuve que esforzarme por no caerme. Solía ser un tipo de vaqueros y camiseta, pero esa noche llevaba una camiseta ajustada rosa sin mangas y unos leotardos de licra. No sé de dónde lo sacaría, no me imaginaba qué empresa se dedicaba a fabricar leotardos de licra para hombres extra grandes. Eran rosa y azul marino, como los remolinos de los laterales de la camioneta de Jason.

—Otras —fue todo lo que se me ocurrió decir—. Vaya, eso sí que es un atuendo —cuando se ve a un hombretón vestido de licra, no es que quede mucho para la imaginación. Me resistí a la tentación de pedirle a Eric que se diese la vuelta.

—No pensaba que fuese a resultar convincente como una reinona —dijo Eric—, así que pensé que esto serviría para emitir una señal mixta de que todo es posible.

Movió rápidamente las pestañas. No cabía duda de que aquello le resultaba de lo más divertido.

—Oh, sí —dije, tratando de encontrar otro punto en el que clavar la mirada.

—¿Quieres que busque en tus cajones para ver si hay algo que te puedas poner? —sugirió Eric. De hecho, había abierto el cajón superior de mi tocador antes de que le pudiera gritar:

—¡No, no! ¡Ya encontraré algo! —pero no fui capaz de dar con nada más informalmente sexy que unos shorts y una camiseta. Aun así, los shorts eran de mis días de instituto, y me estaban muy ajustados.

—Ajustados no, abrazados como un capullo de seda a su crisálida de mariposa —matizó Eric poéticamente.

—Más bien como los que llevaba Daisy Duke —le contesté entre dientes, preguntándome si los lazos de mis braguitas bikini se me quedarían impresas en el trasero de por vida. A juego con ellas, me puse un sujetador azul metalizado y una camiseta ajustada blanca que dejaba al descubierto gran parte de las decoraciones del sujetador. Se trataba de uno de mis sujetadores de repuesto, y Bill ni siquiera lo había visto aún, así que albergué la esperanza de que no le pasara nada. Aún seguía estando bastante bronceada y me dejé el pelo suelto—. ¡Oye, tenemos el pelo del mismo color! —dije, pegándome a él de cara al espejo.

—Así es, nena —me sonrió Eric—. Pero ¿eres rubia por todas partes?

—Te mueres por saberlo.

—Sí —dijo sin más.

—Pues tendrás que usar la imaginación.

—Eso hago —dijo—. Rubia por todas partes.

—Podría decirse lo mismo del pelo de tu pecho.

Me levantó el brazo para comprobar mi axila.

—Las mujeres sois tontas. Mira que afeitaros el vello corporal —dijo, soltándome el brazo.

Abrí la boca, dispuesta a añadir algo más al respecto, pero me di cuenta de que sería desastroso, así que opté por decir:

—Tenemos que irnos.

—¿Es que no te vas a perfumar? —dijo mientras olisqueaba todas las botellas que había sobre mi tocador—. ¡Oh, ponte esto! —me lanzó un frasco y lo cogí instintivamente. Arqueó las cejas—. Has tomado más sangre de vampiro de lo que había pensado, señorita Sookie.

—Obsesión —dije, mirando a la botella—. Oh, vale.

Cuidadosamente, y sin responder a su observación, vertí un poco de Obsesión entre mis pechos y tras las rodillas. Consideré que así estaba bien surtida de pies a cabeza.

—¿Qué plan tenemos, Sookie? —preguntó Eric, mientras seguía el proceso con interés.

—Lo que haremos será acudir a esa estúpida fiesta, que llaman sexual, y hacer lo menos posible en ese sentido mientras acumulo información mental de la gente que haya presente.

—¿Acerca de…?

—Acerca del asesinato de Lafayette Reynold, el cocinero del Merlotte's.

—¿Y por qué lo hacemos?

—Porque Lafayette me caía bien. Y para limpiar el nombre de Andy Bellefleur de toda sospecha al respecto.

—¿Bill sabe que tratas de salvar a un Bellefleur?

—¿Por qué lo preguntas?

—Sabes que Bill odia a los Bellefleur —dijo Eric, como si aquello fuese de dominio público en toda Luisiana.

—No —dije—. No tenía la menor idea —me senté en la silla que hay junto a mi cama, con la mirada fija en Eric—. ¿Por qué?

—Eso se lo tendrás que preguntar a Bill, Sookie. ¿Y ésa es la única razón por la que vamos? ¿No será esto una excusa inteligente por tu parte para salir conmigo?

—No soy tan lista, Eric.

—Creo que te engañas a ti misma, Sookie —dijo Eric con una sonrisa brillante.

Recordé que ahora era capaz de discernir mis estados de humor, según me había dicho Bill. Me preguntaba qué sabría Eric sobre mí que no supiera yo misma.

—Escucha, Eric —empecé a decir, atravesando la puerta y el porche. Entonces tuve que detenerme y hurgar en mi mente, buscando una forma de decir lo que pretendía.

283

Él aguardó. La noche estaba nublada, y los bosques parecían acercarse a la casa. Sabía que la noche se me antojaba opresiva por el hecho de acudir a un acontecimiento que me desagradaba personalmente. Iba a averiguar cosas de personas que no conocía y que no quería conocer. Parecía estúpido lanzarse a la búsqueda del tipo de información que me había pasado la vida tratando de bloquear. Pero sentía que tenía algún tipo de obligación moral hacia Andy Bellefleur y el esclarecimiento de la verdad; y respetaba a Portia, de un modo quizá extraño, por su voluntad de someterse a algo desagradable para salvar a su hermano. Las razones por las que Portia sentía un genuino asco hacia Bill se me escapaban, pero si Bill decía que ella lo temía, era verdad. Aquella noche, la idea de conocer la verdadera naturaleza de gente que conocía desde siempre me daba escalofríos.

—No dejes que me pase nada, ¿vale? —le pedí a Eric—. No tengo la menor intención de intimar con ninguna de esas personas. Supongo que tengo miedo de que pase algo, de que alguien vaya demasiado lejos. Ni siquiera por el esclarecimiento del asesinato de Lafayette estaría dispuesta a mantener relaciones sexuales con ninguno de ellos.

Ése era mi verdadero temor, el que no me había admitido hasta ese preciso instante: que patinara algún engranaje, que fallase algún mecanismo de seguridad y que yo me convirtiera en una víctima. Cuando era niña me ocurrió algo que no pude evitar ni controlar, algo increíblemente vil. Antes preferiría morir que volverme a someter a un tipo de abuso similar. Por eso luché con uñas y dientes contra Gabe y me sentí tan aliviada cuando Godfrey lo mató.

—¿Confías en mí? —Eric parecía sorprendido.

—Sí.

—Eso es… una locura, Sookie.

—No lo creo —no sabía de dónde salía esa seguridad, pero ahí estaba. Me puse un suéter ajustado que había llevado conmigo.

Agitando la melena rubia, con la guerrera ajustada, Eric abrió la puerta de su Corvette rojo. Al menos yo acudiría a la orgía con mucho estilo.

Di a Eric las indicaciones para llegar al lago Mimosa y le puse al día como pude del trasfondo de esa serie de acontecimientos mientras avanzábamos (casi volábamos) por una estrecha calzada de dos carriles. Eric conducía con gran entusiasmo y la imprudencia de alguien muy difícil de matar.

—Recuerda que soy mortal —dije, después de que sorteáramos una curva a tal velocidad que deseé tener las uñas tan largas como para poder mordérmelas.

—A menudo pienso en ello —dijo Eric, con la mirada clavada en la carretera.

No sabía qué pensar de aquel comentario, así que opté por dejar la mente a la deriva de cosas relajantes. La bañera caliente de Bill. El cheque que recibiría de Eric cuando pagaran los vampiros de Dallas. El hecho de que Jason llevara saliendo varios meses seguidos con la misma mujer, lo cual podría significar que iba en serio con ella o que ya hubiera catado todas las mujeres disponibles (algunas de las cuales no lo estaban en realidad) de toda la parroquia de Renard. Pensaba que era una noche preciosa y fresca, y que iba montada en un coche maravilloso.

—Estás contenta —dijo Eric.

—Así es.

—Estarás a salvo.

—Gracias. Sé que así será.

Señalé el pequeño letrero que ponía «Fowler» y que apuntaba a una salida de la carretera casi oculta por un conjunto de mirtos y espinos. Cogimos el corto camino de gravilla, que presentaba profundos surcos y estaba jalonado de árboles. De repente describió una aguda pendiente descendente y Eric frunció el ceño al notar que su Corvette se lanzaba bruscamente cuesta abajo. Para cuando el camino se niveló ante el claro donde se encontraba la cabaña, el desnivel hacía que el techo de la cabaña quedara un poco por debajo del nivel de la carretera que bordeaba el lago. Había cuatro coches aparcados en la tierra batida que enmoquetaba la entrada de la cabaña. Las ventanas estaban abiertas para que entrara el aire fresco de la noche, pero habían bajado las persianas. Podía escuchar voces escapándose por ellas, pero no fui capaz de determinar las palabras. De repente me sentí muy reacia a entrar en la cabaña de Fowler.

—¿Daría el tipo de bisexual? —preguntó Eric. No parecía inquietarle. En todo caso, parecía divertirse. Nos quedamos de pie junto al coche de Eric, mirándonos; yo hundía las manos en los bolsillos del suéter.

—Supongo —me encogí de hombros. ¿A quién le importaba? Todo era fingido. Percibí un movimiento por el rabillo del ojo. Alguien nos estaba observando desde una persiana parcialmente levantada—. Nos observan.

—Entonces actuaré de forma amistosa.

Ya estábamos fuera del coche. Eric se inclinó hacia delante y, sin apretarme contra él, me plantó un beso en la boca. No me tenía agarrada, así que me sentí razonablemente relajada. Desde el principio me hice a la idea de que tendría que besar a otras personas, así que me centré en ello.

Quizá tuviera un talento natural, acrecentado por un gran maestro. Bill consideraba que besaba de maravilla, así que no quise dejarle en mal lugar.

A tenor del estado de la licra de Eric, tuve éxito.

—¿Listo para entrar? —le pregunté, esforzándome por mantener los ojos por encima del nivel de su pecho.

—En realidad no mucho —dijo Eric—, pero supongo que es lo que tenemos que hacer. Al menos, intentaré aparentar que me apetece.

Aunque me preocupaba pensar que ya era la segunda vez que besaba a Eric y que disfrutaba más de lo debido, pude sentir cómo se me estiraban los labios en una sonrisa mientras recorríamos el irregular terreno de la entrada. Ascendimos los peldaños hasta una gran terraza de madera salpicada con las típicas sillas plegables de aluminio y una gran parrilla de gas. Eric abrió la puerta de malla, que chirrió con el movimiento, y yo llamé a la puerta interior.

—¿Quién es? —preguntó la voz de Jan.

—Soy Sookie. Vengo con un amigo —respondí.

—¡Ay, qué bien! Adelante —dijo.

Cuando empujé la puerta para entrar, todos los rostros del interior estaban vueltos hacia nosotros. Las sonrisas de bienvenida se convirtieron en miradas perplejas al aparecer Eric detrás de mí.

Eric se detuvo a mi lado, con la guerrera sobre el brazo, y casi estalló en carcajadas ante la variedad de expresiones. Tras el primer impacto de asimilar que Eric era un vampiro, por el que todos pasaron al cabo de un minuto, las miradas parpadearon arriba y abajo a lo largo de él, repasando el contorno de su cuerpo.

—Oye, Sookie, ¿quién es tu amigo? —Jan Fowler, una divorciada múltiple en la treintena, vestía lo que parecía una braguita con puntilla. Jan tenía mechas en el pelo, con un despeinado de peluquería, y su maquillaje habría sido adecuado para una obra de teatro, pero para una cabaña junto al lago Mimosa el efecto era un poco excesivo. Pero, como anfitriona que era, supongo que pensó que podía ponerse lo que quisiera para su propia orgía. Me quité el suéter y soporté el mismo escrutinio al que habían sometido a Eric.

—Os presento a Eric —dije—. Espero que no os importe que haya traído a un amigo.

—Oh, cuantos más, mejor —dijo con toda sinceridad. Sus ojos nunca miraron a la cara de Eric—. Eric, ¿puedo ofrecerte algo de beber?

—Sangre estaría bien —dijo Eric con optimismo.

—Sí, creo que tengo algo de cero en alguna parte —dijo, incapaz de apartar la mirada de la licra—. A veces nosotros… fingimos —arqueó las cejas pronunciadamente mientras lanzaba una mirada lasciva a Eric.

—Ya no hace falta fingir —dijo él, devolviéndole la mirada. Siguiendo a Jan hacia la nevera, chocó con el hombro de Huevos y la cara de éste se encendió.

Bueno, ya sabía que me iba a enterar de algunas cosas. Tara, a su lado, estaba enfurruñada, con las cejas negras agazapadas sobre los ojos del mismo color. Tara vestía un sujetador y unas bragas de un impactante rojo, y tenía un aspecto estupendo. Llevaba a juego los labios y las uñas de pies y manos. Iba bien preparada. Nuestras miradas se encontraron, pero ella apartó la suya. No hacía falta ser capaz de leer la mente de nadie para detectar la vergüenza.

Mike Spencer y Cleo Hardaway estaban en un destartalado sofá junto a la pared izquierda. Toda la cabaña, básicamente una gran sala con una pila y una estufa en la pared derecha, así como un cuarto de baño apartado en una de las esquinas, estaba amueblada de desechos, como hacía todo el mundo en Bon Temps con este tipo de casas. Sin embargo, la mayoría de las cabañas no tenían una moqueta tan densa y suave, ni tantas almohadas tiradas al azar, ni tampoco contaban con persianas tan gruesas en las ventanas. Además, las chucherías esparcidas por la moqueta tenían mal aspecto. Ni siquiera sabía lo que eran algunas.

Pero me adosé una alegre sonrisa a la cara y me fundí en un abrazo con Cleo Hardaway, como solía hacer cada vez que la veía. La única diferencia era que siempre solía vestir más ropa cuando trabajaba en la cafetería del instituto. Unas bragas ya eran más de lo que vestía Mike, que iba en cueros.

Bueno, sabía que no sería agradable, pero está claro que una no puede prepararse para ciertas visiones. Las enormes tetas color chocolate con leche de Cleo relucían con algún tipo de aceite, y las partes de Mike estaban igual de brillantes. Ni siquiera me apetecía pensar en ello.

Mike trató de cogerme de la mano, probablemente para facilitarme el aceite, pero me deslicé lejos de él, en dirección a Huevos y Tara.

—Te aseguro que nunca pensé que vendrías —dijo Tara. Ella también sonreía, pero no estaba muy feliz. En realidad, parecía de lo más infeliz. Quizá el hecho de que Tom Hardaway estuviera arrodillado delante de ella, besuqueándole el interior de la pierna tuviera algo que ver con su ánimo. Quizá fuera el obvio interés de Huevos en Eric. Intenté que nuestras miradas se encontraran, pero me sentía enferma.

Sólo llevaba allí cinco minutos, pero estaba dispuesta a apostar que habían sido los cinco minutos más largos de mi vida.

—¿Hacéis esto a menudo? —le pregunté absurdamente a Tara. Huevos, con la vista clavada en el trasero de Eric mientras éste hablaba con Jan cerca de la nevera, empezó a juguetear con el botón de mis shorts. Había vuelto a beber. Podía olerlo. Tenía los ojos vidriosos y la mandíbula suelta.

—Tu amigo es muy grande —dijo, como si se le hiciera la boca agua, y puede que así fuera.

—Mucho más grande que Lafayette —dije, y su mirada se sacudió para encontrarse con la mía—. Supuse que sería bienvenido.

—Oh, claro —dijo Huevos, decidido a no enfrentarse a mi afirmación—. Sí, Eric es… muy grande. Es bueno que haya diversidad.

—Es lo mejor que se puede encontrar en Bon Temps —dije, tratando de no sonar descarada. Soporté la continuada pugna de Huevos con el botón. Había sido un gran error. Huevos no era capaz de pensar más que en el culo de Eric, o en el resto de su cuerpo.

Hablando del diablo, se colocó detrás de mí y me rodeó con los brazos, apretándome contra él y apartándome de los dedos torpes de Huevos. Me recosté contra Eric, francamente aliviada de que estuviera ahí. Supongo que se debía a que para mí era esperable que Eric se portara mal.

Pero, en cambio, ver a tanta gente que conocía de toda la vida comportándose así, bueno, eso me resultaba de lo más asqueroso. No estaba muy segura de poder disimularlo con la expresión de mi cara, así que opté por contonearme contra Eric, y, cuando emitió un sonido de satisfacción, me volví entre sus brazos para encararlo. Le rodeé el cuello con los brazos y alcé la mirada. Accedió encantado a mi silenciosa sugerencia. Con la cara oculta, mi mente era libre de vagar. Me abrí mentalmente para poder «escuchar» libre de defensas mientras Eric me separaba los labios con la lengua. Había algunos «emisores» potentes en la habitación, y dejé de sentirme yo misma para tornarme en una especie de conducto de las abrumadoras necesidades de los demás.

Podía saborear los pensamientos de Huevos. Estaba recordando el delgado y moreno cuerpo de Lafayette, sus dedos habilidosos y sus ojos profusamente maquillados. Rememoraba las sugerencias que le susurraba el cocinero. Y luego ahogaba esos felices recuerdos con otros que no lo eran tanto; Lafayette protestando violentamente, chillando…

—Sookie —me dijo Eric al oído en voz tan baja que dudaba que nadie más en la estancia lo hubiese escuchado—. Sookie, relájate. Te tengo.

Estiré la mano por el cuello de Eric para percatarme de que tenía a alguien por detrás, alguien que jugueteaba con él a su espalda.

La mano de Jan rodeó a Eric y empezó a sobarme el trasero. Dado que me estaba tocando, sus pensamientos se me antojaron diáfanos; era una «emisora» excepcional. Hojeé su mente como las páginas de un libro, pero no leí nada de interés. No dejaba de pensar en la anatomía de Eric, preocupada con su propia fascinación por el pecho de Cleo. Nada que me incumbiese.

Me expandí en otra dirección para colarme en la mente de Mike Spencer. Allí encontré el feo enredo que buscaba; mientras sobaba los pechos de Cleo, Mike no podía dejar de ver otro cuerpo: moreno, flácido y muerto. Él mismo se sonrojaba al recrearlo. A través de esos recuerdos vi a Jan durmiendo en el sofá destartalado, a Lafayette protestando que si no dejaban de hacerle daño, le diría a todo el mundo lo que había hecho y con quién; vi los puños de Mike descendiendo, a Tom Hardaway arrodillándose sobre el delgado pecho moreno…

Tenía que salir de allí. No podía aguantar más, aunque no hubiese averiguado todo lo que necesitaba saber. No imaginaba cómo habría podido soportarlo Portia, sobre todo habida cuenta de que tendría que haberse quedado más tiempo para averiguar cualquier cosa, al carecer de mi «don».

Sentí cómo la mano de Jan me masajeaba el culo. Aquélla era la excusa más triste que había visto en la vida para tener sexo con alguien: sexo separado de mente y espíritu, de amor o afecto. Incluso del simple gusto hacia alguien.

Según mi, cuatro veces casada, amiga Arlene, los hombres no tenían ningún problema con eso. Por lo que se veía, algunas mujeres tampoco.

—Tengo que salir de aquí —le dije a la boca de Eric. Sabía que podía escucharme.

—Acompáñame —repuso, y fue casi como si lo escuchara dentro de mi cabeza.

Me levantó y me posó sobre su hombro. Mi pelo se derramó casi hasta la mitad de su muslo.

—Vamos fuera un momento —le dijo a Jan, y escuché un poderoso azote. Él le dio un beso.

—¿Puedo unirme? —preguntó ella con voz jadeante, al más puro estilo Marlene Dietrich. Afortunadamente mi expresión no era visible.

—Danos un momento. Sookie aún se siente un poco cohibida —dijo Eric con una voz tan prometedora como una tina repleta de un nuevo sabor de helado.

—Caliéntala bien —dijo Mike Spencer con voz apagada—. Todos queremos ver a nuestra Sookie bien calentita.

—Volverá muy caliente —prometió Eric.

—Jodidamente caliente —dijo Tom Hardaway, enterrado entre las piernas de Tara.

El bueno de Eric me sacó y me posó sobre el capó del Corvette. Se echó encima de mí, pero la mayoría de su peso lo soportaban sus manos, que estaban apoyadas a ambos lados de mis hombros.

Me miraba hacia abajo, con la cara volteada, como la cubierta de un barco durante una tormenta. Tenía los colmillos fuera y los ojos muy abiertos. El blanco era tan blanco que podía verlos sin dificultad. Estaba demasiado oscuro, no obstante, para ver el azul de su iris, por mucho que quisiera.

Y además no quería.

—Ha sido… —empecé a decir, y tuve que parar. Tomé una larga bocanada de aire—. Puedes llamarme paleta ingenua si quieres, no te culparé. Después de todo fue idea mía. Pero ¿sabes lo que pienso? Creo que esto es horrible.

¿De verdad os gusta esto a los hombres? Es más, ¿les gusta a las mujeres? ¿Es divertido tener sexo con alguien que ni siquiera te gusta?

—¿Te gusto yo, Sookie? —preguntó Eric. Dejó caer su peso un poco más sobre mí y se movió un poco.

Oh, oh.

—Eric, ¿recuerdas por qué estamos aquí?

—Nos vigilan.

—Aunque nos vigilen, ¿lo recuerdas?

—Sí, lo recuerdo.

—Pues tenemos que irnos.

—¿Tienes alguna prueba? ¿Ya has descubierto lo que querías saber?

—No tengo más pruebas de las que tenía antes de esta noche, al menos ninguna que se sostenga ante un tribunal —rodeé sus costillas con mis brazos—. Pero sé quién lo hizo. Fueron Mike, Tom y puede que Cleo.

—Interesante —dijo Eric con una absoluta falta de sinceridad. Su lengua jugueteó con mi oreja. Resulta que ésa es una de las cosas que más me gustan, y pude sentir cómo se me aceleraba la respiración. Quizá no fuese tan inmune al sexo sin sentimientos como había creído. En esos momentos, cuando no le tenía miedo, Eric me atraía.

—No, esto es odioso —dije, alcanzando una especie de conclusión interior—. No me gusta esta historia en absoluto —intenté apartar a Eric con fuerza, pero no conseguí moverlo—. Eric, escúchame, he hecho todo lo que podía por Lafayette y Andy Bellefleur, aunque en realidad no haya logrado casi nada. Tendrá que seguir él solo a partir de los detalles que le dé. Es poli. Podrá encontrar una prueba convincente. No soy tan altruista como para seguir sola con esto.

—Sookie —dijo Eric. Estaba segura de que no había escuchado una sola palabra de todo lo que acababa de contarle—. Entrégate a mí.

Vaya, eso había sido bastante directo.

—No —dije con la voz más decidida que pude encontrar—. No.

—Te protegeré de Bill.

—¡Tú eres el que va a necesitar protección! —no me sentí muy orgullosa cuando reflexioné acerca de esa frase.

—¿Crees que Bill es más fuerte que yo?

—No estoy teniendo esta conversación —pero procedí a tenerla—. Eric, agradezco tu ofrecimiento para ayudarme, y también tu buena predisposición para acompañarme a un lugar tan horrible como éste.

—Créeme, Sookie, esta pequeña reunión de escoria no es nada, nada, en comparación con los lugares en los que he estado.

No pude sino creerle.

—Vale, pero es horrible para mí. Bien, me doy cuenta de que tendría que haberme imaginado que esto, eh, aumentaría tus expectativas, pero sabes que no he venido aquí esta noche a tener sexo con nadie. Bill es mi novio —si bien las palabras «Bill» y «novio» sonaban ridículas en la misma frase, lo cierto era que su función en mi mundo era la de ser mi novio.

—Me alegra oírlo —dijo una voz fría y familiar—. De lo contrario, esta escena me haría dudar.

Oh, genial.

Eric se apartó de mí y yo me deslicé del capó para tambalearme en dirección a la voz de Bill.

—Sookie —me dijo cuando estuve cerca—, llegará un momento en el que no podré dejarte ir sola a ninguna parte.

Hasta donde podía distinguir bajo la escasa luz, no parecía alegrarse mucho de verme. Pero no podía culparle.

—He cometido un gran error —dije desde lo más hondo de mi corazón, y lo abracé.

—Hueles a Eric —le dijo a mi pelo. Vaya, vaya, para Bill, siempre olía a otros hombres. Sentí una oleada de tristeza y vergüenza, y supe que iba a pasar algo.

Pero lo que pasó no era lo que me esperaba.

Andy Bellefleur apareció de entre los matojos con una pistola en la mano. Su ropa estaba arrugada y manchada, y la pistola parecía enorme.

—Sookie, apártate del vampiro —dijo.

—No —me abracé a Bill. No tenía muy claro si lo estaba protegiendo a él o si era al revés. En todo caso, si Andy nos quería separados, yo que siguiéramos juntos.

Hubo un repentino estallido de voces en el porche de la cabaña. Estaba claro que alguien había estado mirando por la ventana (me preguntaba si todo fue idea de Eric), porque, si bien no hablábamos en voz alta, la escena del claro había atraído la atención de los participantes de la fiesta. Mientras Eric y yo habíamos estado fuera, la fiesta había progresado. Tom Hardaway estaba desnudo, igual que Jan. Huevos Tallie parecía más borracho aún.

—Hueles a Eric —repitió Bill con un siseo por voz.

Di un paso atrás, olvidándome por completo de Andy y su pistola. Y perdí los estribos.

No era muy habitual que eso ocurriera, aunque cada vez se hacía más frecuente. De algún modo me desahogaba.

—Sí, claro, ¡yo ni siquiera sabría decir a qué hueles tú! ¡Hasta donde yo sé, has estado con seis mujeres! No es muy equitativo, ¿no crees?

Bill se quedó boquiabierto. Eric empezó a desternillarse detrás de mí. Los demás estaban envueltos en un embelesado silencio. Andy, por su parte, pensaba que no debíamos ignorar al que llevaba el arma.

—Juntaos —bramó. Había bebido demasiado.

Eric se encogió de hombros.

—¿Alguna vez has lidiado con vampiros, Bellefleur? —preguntó.

—No —dijo Andy—. Pero te puedo tumbar de un tiro. Llevo balas de plata.

—Eso… —empecé a decir, pero Bill me tapó la boca con la mano. Las balas de plata sólo eran mortales para los hombres lobo, si bien producían una terrible alergia a los vampiros, y un balazo en un punto vital resultaría ciertamente doloroso.

Eric arqueó una ceja y se dirigió con paso tranquilo hacia los participantes de la orgía. Bill me cogió de la mano y nos unimos a ellos. Por una vez, me habría encantado saber qué se le estaba pasando por la cabeza.

—¿Quién de vosotros fue, o acaso fuisteis todos? —inquirió Andy.

Todos permanecimos en silencio. Yo me encontraba junto a Tara, que estaba temblando en ropa interior. Estaba lógicamente asustada. Me pregunté si conocer los pensamientos de Andy resultaría de alguna ayuda, así que me concentré en su mente. No es fácil leer a los borrachos, creedme, porque sólo piensan en cosas estúpidas, y sus ideas son poco fiables. Sus recuerdos tampoco es que sean como para tirar cohetes. Andy no albergaba muchos pensamientos en ese momento. No le gustaba nadie de los que estábamos en el claro, ni siquiera él mismo, y estaba decidido a sacarle la verdad a alguien.

—Sookie, ven aquí —gritó.

—No —dijo Bill con una voz que no admitía mucha discusión.

—¡Si no está a mi lado dentro de treinta segundos, le pegaré un tiro! —dijo Andy, apuntándome con su arma.

—Si haces eso, morirás antes de que pasen otros treinta segundos —dijo Bill.

Le creí. Evidentemente, Andy también.

—Me da igual —dijo Andy—. Su muerte no será una gran pérdida para el mundo.

Vaya, eso volvió a encenderme el piloto de la ira. Había empezado a calmarme, pero aquello volvió a ponerme al rojo vivo.

Me desembaracé de la mano de Bill y avancé a grandes zancadas por los peldaños que conducían al claro frente a la casa. No estaba tan ciega de ira como para pasar por alto la pistola, aunque estaba muy tentada de agarrar a Andy por las pelotas y retorcérselas. Me dispararía de todos modos, pero él también se llevaría su ración de dolor. No obstante, eso resultaba tan autodestructivo como la bebida. ¿Merecería la pena el momento de satisfacción?

—Ahora, Sookie, vas a leer la mente de esa gente y me vas a decir quién lo hizo —ordenó Andy. Me agarró por detrás del cuello con sus grandes manos, como si fuese un animal, y me dio la vuelta para que mirara hacia la terraza.

—¿Qué crees que estaba haciendo aquí, condenado gilipollas? ¿Crees que me gusta perder el tiempo con capullos de este calibre?

Andy me zarandeó por el cuello. Soy muy fuerte, y tenía muchas posibilidades de zafarme y quitarle el arma, pero no estaba lo suficientemente cerca como para hacerlo con garantías. Decidí esperar un momento. Bill trataba de decirme algo con la cara, pero no entendía a qué se refería. Eric trataba de arrimarse a Tara, o a Huevos, no estaba segura.

Un perro aulló en el linde del bosque. Volví la mirada en esa dirección, incapaz de mover la cabeza. Genial, sencillamente genial.

—Es mi collie —le dije a Andy—. *Dean*, ¿recuerdas? —no me habría venido mal algo de ayuda en forma humana, pero ya que Sam se había presentado en el lugar en su forma canina, más le valdría permanecer así o arriesgarse a ser descubierto.

—Sí. ¿Qué coño hace tu perro aquí?

—No lo sé, pero no le dispares, ¿de acuerdo?

—Nunca le dispararía a un perro —dijo, sonando genuinamente conmocionado.

—Ah, pero dispararme a mí está bien —dije con aspereza.

El collie se acercó trotando hacia donde estábamos. Me pregunté qué idea llevaba Sam en mente. No sabía si conservaba parte de su raciocinio humano mientras estaba en su forma favorita. Volví los ojos hacia la pistola, y Sam/ *Dean* hizo lo propio, pero no estaba segura de su grado de comprensión.

El collie empezó a gruñir, mostrando los dientes y sin perder de vista la pistola.

—Atrás, perro —dijo Andy, molesto.

Si tan sólo pudiera mantener inmovilizado a Andy durante un momento, los vampiros podrían reducirlo. Traté de reproducir mentalmente todos los movimientos posibles. Tendría que agarrar la mano que sostenía el arma con las dos mías y obligarle a subirla. Pero, al tenerme agarrada Andy frente a él, no iba a ser tarea sencilla.

—Cariño, no —dijo Bill.

Mis ojos se clavaron en él. Estaba completamente asombrada. Los ojos de Bill pasaron de mi cara al espacio que había detrás de Andy. Pillé la indirecta.

—Vaya, ¿a quién tienen agarrada como a una pequeña cachorrita? —inquirió una voz detrás de Andy.

Eso sí que era una voz aterciopelada.

—Pero ¡si es mi mensajera! —la ménade rodeó a Andy describiendo un amplio círculo y se quedó a escasos metros a su derecha. No se interponía entre él y el grupo de la terraza. Esa noche estaba limpia y completamente desnuda. Supuse que ella y Sam habían estado en el bosque haciendo sus cosillas, antes de escuchar las voces. Su pelo negro caía en una enredada masa hasta sus caderas. No parecía tener frío. Los demás (salvo los vampiros) no éramos inmunes al frescor de la noche. Estábamos vestidos para una orgía, no para una fiesta al aire libre.

—Hola, mensajera —me dijo la ménade—. La última vez olvidé presentarme, me lo ha recordado mi amigo canino. Me llamo Callisto.

—Señora Callisto —dije, dado que no tenía la menor idea de cómo dirigirme a ella. Habría hecho un gesto con

300

la cabeza, pero Andy me tenía bien sujeta del cuello. Empezaba a dolerme.

—¿Quién es este fornido valiente que te tiene apresada? —Callisto se acercó un poco más.

No sabía qué aspecto tenía Andy, pero todos los que estaban en la terraza estaban tan embelesados como aterrados, a excepción de Bill y Eric, claro está. Estaban retrocediendo con respecto a los humanos. Eso no pintaba bien.

—Es Andy Bellefleur —contesté con voz ronca—. Tiene un problema.

Por el leve tirón de mi piel, supe que la ménade se había acercado un poco más.

—Nunca has visto nada como yo, ¿verdad? —le preguntó a Andy.

—No —admitió éste. Parecía aturdido.

—¿Crees que soy bella?

—Sí —dijo sin titubeos.

—¿Merezco un tributo?

—Sí —dijo.

—Me gusta la ebriedad, y tú estás muy ebrio —dijo Callisto, alegre—. Me gustan los placeres de la carne, y esas personas están llenas de lujuria. Me gustan los sitios así.

—Oh, bien —dijo Andy, inseguro—. Pero una de esas personas es una asesina, y necesito saber quién es.

—No sólo una —murmuré. Recordando que me tenía agarrada, Andy volvió a zarandearme. Empezaba a cansarme de eso.

La ménade se había acercado lo suficiente para tocarme. Me acarició la cara con dulzura, y pude oler la tierra y el vino en sus dedos.

—No estás ebria —observó.

—No, señora.

—Y no has gozado de los placeres de la carne esta noche.

—Dame tiempo —dije.

Se rió. Era una risa aguda y muy alegre. Creció y creció.

Andy aflojó la presa, y la cercanía de la ménade hizo que su desconcierto fuera a más. No sé lo que la gente de la terraza pensó que vio, pero Andy sabía que estaba ante una criatura de la noche. De repente, me dejó marchar.

—Eh, la nueva, vente con nosotros —gritó Mike Spencer—. Queremos echarte un ojo.

Estaba sobre una protuberancia del terreno, junto a *Dean*, que me lamía con mucho entusiasmo. Desde esa posición pude ver cómo el brazo de la ménade se deslizaba por la cintura de Andy. Éste se pasó la pistola a la mano izquierda para poder corresponder el gesto.

—¿Qué era lo que querías saber? —le preguntó a Andy. Su voz era tranquila y razonable. Movía ociosamente la vara rematada de hojas. Recibía el nombre de «tirso»; me había asegurado de buscar «ménade» en la enciclopedia. Sabía que ya podía morirme sabiendo algo más.

—Una de esas personas ha matado a un hombre que se llamaba Lafayette, y quiero saber quién ha sido —dijo Andy con la beligerancia de un borracho.

—Por supuesto que sí, cariño —canturreó la ménade—. ¿Quieres que lo averigüe para ti?

—Sí, por favor —le rogó.

—Está bien.

Escrutó a la gente y extendió un dedo torcido hacia Huevos. Tara se aferró a su brazo, como si quisiera impedir que se lo fuesen a quitar, pero él descendió los peldaños y se dirigió hacia la ménade con una sonrisa burlona.

—¿Eres una mujer? —preguntó Huevos.

—Ni en tus sueños más atrevidos —dijo Callisto—. Has tomado mucho vino —le tocó con su tirso.

—Ah, claro —convino. Ya no se reía. Miró a los ojos de Callisto, se estremeció y sufrió una sacudida. Sus ojos brillaban. Miré a Bill y comprobé que tenía la mirada clavada en el suelo. Eric miraba al capó de su coche. Ajena a la atención de todos, empecé a arrastrarme hacia Bill.

La situación pintaba muy mal.

El perro trotó junto a mí, golpeándome con el hocico ansiosamente. Tuve la sensación de que quería que me moviera más deprisa. Llegué hasta las piernas de Bill y me aferré a ellas. Sentí su mano en mi pelo. Estaba demasiado asustada para realizar el llamativo movimiento de ponerme de pie.

Callisto rodeó a Huevos con sus delgados brazos y empezó a susurrarle algo. Él asintió ante sus palabras y devolvió el susurro. Ella le besó, y él se puso rígido. Cuando ella lo dejó para deslizarse por la terraza, él se quedó inmóvil, mirando hacia el bosque.

La ménade se detuvo ante Eric, que estaba más cerca de los peldaños que nosotros. Lo miró de arriba abajo y volvió a esbozar su aterradora sonrisa. Eric no apartó la vista de su pecho, asegurándose de no encontrarse con sus ojos.

—Maravilloso —dijo ella—. Sencillamente maravilloso. Pero no eres mi tipo, precioso montón de carne muerta.

Después se acercó a la gente que estaba en el porche. Respiró profundamente, inhalando los aromas del alcohol y el sexo. Husmeó como si estuviese siguiendo un rastro y luego se meció hasta detenerse frente a Mike Spencer. Su cuerpo de mediana edad no llevaba bien eso de estar a la intemperie, pero Callisto parecía encantada con él.

—Oh —dijo ella, tan alegre como si acabara de recibir un regalo—, ¡eres tan orgulloso! ¿Eres un rey? ¿O acaso un gran soldado?

—No —dijo Mike—. Soy propietario de una funeraria —no sonaba muy seguro—. ¿Qué es usted, señora?

—¿Habías visto antes algo como yo?

—No —dijo, y los demás sacudieron la cabeza.

—¿No recuerdas mi primera visita?

—No, señora.

—Pero ya me habías hecho una ofrenda antes.

—¿Sí? ¿Una ofrenda?

—Oh, sí, cuando mataste al pequeño hombre negro. El guapo. Era una de mis criaturas menores, y un adecuado tributo para mí. Te agradezco que lo dejaras fuera del establecimiento donde bebéis; los bares son mi particular debilidad. ¿Acaso no pudiste encontrarme en el bosque?

—Señora, no hicimos ninguna ofrenda —dijo Tom Hardaway, con su piel oscura en carne de gallina y el pene en sumo reposo.

—Os vi —dijo ella.

Entonces se hizo el silencio. El bosque que rodeaba el lago, siempre tan lleno de pequeños sonidos y movimientos, quedó sumido en la calma absoluta. Con mucho cuidado, me incorporé junto a Bill.

—Adoro la violencia del sexo y el hedor de la bebida —dijo, como envuelta en un ensueño—. Puedo recorrer kilómetros para presenciar el final.

El miedo que rezumaban las mentes de los presentes empezó a llenar la mía y me escabullí. Me tapé la cara con las manos y erigí los escudos más poderosos que pude imaginar, pero aun así apenas podía contener el terror. Se me arqueó la espalda y me mordí la lengua para no emitir el menor sonido. Pude sentir el movimiento mientras Bill se volvía hacia mí. Eric estaba a su lado. Me estaban apretando entre los dos. No tiene nada de erótico que dos vampiros se aprieten contra ti en tales circunstancias. Su urgente deseo de mi silencio alimentaba mi miedo, pues ¿qué era tan terrible como para asustar a un vampiro? El perro se apretó contra nuestras piernas, como si con ello nos brindara protección.

—Le golpeaste mientras mantenías sexo con él —le dijo la ménade a Tom—. Le golpeaste porque eres arrogante y su servilismo te asqueaba y te excitaba —extendió su huesuda mano para acariciarle la cara. Podía ver el blanco de sus ojos—. Y tú —dio unos golpecitos en la cara de Mike con la otra mano—. También le golpeaste, porque eras presa de la locura. Luego os amenazó con contarlo —su mano abandonó a Tom y acarició a su mujer, Cleo. Cleo se había puesto una chaqueta antes de salir, pero no estaba abrochada.

Como nadie se había dirigido a ella, Tara empezó a retroceder. Era la única a la que el pavor no había paralizado. Pude ver una diminuta chispa de esperanza en ella, un deseo de sobrevivir. Tara se agachó bajo una mesa de hierro forjado que había en la terraza, se hizo un ovillo y cerró los ojos con todas sus fuerzas. No paraba de hacer un montón de promesas a Dios sobre su futuro comportamiento si la sacaba de esa situación. Eso me llegó. El hedor a miedo de los demás llegó a su apogeo, y mi cuerpo empezó a temblar mientras sus miedos se abrían paso a través de mis barreras. No me quedaba dentro nada de mí misma; sólo había sitio para el miedo. Eric y Bill crearon un círculo con sus brazos para mantenerme firme e inmóvil entre ellos.

Jan, desnuda, pasó completamente desapercibida para la ménade. Supongo que no había nada en ella que la atrajera; Jan no era orgullosa, era patética, y no había bebido nada esa noche. Para olvidarse de sí misma, había preferido el sexo a otras opciones; opciones que, por cierto, nada tenían que ver con abandonar mente y cuerpo por un momento de maravillosa locura. Tratando, como de costumbre, de ser el centro de atención, Jan extendió la mano con una sonrisa presuntamente coqueta y tomó la mano de la ménade. De repente, empezó a sentir convulsiones, emitiendo unos horribles sonidos por la garganta. La boca se le llenó de espuma y los ojos se le volvieron del revés. Cayó redonda sobre la terraza, y pude escuchar sus talones golpeando la madera del suelo.

El silencio volvió a inundar el aire. Pero algo se estaba preparando en el pequeño grupo de la terraza: algo terrible y bueno, algo puro y horrible. Su temor menguaba y la calma empezaba a regresar a mi cuerpo. La tremenda presión liberó mi mente. Pero, a medida que desaparecía, otra fuerza adquiría vigor, algo indescriptiblemente bello y completamente maligno.

Era pura locura, locura sin sentido. De la ménade surgió una ira frenética, la lujuria del pillaje, la arrogancia del orgullo. Me sobrecogí al tiempo que lo hacía la gente de la terraza, me sacudí y sentí los vapuleos mientras la locura salía despedida de Callisto hacia sus cerebros, y sólo la mano de Eric sobre mi boca me impidió acompañarlo de un grito, como ellos. Le mordí, probé su sangre y oí cómo gruñía de dolor.

Los gritos se dilataron y luego escuché unos sonidos húmedos horribles. El perro, apretado contra nuestras piernas, sollozaba.

Y, de repente, se acabó.

Me sentía como un títere al que de repente le habían cortado las cuerdas. Quedé completamente extenuada. Bill volvió a posarme sobre el capó del coche de Eric. Abrí los ojos. La ménade me estaba mirando desde arriba. Volvía a sonreír embutida en sangre. Era como si alguien hubiera derramado un cubo con pintura roja encima de ella; el pelo estaba tan anegado como cada centímetro de su cuerpo desnudo, y hedía a cobre, lo suficiente como para dar asco a cualquiera.

—Estuviste cerca —me dijo, con una voz tan suave y aguda como el sonido de una flauta. Se movió más pausadamente, como si se hubiese tragado un metal pesado—. Estuviste muy cerca. Puede que más cerca de lo que jamás estarás, o quizá no. Nunca había visto a nadie enloquecer con los delirios ajenos. Una idea entretenida.

—Tal vez entretenida para ti —boqueé. El perro me había mordido la pierna para devolverme al mundo real. Ella lo miró.

—Mi querido Sam —murmuró—. Cariño, tengo que dejarte.

El perro la miró hacia arriba con ojos inteligentes.

—Hemos pasado unas agradables noches corriendo por el bosque —dijo, y le acarició la cabeza—. Cazando conejillos y mapaches.

El perro meneó la cola.

—Haciendo otras cosas.

El perro pareció esbozar una sonrisa y jadeó.

—Pero ahora tengo que marcharme, cariño. El mundo está lleno de bosques y de gente que tiene que aprender una lección. He de recibir mi tributo. No han de olvidarme. Me lo deben —dijo con voz hastiada—. Me deben la locura y la muerte —se fue deslizando hasta el linde del bosque—. Después de todo —dijo por encima de su hombro—, no siempre es temporada de caza.

11

Aunque hubiera querido, no habría podido ir a ver lo que había pasado en la terraza. Bill y Eric parecían bastante afligidos, y cuando dos vampiros se sienten así, lo mejor es no ir a investigar.

—Tendremos que quemar la cabaña —dijo Eric, a unos metros de distancia—. Ojalá Callisto hubiera limpiado su propia mierda.

—Nunca lo hace —dijo Bill—, al menos que yo sepa. Es la locura. ¿Qué le importa a la locura en estado puro que descubran sus consecuencias?

—Oh, yo qué sé —dijo Eric, despreocupado. Sonaba como si estuviese levantando algún peso. Se produjo un ruido sordo—. He conocido a unos cuantos que se han vuelto locos pero no han perdido sus habilidades por ello.

—Es verdad —admitió Bill—. ¿No deberíamos dejar un par de ellos en el porche?

—¿Cómo puedes saberlo?

—Eso también es verdad. Rara es la noche en la que puedo estar tan de acuerdo contigo.

—Me llamó y me pidió ayuda —Eric respondía a la idea implícita, más que a la propia afirmación.

—Vale, pero no te olvides de nuestro acuerdo.

—¿Cómo iba a olvidarlo?

—Sabes que Sookie puede oírnos.

—Me parece bien —dijo Eric, y se rió. Mirando al cielo nocturno, me pregunté, sin demasiada curiosidad, de qué demonios estaban hablando. Parecía que yo fuese Rusia y que discutieran para ver cuál de los dos poderosos dictadores se quedaba conmigo. Sam descansaba junto a mí. Había recuperado la forma humana y estaba completamente desnudo. En ese instante no podría haberme importado menos. El frío no le afectaba, dado que era un cambiante.

—Vaya, aquí hay una con vida —dijo Eric.

—Tara —afirmó Sam.

Tara bajó las escaleras a trompicones hacia nosotros. Me rodeó con sus brazos y empezó a llorar. Con gran abatimiento, la abracé y dejé que se desahogara. Yo seguía con mi disfraz de Daisy Duke y ella con su lencería incendiaria. Éramos como dos grandes lirios en un estanque helado. Me obligué a ponerme recta y sostener a Tara.

—¿Crees que habrá una manta en la cabaña? —le pregunté a Sam. Trotó hacia los peldaños, y el efecto me pareció interesante desde atrás. Al cabo de un momento volvió, también trotando (ay, madre, esa vista era más cautivadora si cabe) y nos cubrió a ambas con una manta—. Parece que voy a vivir —murmuré.

—¿Por qué dices eso? —Sam tenía curiosidad. No parecía sorprendido por los acontecimientos de la noche.

No podía decirle que era porque le había visto brincando por ahí, así que opté por decir:

—¿Cómo están Huevos y Andy?

—Suena a programa de la radio —dijo Tara de repente, y le entró la risa tonta. No me gustaba cómo sonaba.

—Siguen de pie donde los dejó —indicó Sam—. Siguen con la mirada perdida.

—Sigo mirando —canturreó Tara con la misma melodía de *I'm Still Standing*, de Elton John.

Eric se rió.

Él y Bill estaban a punto de encender el fuego. Caminaron hacia nosotros para hacer una comprobación de última hora.

—¿En qué coche has venido? —le preguntó Bill a Tara.

—Ohhh, un vampiro —dijo ella—. Eres el niñito de Sookie, ¿verdad? ¿Qué hacías en el partido la otra noche con una zorra como Portia Bellefleur?

—No, si además es maja —dijo Eric. Miró abajo hacia Tara con una sonrisa benéfica, aunque decepcionada, como un criador de perros ante un cachorro muy mono, pero inferior.

—¿En qué coche viniste? —insistió Bill—. Si aún queda algo de cordura dentro de ti, quiero verlo ahora.

—Vine en el Camaro blanco —dijo, bastante sobria—. Conduciré hasta casa. O quizá sea mejor que no. ¿Sam?

—Claro, yo te llevo a casa. ¿Necesitas que te eche una mano en algo, Bill?

—Creo que Eric y yo podemos. ¿Te encargas del delgaducho?

—¿Huevos? Voy a ver.

Tara me dio un beso en la mejilla y atravesó el césped hacia su coche.

—Dejé las llaves dentro —indicó.

—¿Qué hay de tu bolso? —sin duda, la policía se haría algunas preguntas si se encontraba el bolso de Tara en una cabaña llena de cadáveres.

—Oh… Está allí dentro.

Miré a Bill en silencio mientras él se dirigía a recoger el bolso. Regresó con un gran bolso, lo suficientemente amplio no sólo para llevar el maquillaje y las cosas del día a día, sino también ropa de recambio.

—¿Es el tuyo?

—Sí, gracias —dijo Tara, cogiendo su bolso como si tuviese miedo de que sus dedos se encontrasen con los de Bill. Pensé que, cuando la noche aún era joven, no se había mostrado tan remilgada.

Eric llevaba a Huevos al coche.

—No recordará nada de esto —le dijo a Tara mientras Sam abría la puerta trasera del Camaro para que Eric pudiera dejar a Huevos en el asiento.

—Ojalá pudiera decir yo lo mismo —su rostro parecía hundirse sobre los huesos bajo el peso del recuerdo de lo que había pasado esa noche—. Ojalá nunca hubiese visto esa cosa, fuese lo que fuese. Bueno, para empezar, ojalá no hubiese venido a este sitio. Lo odiaba. Simplemente pensaba que merecía la pena hacerlo por Huevos —echó una ojeada a la forma inerte que ocupaba el asiento trasero de su coche—. Pero no es así. Nadie merece tanto la pena.

—Puedo borrarte los recuerdos a ti también —se ofreció Eric.

—No —dijo ella—. Necesito recordar algo de esto, y merece la pena llevar la carga del resto —Tara parecía veinte años más vieja. En ocasiones podemos crecer en cuestión de minutos. Fue lo que me pasó a mí, cuando tenía siete años y mis padres murieron. Tara pasó por el mismo trance esa noche—. Pero están todos muertos, todos salvo Huevos, Andy y yo. ¿No tenéis miedo de que nos vayamos de la lengua? ¿Vendréis a por nosotros?

Bill y Eric intercambiaron miradas. Eric se acercó un poco a Tara.

—Mira, Tara —empezó a decir con voz muy razonable, y ella cometió el error de mirarle a los ojos. Entonces, cuando las miradas se hubieron encontrado, Eric comenzó a borrarle los recuerdos de aquella noche. Me encontraba demasiado agotada como para protestar, y además era poco probable que eso fuera a servir de algo. Si Tara había sido capaz de plantear la pregunta, es que no debía vivir con la carga del recuerdo. Rogué por que no repitiera los mismos errores, ahora que ignoraría qué precio había tenido que pagar por ellos, pero no se le podía dar opción a que se fuera de la lengua.

Sam, que había tomado prestados los pantalones de Huevos, llevó en coche a éste y a Tara hasta la ciudad mientras Bill buscaba una forma natural de iniciar el incendio que debería consumir la cabaña. Eric parecía ocupado contando huesos en la terraza para asegurarse de que todos los cadáveres estaban completos de cara a la eventual investigación. Atravesó el césped para ver cómo estaba Andy.

—¿Por qué odia Bill tanto a los Bellefleur? —le volví a preguntar.

—Oh, es una vieja historia —dijo Eric—. De antes de que Bill se convirtiera —pareció satisfecho con el estado de Andy y volvió al trabajo.

Oí que se acercaba un coche, y Bill y Eric aparecieron juntos en el claro. Pude escuchar un leve crujido en el extremo de la cabaña.

—No podemos iniciar el incendio desde más de un punto, si queremos que piensen que se debe a causas naturales —informó Bill a Eric—. Odio los adelantos que ha dado la policía científica.

—Si no hubiésemos salido a la luz, no tendrían inconveniente de cargarle el muerto a alguno de ellos —dijo Eric—. Pero las cosas son como son, y nosotros somos las cabezas de turco predilectas... Es exasperante cuando piensas en lo poderosos que somos en comparación.

—Eh, chicos, que no soy una marciana, soy humana y os estoy escuchando perfectamente —dije, agujereándolos con la mirada. Una levísima sombra de vergüenza cubrió sus rostros justo antes de que Portia Bellefleur saliera de su coche y emprendiera la carrera hacia su hermano.

—¿Qué le habéis hecho a Andy? —inquirió con voz áspera—. Malditos vampiros —aflojó el cuello de la camisa de Andy en busca de marcas de mordedura.

—Le han salvado la vida —le dije.

Eric se quedó mirando a Portia durante un buen rato, evaluándola, y, acto seguido, se puso a registrar los coches de los participantes de la orgía. Desvié la mirada mientras se dedicaba a coger las llaves de cada uno.

Bill se acercó a Andy.

—Despierta —le dijo con una voz muy suave, tanto que apenas era audible a unos metros.

Andy parpadeó. Se me quedó mirando, confuso por no tenerme aún apresada, supongo. Vio a Bill tan cerca que se sobresaltó, esperando una represalia. Su mente registró

314

que Portia estaba junto a él. Finalmente, su mirada rebasó a Bill y se centró en la cabaña.

—Está ardiendo —observó con lentitud.

—Sí —dijo Bill—. Todos están muertos, salvo los dos que están de regreso a la ciudad; no sabían nada.

—Entonces… ¿Éstos son los que mataron a Lafayette?

—Sí —dije—. Mike y los Hardaway, y puede que Jan supiese algo.

—Pero no tengo ninguna prueba.

—Oh, ya lo creo que la tienes —intervino Eric. Estaba mirando en el maletero del Lincoln de Mike Spencer.

Todos fuimos al coche para mirar. La capacidad de visión superior de la que gozaban Bill y Eric les ayudó a detectar con facilidad las manchas de sangre que había en el maletero, además de prendas manchadas de sangre y una billetera abierta. Eric se agachó y la abrió con un gesto.

—¿Puedes leer de quién es? —preguntó Andy.

—Lafayette Reynold —contestó Eric.

—Entonces, si dejamos los coches tal cual y nos vamos, la policía encontrará esto en el maletero y se habrá acabado. Quedaré libre de sospecha.

—¡Oh, gracias a Dios! —exclamó Portia, lanzando un sollozo de alivio. Su claro rostro y la densa mata de pelo castaño brillaron bajo un destello de la luna, cuya luz se filtraba entre los árboles—. Oh, Andy, vámonos a casa.

—Portia —dijo Bill—, mírame.

Alzó la mirada y luego la apartó.

—Lamento haberte utilizado así —dijo escuetamente. Le avergonzaba disculparse ante un vampiro, saltaba a la vista—. Sólo quería que uno de los participantes de esta orgía me invitase y así poder descubrir lo que estaba pasando.

—Sookie lo hizo por ti —dijo Bill con tranquilidad.

Portia me enfiló con su mirada.

—Espero que no haya sido demasiado terrible, Sookie —le escuché decir, para mi sorpresa.

—Sí que ha sido horrible —repliqué. Portia se encogió—. Pero ya se ha acabado.

—Gracias por ayudar a Andy —dijo Portia, haciendo acopio de valentía.

—No estaba ayudando a Andy, sino a Lafayette —le espeté.

Lanzó un largo suspiro.

—Por supuesto —dijo, conservando algo de dignidad—. Era tu compañero.

—Era mi amigo —le corregí.

Su espalda se puso tiesa.

—Tu amigo —dijo.

El fuego ya se estaba haciendo con la cabaña. Pronto aquello estaría lleno de policías y bomberos. Si había un momento para marcharse, era ése.

Me di cuenta de que ni Bill ni Eric se ofrecieron a borrarle los recuerdos a Andy.

—Será mejor que te largues de aquí —le dije—. Vuelve a casa con Portia y hazle jurar a tu abuela que estuviste allí toda la noche.

Sin decir palabra, ambos hermanos se montaron en el Audi de Portia y se marcharon. Eric hizo lo propio con su Corvette, poniendo rumbo a Shreveport, y Bill y yo nos adentramos en el bosque para llegar al coche de Bill, que estaba escondido entre los árboles al otro lado de la carretera.

Me llevó en brazos, como le gustaba hacer. He de admitir que yo también lo disfrutaba en ocasiones. Y ésa fue una de ellas.

No faltaba mucho para el amanecer. Una de las noches más largas de mi vida estaba a punto de terminar. Me recosté en el sillón del coche, cansada más allá de lo imaginable.

—¿Adónde ha ido Callisto? —le pregunté a Bill.

—Ni idea. Va de un sitio a otro. No sobrevivieron muchas ménades a la pérdida de su dios, y las que lo hicieron han encontrado bosques y vagan por ellos. Suelen marcharse antes de que se descubra su presencia. Son muy hábiles. Adoran la guerra y su locura. Nunca estarán muy lejos de un campo de batalla. Creo que todas se irían a Oriente Medio si hubiera más bosques por allí.

—¿Y Callisto estaba aquí porque…?

—Sólo estaba de paso. Puede que se quedara dos meses. Ahora seguirá su camino… ¿Quién sabe adónde? A los Everglades, o quizá río arriba hacia los Ozarks.

—No entiendo por qué Sam, eh…, salía con ella.

—¿Así lo llamas? ¿Eso hacemos nosotros, salir?

Le di unos golpecitos en el brazo, que era como hincar los dedos en madera.

—No te pases —le dije.

—Quizá sólo quería explorar su lado salvaje —dijo Bill—. Después de todo, a Sam no le resulta fácil encontrar a alguien que acepte su auténtica naturaleza —hizo una llamativa pausa.

—Bueno, eso puede ser complicado —dije. Recordé cuando Bill volvió a la mansión de Dallas, todo sonrosado, y tragué saliva—. Pero es difícil separar a quien está enamorado —pensé en cómo me sentí cuando me dijeron que habían visto a Bill y a Portia juntos, y en cómo reaccioné cuando los vi en el partido de fútbol. Estiré la mano para posarla sobre su muslo y le propiné un apretón cariñoso.

Sonrió sin perder de vista la carretera. Los colmillos se le extendieron levemente.

—¿Lo arreglaste todo con los cambiantes de Dallas? —pregunté al cabo de un momento.

—Lo arreglé en una hora, o, más bien, Stan lo hizo. Les ofreció su rancho para las noches de luna llena durante los próximos cuatro meses.

—Ha sido muy amable por su parte.

—Bueno, lo cierto es que no le cuesta nada. No caza, y, como dice, hay que controlar la población de ciervos de todos modos.

—Oh —asentí, y, al cabo de un segundo, añadí—: Ohhhh.

—Cazan.

—Vale, lo pillo.

Cuando llegamos a mi casa, ya no quedaba casi tiempo para que amaneciese. Pensé que Eric apenas tendría tiempo para llegar a Shreveport. Mientras Bill se duchaba, comí un sándwich de mantequilla de cacahuete y mermelada, pues hacía más horas de las que era capaz de contar que no había tomado nada. A continuación me cepillé los dientes.

Por lo menos no tenía que marcharse a toda prisa. Bill había pasado varias noches del mes anterior preparándose un cobijo en mi casa. Había cortado la base del armario de mi antigua habitación, la que había usado durante años, hasta que murió mi abuela y me trasladé a la suya.

Había convertido toda la base del armario en una trampilla, de forma que podía abrirla, meterse dentro y cerrarla sin que nadie se imaginara que había algo ahí, salvo yo. Si seguía despierta cuando se metía en su refugio, solía colocar una maleta y unos zapatos en la base para que pareciera más natural. Bill tenía una caja en el hueco donde dormir, pues ahí abajo todo estaba muy sucio. No lo usaba muy a menudo, pero había demostrado ser útil de vez en cuando.

—Sookie —llamó Bill desde mi cuarto de baño—. Ven, tengo tiempo de pasarte la esponja.

—Pero si lo haces, me costará lo mío dormirme.

—¿Por qué?

—Porque acabaré frustrada.

—¿Frustrada?

—Porque estaré limpia pero… insatisfecha.

—Amanecerá en breve —admitió Bill, asomando la cabeza por la cortina de la ducha—. Pero podremos recuperar el tiempo perdido mañana por la noche.

—Si Eric no nos manda a otra parte —dije entre dientes, cuando volvió a meter la cabeza debajo del agua. Como de costumbre, estaba usando gran parte de la reserva del calentador. Me deshice de los malditos shorts y decidí que al día siguiente los tiraría. Me saqué la camiseta por la cabeza y me estiré en la cama, a la espera de Bill. Al menos mi nuevo sujetador seguía intacto. Me recosté de lado y cerré los ojos ante la luz que se escapaba por la puerta medio cerrada del cuarto de baño.

—¿Cielo?

—¿Estás fuera de la ducha? —pregunté, somnolienta.

—Sí, hace doce horas.

—¿Qué? —abrí los ojos de golpe. Miré a las ventanas. No había anochecido del todo, pero estaba oscuro.

—Te quedaste dormida.

Estaba tapada con una manta, y seguía vistiendo el conjunto de sujetador y braguitas azul acero. Me sentía como un pan enmohecido. Miré a Bill. Estaba completamente desnudo.

—Dame un minuto —dije, antes de hacer una visita al cuarto de baño. Cuando volví, Bill me estaba esperando tumbado en la cama, apoyado sobre un codo.

—¿Has visto lo que me has regalado? —me di la vuelta para que tuviese una completa panorámica de su generosidad.

—Es maravilloso, pero puede que lleves demasiada ropa para la ocasión.

—¿Y qué ocasión sería ésa?

—El mejor polvo de tu vida.

Sentí un escalofrío de lujuria recorriéndome las partes bajas, pero mantuve la expresión impasible.

—¿Estás seguro de que será el mejor?

—Oh, sí —dijo con una voz que se tornaba tan suave y fría como el agua corriente sobre las piedras—. Lo estoy, y tú también puedes estarlo.

—Demuéstralo —le pedí con una sonrisa casi imperceptible.

Sus ojos se ocultaban en las sombras, pero pude ver la curvatura de sus labios al devolverme la sonrisa.

—Con mucho gusto —dijo.

Un rato más tarde estaba tratando de recuperar fuerzas, y él estaba tumbado sobre mí, con un brazo cruzado sobre mi estómago y una pierna sobre la mía. Me dolía tanto la boca que apenas podía fruncir los labios para besarle el hombro. La lengua de Bill lamía amablemente las diminutas marcas de pinchazos de mi hombro.

—¿Sabes lo que tenemos que hacer? —dije, sintiéndome demasiado vaga como para moverme.

—¿Hum?

—Tenemos que leer el periódico.

Al cabo de una larga pausa, Bill se desenroscó de mí y se dirigió a la puerta principal. Mi repartidora se molesta en acercarse a mi casa y lanzar el periódico al porche porque le pago una buena propina por ello.

—Mira —dijo Bill, y abrí los ojos. Llevaba un plato envuelto en papel de aluminio. Tenía el periódico bajo la axila.

Rodé fuera de la cama y fui automáticamente a la cocina. Me puse la bata rosa mientras seguía a Bill. Él no se había vestido, y no pude por menos que admirar su figura.

—Hay un mensaje en el contestador —dije, mientras servía algo de café. Una vez hecho lo más importante, quité el papel de aluminio y vi una tarta de dos pisos recubierta de chocolate y adornada con nueces que formaban una estrella en la superficie.

—Es la tarta de chocolate de la anciana señora Bellefleur —dije con voz sobrecogida.

—¿Lo sabes con tan sólo mirarla?

—Oh, es una tarta famosa. Es una leyenda. No hay nada mejor que la tarta de la señora Bellefleur. Si participase en la feria del condado, el trofeo ya tendría ganadora de antemano. Y siempre lleva tarta cuando muere alguien. Jason dice que merece la pena que alguien se muera con tal de probar la tarta de la señora Bellefleur.

—Qué bien huele —dijo Bill, lo cual me sorprendió. Se inclinó y husmeó. Bill no respira, así que no sé muy bien cómo es capaz de oler, pero lo hace—. Si te pudieras poner este olor como perfume, te comería entera.

—Ya lo has hecho.

—Repetiría.

—No creo que pudiera soportarlo —me puse una taza de café. Contemplé la tarta, rebosante de asombro—. Ni siquiera era consciente de que supiera donde vivo.

Bill pulsó el botón de los mensajes del contestador.

—Señorita Stackhouse —dijo la anciana voz de una aristócrata del sur—, llamé a su puerta, pero debía de estar ocupada. Le he dejado una tarta de chocolate, pues no sé qué otra cosa ofrecerle en muestra de agradecimiento por lo que Portia me ha dicho que ha hecho por mi nieto Andrew. Algunas personas han tenido la amabilidad de decirme que la tarta está rica. Espero que la disfrute. Si alguna vez pudiera serle de ayuda en algo, no dude en llamarme.

—No ha dicho su nombre.

—Carolina Holliday Bellefleur espera que todo el mundo la reconozca.

—¿Quién?

Miré a Bill, que estaba de pie junto a la ventana. Yo estaba sentada a la mesa de la cocina, bebiendo el café de una de las tazas con motivos florales de mi abuela.

—Carolina Holliday Bellefleur.

Bill no pudo palidecer más, pero sin duda estaba atónito. Se sentó abruptamente en la silla que había frente a mí.

—Hazme un favor, Sookie.

—Claro, cielo. ¿El qué?

—Ve a mi casa y recoge la Biblia que hay en la estantería del pasillo, la que tiene las puertas de cristal.

Parecía tan turbado que cogí las llaves y me monté en el coche con la bata puesta, confiando en no encontrarme con nadie por el camino. No viven muchas personas en la carretera que da a nuestro distrito, y nadie estaba fuera de su casa a las cuatro de la mañana.

Entré en casa de Bill y encontré la Biblia justo donde había dicho que estaría. La saqué de su funda con mucho cuidado. Era muy antigua. Estaba tan nerviosa de vuelta a casa que casi tropecé subiendo las escaleras. Bill seguía sentado donde lo había dejado. Cuando le puse la Biblia delante, la contempló durante un interminable minuto. Me pregunté si podría tocarla. Pero no pidió ayuda, así que me limité a esperar. Extendió la mano y los dedos pálidos acariciaron la desgastada tapa de cuero. El libro era enorme, y las letras doradas de la portada estaban muy adornadas.

Bill abrió el libro con delicadeza y pasó una página. Estaba mirando una página familiar, con anotaciones a tinta casi desvanecidas y letras muy variadas.

—Yo hice éstas —dijo en un susurro—. Estas de aquí —señaló unas cuantas líneas manuscritas.

Tenía el corazón en la garganta cuando rodeé la mesa para mirar por encima de su hombro. Posé la mano en él para que no perdiera la noción del aquí y del ahora.

Apenas era capaz de descifrar la anotación.

William Thomas Compton, había escrito su madre, o puede que su padre. *Nacido el 9 de abril de 1840*. Otra mano había escrito: *Muerto el 25 de noviembre de 1868*.

—Tienes un cumpleaños —dije de entre todas las cosas estúpidas posibles. Jamás imaginé que Bill pudiera tener un cumpleaños.

—Fui el segundo hijo varón—dijo Bill—. El único que pudo crecer.

Recordé que Robert, hermano mayor de Bill, murió cuando tenía más o menos doce años, y otros dos bebés habían muerto durante la infancia. Ahí se registraban todos los nacimientos y las muertes, en la página sobre la que Bill había posado los dedos.

—Mi hermana Sarah murió sin hijos —de eso me acordaba—. Su joven novio murió en la guerra. Todos los jóvenes murieron en esa guerra. Pero yo sobreviví, sólo para morir después. Ésta es la fecha de mi muerte, por lo que a mi familia respecta. Es la letra de Sarah.

Apreté los labios con fuerza para no poder emitir sonido alguno. Había algo en la voz de Bill, en la forma en que tocaba la Biblia, que resultaba casi insoportable. Pude sentir cómo mis ojos se llenaban de lágrimas.

—Éste es el nombre de mi esposa —dijo con una voz cada vez más apagada.

Volví a inclinarme para leer: *Caroline Isabelle Holliday*. Por un momento, la habitación se movió de un lado a otro, hasta que me di cuenta de que no era posible.

—Y tuvimos hijos —dijo—. Tuvimos tres hijos.

Sus nombres también figuraban: *Thomas Charles Compton, n. 1859.* Eso quería decir que ella se quedó embarazada nada más casarse.

Yo nunca podría tener un hijo de Bill.

Sarah Isabelle Compton, n. 1861. Bautizada así por su tía (la hermana de Bill) y su madre. Nacería cuando Bill se hubo marchado para la guerra. *Lee Davis Compton, n. 1866.* Un bebé para el regreso a casa. *Muerto en 1867*, había añadido otra mano.

—Por aquel entonces los bebés morían como las moscas —susurró Bill—. Éramos muy pobres después de la guerra, y además no había medicinas.

Estaba a punto de sacar a mi yo triste y llorón de la cocina, pero pensé que si Bill podía soportarlo, yo con más razón.

—¿Y los otros dos niños? —pregunté.

—Vivieron —dijo relajando un poco la tensión de su expresión—. Para entonces yo ya me había marchado, por supuesto. Tom sólo tenía nueve años cuando morí, y Sarah siete. Era rubia, como su madre —Bill sonrió levemente, con una sonrisa que no había visto antes en su cara. Parecía bastante humano. Era como ver a un ser diferente sentado en mi cocina, no a la misma persona con la que había hecho el amor con tanta vehemencia hacía menos de una hora. Cogí un pañuelo de papel de la caja que había sobre la encimera y me lo restregué por la cara. Bill también estaba llorando, así que le di otro a él. Lo miró con sorpresa, como si se hubiese esperado algo diferente, quizá un pañuelo de algodón con unas iniciales bordadas. Se secó las mejillas, y el pañuelo se volvió rosa—. Nunca he tratado de descubrir qué fue de ellos —dijo, monótono—. Me quité de en medio radicalmente. Nunca volví, por supuesto, mientras quedara la menor posibilidad de que cualquiera de ellos siguiera vivo. Eso sería demasiado cruel.

Siguió leyendo la página.

—Mi descendiente, Jessie Compton, de quien heredé la casa, fue la última en mi línea directa —me dijo Bill—. La línea de mi madre también ha menguado, hasta el punto de que los últimos Loudermilk son apenas familiares lejanos míos. Pero Jessie descendía directamente de mi hijo Tom y, al parecer, mi hija Sarah se casó en 1881. Tuvo un hijo… ¡Sarah tuvo un hijo! ¡Tuvo cuatro hijos! Pero uno de ellos nació muerto.

Era incapaz de mirar a Bill. Prefería mirar a la ventana. Había empezado a llover. A mi abuela le encantaba su techo de estaño, así que, cuando tuvimos que cambiarlo, volvimos a ponerlo de estaño; el sonido de las gotas de lluvia sobre él era lo más relajante que había conocido nunca. Salvo esa noche.

—Mira, Sookie —dijo Bill señalando con el dedo—. ¡Mira! La hija de mi Sarah, bautizada como Caroline por su abuela, se casó con un primo suyo, Mathew Phillips Holliday. Y a su segunda hija le pusieron Carolina Holliday —le brillaba la expresión.

—Así que la anciana señora Bellefleur es tu bisnieta.

—Sí —dijo, sin casi creérselo.

—Entonces, Andy —proseguí antes de poder pensar en ello dos veces— es tu, eh, tatara-tataranieto. Y Portia…

—Sí —dijo, menos contento.

No tenía ni idea de qué decir así que, por una vez, no dije nada. Después de un momento, pensé que quizá sería mejor que lo dejara solo, así que traté de deslizarme junto a él para salir de la pequeña cocina.

—¿Qué necesitan? —me preguntó, agarrándome de la muñeca.

Muy bien.

—Necesitan dinero —dije al momento—. No se les puede ayudar con sus problemas de personalidad, pero son pobres de la peor manera posible. La anciana señora Bellefleur no venderá su casa, y ese edificio se está tragando cada centavo.

—¿Es orgullosa?

—Supongo que te puedes hacer una idea con su mensaje telefónico. De no haber sabido que su segundo nombre era Holliday, habría pensado que en realidad se llamaba «Orgullosa» —lancé una mirada a Bill—. Diría que lo suyo es de familia.

De alguna forma, ahora que Bill sabía que podía hacer algo por sus descendientes, pareció sentirse algo mejor. Sabía que aquello le seguiría pesando durante unos cuantos días, pero no pensaba echárselo en cara. Aun así, si decidía tomarse a Andy y Portia como deberes permanentes, sí que podría haber un problema.

—Ya no te gustaba el nombre de los Bellefleur antes —dije, sorprendiéndome a mí misma—. ¿Por qué?

—¿Recuerdas cuando fui a hablar ante el club de tu abuela, los Descendientes de los Muertos Gloriosos?

—Sí, claro.

—¿Recuerdas que conté la historia de un soldado herido en el campo de batalla, uno que no paraba de pedir ayuda? ¿Y de cómo mi amigo Tolliver Humphries trató de rescatarlo?

Asentí.

—Tolliver murió en el intento —dijo Bill con tristeza—. Y el soldado herido volvió a pedir ayuda tras su muerte. Logramos rescatarlo durante la noche. Se llamaba Jebediah Bellefleur. Tenía diecisiete años.

—Oh, Dios mío. Entonces eso era todo lo que sabías sobre los Bellefleur hasta hoy.

Bill asintió.

Traté de pensar en algo que mereciera la pena decir. Algo sobre los inescrutables planes del cielo, sobre arrojar el pan al agua, sobre que se recoge lo que se siembra o que las cosas vuelven tan pronto como se van.

Volví a intentar dejarle solo, pero Bill me agarró del brazo y tiró de él.

—Gracias, Sookie.

Era lo último que esperaba que me dijera.

—¿Por qué?

—Me obligaste a que hiciera lo correcto sin tener la menor idea de la eventual recompensa.

—Bill, no puedo obligarte a hacer nada.

—Hiciste que pensara como un humano, como si aún estuviese vivo.

—El bien que haces está en tu interior, no tiene nada que ver conmigo.

—Soy un vampiro, Sookie. Llevo más tiempo siendo un vampiro del que fui humano. Te he decepcionado muchas veces. A decir verdad, muchas veces no comprendo por qué haces las cosas que haces, con la de tiempo que ha pasado desde que fui una persona. No siempre resulta cómodo recordar lo que se sentía al ser humano. A veces no quiero que me lo recuerden.

Ésas eran aguas demasiado profundas para mí.

—No sé si tengo razón o me equivoco, pero tampoco sabría ser diferente —dije—. Sería una desdichada si no fuese por ti.

—Si me pasara algo —dijo Bill—, deberías acudir a Eric.

—No es la primera vez que lo dices —le dije—. Si te ocurriera cualquier cosa, no tengo por qué acudir a nadie. Soy dueña de mí misma. Sé perfectamente lo que puedo querer hacer. Tú sólo asegúrate de que no te pase nada.

—Volveremos a oír hablar de la Hermandad en los años venideros —dijo Bill—. Habrá que llevar a cabo algunas acciones, acciones que pueden resultarte repugnantes como humana. Y además están los peligros inherentes a tu trabajo —y no se refería a servir mesas.

—Cruzaremos ese puente cuando lleguemos —estar sentada en el regazo de Bill era toda una gozada, sobre todo porque seguía desnudo. Mi vida no había rebosado precisamente de momentos como ése hasta que conocí a Bill. Ahora, cada día me ofrecía uno o dos.

Al amor de la tenue luz de la cocina, con un café que olía tan maravillosamente (a su manera) como el pastel de chocolate y la lluvia golpeando el techo, supe que estaba disfrutando de un momento precioso con mi vampiro, equiparable a cualquier momento de humana tibieza.

Pero quizá no debería llamarlo así, reflexioné, acariciando la mejilla de Bill con la mía. Aquella noche Bill había parecido bastante humano. Y yo… Bueno, me había dado cuenta, mientras hacíamos el amor entre las sábanas limpias, de que la piel de Bill brillaba en la oscuridad a su bella y ultramundana manera.

Igual que la mía.

Muerto hasta el anochecer
CHARLAINE HARRIS

TRUEBLOOD
Una serie original de HBO

CANAL+   cuatro   punto de lectura

No es fácil ser una camarera sexy con poderes telepáticos y enterarse de los terribles secretos que todo el mundo esconde. Tal vez por eso Sookie Stackhouse termina enamorándose de Bill Compton, cuya mente no puede leer. Sookie suspira de felicidad por haber encontrado a su media naranja, y no le importa que sea un vampiro de mala reputación. Hasta que una compañera suya es asesinada y Sookie se da cuenta de que su vida corre peligro.

«Es imposible no caer hechizado por la irónica y atractiva Sookie, probablemente la heroína más encantadora que nos ha guiado por el lado oscuro en mucho tiempo.»   *BookPage*

«Salvajemente imaginativa.»   *USA Today*

«Sexy y espeluznante.»   *TV Guide*

«Fascinante.»   *The New York Times*

El Club de los Muertos
CHARLAINE HARRIS

CANAL+ cuatro° punto de lectura

TRUEBLOOD
Una serie original
de HBO

¿Malos o buenos? ¿Mayoría o minoría? ¿Víctima o verdugo?
¿Seducir o ser seducido? ¿Morder o ser mordido? Sookie Stackhouse sigue locamente enamorada de Bill a pesar de su distan-
ciamiento. Bill se ha marchado sin razón aparente a Jackson,
Misisipi, y Sookie animada por Eric, el siniestro y atractivo jefe
de los vampiros, va en su busca. Le encuentra en El Club de los
Muertos, una secreta y elitista sociedad vampírica, donde es testigo de su traición. Desesperada, se plantea si todavía quiere sal-
varlo del club o por el contrario clavarle una estaca.

«Absorbente.»   *San Francisco Chronicle*

«Una autora de destrezas muy poco frecuentes.»
                        Publishers Weekly

«Una serie deliciosa.»   *The Denver Post*

Muerto para el mundo
CHARLAINE HARRIS

No todos los días una se encuentra con un hombre totalmente desnudo en la cuneta de la carretera mientras conduce… A no ser que seas Sookie Stackhouse, la prodigiosa camarera del pequeño pueblo de Bon Temps. El pobre «hombre» no tiene ni idea de quién es, pero Sookie sí… Es Eric, el vampiro, aunque parece que ahora se ha convertido en un Eric más amable y caballeroso. Y también mucho más asustadizo, porque el que lo dejó sin memoria también quiere quitarle la vida. Las indagaciones de Sookie para encontrar a quien lo hizo y el porqué la llevan a involucrarse en una peligrosa batalla contra brujas, vampiros y también hombres lobo. Aunque un peligro mayor acecha el corazón de Sookie… ya que esta renovada versión de Eric es irresistible… ¿Y quién se acuerda de Bill en estas circunstancias?